新诗文本细读
十五讲

魏天无　著

何以为诗

复旦大学出版社

目 录

引　　言　什么是细读？　…………………………　1

第 一 讲　揭示现代人深层意识的标本
　　　　　　——细读徐玉诺　…………………………　21

第 二 讲　沉思之诗与经验之歌
　　　　　　——细读冯至　…………………………　38

第 三 讲　新诗的叙事性及其散文化
　　　　　　——细读艾青　…………………………　56

第 四 讲　传递现代人的"现代感觉性"
　　　　　　——细读卞之琳　…………………………　72

第 五 讲　"一切是无边的，无边的迟缓"
　　　　　　——细读穆旦　…………………………　95

第 六 讲　诗是心的歌
　　　　　　——细读曾卓　…………………………　119

第 七 讲　"尘埃落定，大静呈祥"
　　　　　　——细读昌耀　…………………………　138

第 八 讲　在一刹那间攫取永恒
　　　　　——细读顾城 …………………… 156

第 九 讲　一个人和他的世界
　　　　　——细读韩东 …………………… 175

第 十 讲　"大诗"理想与诗人的宿命
　　　　　——细读海子 …………………… 196

第十一讲　凝视与凝神中的世界
　　　　　——细读余笑忠 ………………… 216

第十二讲　声音、气韵与结构
　　　　　——细读张执浩 ………………… 235

第十三讲　那"孤单地悬着"的，是什么？
　　　　　——细读剑男 …………………… 252

第十四讲　口头叙事传统与小如针尖的美学
　　　　　——细读雷平阳 ………………… 268

第十五讲　把外部世界融入内心生活中
　　　　　——细读胡弦 …………………… 285

结　　语　细读之后 ……………………………… 305

主要参考书目……………………………………… 318

后记………………………………………………… 325

引言
什么是细读？

2023年诺贝尔文学奖得主、挪威作家约翰·福瑟接受采访时说，文学文本知道的比文学理论要多。

英国当代最负盛名的文学批评理论家之一、喜欢与人较真的特雷·伊格尔顿，在《如何读诗》一书中却说："认为文学理论家靠干枯的心灵和肿胀的大脑识别不了隐喻，更不必说识别敏锐的情感了，从而认定是他们杀死了诗歌，这样的想法，是我们这个时代更加愚钝的批评滥调之一。事实上，几乎所有重要的文学理论家，都从事认真细致的细读。"

倘若为他们二人组织一场面对面的谈话，现场直播，想来一定是非常有趣的。

实际上，没有人是在大脑一片空白的情况下接触文本的，也没有人能够在没有任何"文学理论"知识的情况下阅读文本；若如此，他连摆在眼前、由语言符号编织而成的文本是否属于"文学"，都无法判定。福瑟所说的"文本"（text，一译本文），是英美新批评（The New Crisicism）派最常用的术语之一，如今已成为文学批评理论的通用词汇，并为其他学科所借用。福瑟的话并没有要否定文学理论的意思。出于作家立场，他可能觉得任何一种出笼于学院、流行于批评市场的"成型"理论，都无法完全说尽文本的意蕴；不是不能用理论去言说，很可能是每言说一次，文本就释放出另一重含义来刺激言说者。好的文本具有从理论言说中"逃逸"的特性，好比一条泥鳅，总是从言说者手中挣脱，重新跌入语言之水，钻入厚厚的淤泥之中。经典文本，则意味着从未有过唯一"正确"的阐释。

作为批评理论家的伊格尔顿，张扬理论的合理性、有效性，反对一切未经审视的陈词滥调，同样可以理解。他当然熟知新批评派理论，对"细读"（close reading）法烂熟于心。不过，他所说的"认真细致的细读"，并不局限在新批评式细读上。他认为，细读不是争论的焦点，"问题不是你如何死扣文本，而是你在这么做的时候究竟在寻找什么"。理论家不仅仅是"细读者"（close reader），同时还要敏感地对待文学形式问题。也就是说，任何人都可以成为"细读者"，但并不是每一位"细读者"都是在新批评派意义上，聚焦于形式问题（但这样说有点冤枉新批评派，因为他们是被人命名的、松散的群体，彼此之间也有很大差异）。

这就引出了细读的双重含义。第一重是狭义的，专指新批评派理论中的"细读"法，一种具体的批评实践。赵毅衡认为，细读法是"一种狭隘的形式主义方法，但由于集中精力于诗歌的语言和结构本身，所以有时能道人所未道"。英国学者罗吉·福勒在其主编的《现代西方文学批评术语词典》中认为，"在传统的文学评论中，非学院派历来强调批评家的主观印象和激情，而学院派则把文学研究同历史考据结合起来，致力于作者意图的探求。新批评派的根本目的则是把文学批评从这两种辙道中解放出来，并提倡一种'把诗首先看作是诗而非其他东西'（艾略特）的新美学"。

关于新批评产生的背景、细读法的含义及特征，本书第八讲细读顾城中已作介绍（这一讲原为独立文章，即以顾城《远和近》为例来示范细读法的运用。收入本书时略作修改）。这里只补充说明，严格意义上的细读法致力于文本语义和结构的分析，有时到了烦琐地步。语义分析涉及词源，词语的常用义、引申义、象征义、比喻义（包括在语境压力下产生的其他变形），词语的组合、搭配，等等。美国当代诗人、散文家、翻译家简·赫斯菲尔德谈到"独创"一词时说：

> 独创这个词源自拉丁语动词oriri，意为"升起"，特指太阳和月亮的升起；但它是通过origo这个名词融入英语的，origo指从地下涌出的泉水。每个词根都具有自己的含义。前者意味着间歇性的、重复的，后者则是一种持续的奔流。……独创性的矛盾在于，它既指向新出现

的事物,又指向一种不受时间限制的延续,在它的自身当中,两者是一体的。

尽管来自不同的词根,但"独创"的梵语词samutpāda和拉丁语是同一个意思:sam的意思是"完全",ut的意思是"向上",pāda的意思是"被创造出来"。它对应的藏语byung-ba(发音为jung-wa)的意思也是相似的:"上升"。这些词语包含着一个佛教和物理学中常见的观点:我们熟知的世界是虚构出来的。在这句话中,某种动力持续存在:创造力是活跃的,它向上攀升。最初的比喻来源于植物:根向下,茎和叶向上。此类基本的认知形成了一条取之不竭的地下河流,我们从中汲取我们的世界和语言;在流动的、流畅的河水中,意义产生了。

这里虽然只是对"独创"一词释义,不是在分析具体的诗歌文本,但她对词源的追溯,对词根的剖析,对一个词在不同语源里演变的比较,是新批评在诗歌文本细读中经常采用的(可参阅威廉·燕卜荪《朦胧的七种类型》)。汉语词语与英语和其他语种一样,也有自己的原初,有自己不同的去处。本书在细读诗歌时借鉴了这种方法。结构,通常指语句结构和篇章结构;语句结构中包括词语与词语、词组(短语)与词组(短语)之间的搭配。不过,新批评理论真正的奠基者,以《新批评》一书为"新批评"命名的约翰·克娄·兰色姆,使用的是近似的"构架"(structure)一词,形成他的"构架-肌质"(structuretexture）论。与我们常用的"结构"一词的含义不同，他认为，构架是"诗的逻辑核心，或者说诗可以释义而换成另一种说法的部分"；反过来，肌质则是无法用散文转述的部分。他说：

> 一方面，诗是一个意义的综合体，它具有两个不同的特征：逻辑结构和肌质。另一方面，诗又是声音的综合体，它有两个相应的特征：格律与乐句（即肌质）。此外，为了满足我们所谓"人文关怀"的偏见，如果我们将声音从属于意义，那么，我们就可以将意义视为结构，而声音则是它的肌质，二者常常相互联结成为一体。

> ……诗歌的观点平淡无奇，不过是些习以为常的一般性看法，而非什么金科玉律。在诗歌中，具有鲜明个性的是细节，它们枝繁叶茂，以想象不到的方式展示活力，远远超出释义的范围。

按照他的观点，细节的独立性就是诗的肌质；诗的精髓、诗表现世界本质存在的能力，在肌质而不在构架。由于结构在中国文学欣赏和批评中，亦占据非常重要的位置（徐复观称结构为"中国文学欣赏的一个基点"），结构分析可能不会被视为细读法的独特方法，其具体所指也就会被忽略。在新批评的语义与结构分析中，除上述提及外，常用术语有张力（tension）、反讽（irony）、含混（ambiguity，一译朦胧、歧义等）、客观对应物（objective correlative，一译客观关联物）、悖论（paradox，一译诡论）、克制陈述（understatement）、意图谬见（intentional fallacy）等。当然，所谓"新批评"只是一种命名，被归入其中的批评家在批评理念、细读方法上不可能完全一致，甚至差异很大。比如，兰色姆并不把自己看作新批评派，自认为是"本体论批评家"。他反对把道德、逻辑、情感等视为诗的本质，认为"诗歌旨在恢复我们通过感觉和记忆淡淡地了解的那个复杂难制的世界。就此而言，这种知识从根本上或本体上是特殊的知识"。而大部分被归入新批评派的批评家认为他提出的构架不能独立存在。T. S. 艾略特堪称新批评派最重要的理论发言人，他的"非个性化"（impersonality）理论影响深远，也在中国新诗现代化进程中打下深刻烙印。但正如《"新批评"文集》编译者所言，他的批评几乎从来不由语言分析入手，也极少盘桓在语义和结构上。兰色姆称赞他为"历史学批评家"，一方面是他在批评文章中大量引用文学史知识，一方面是他擅长将同类文本予以对比观照。艾略特不仅在诗学观念上，也在方法论上，与其他新批评派成员有重大的分歧。

　　细读的第二重含义则是广义的，即任何一种对文本字斟句酌、反复推敲、条分缕析的阅读、解读，都可称为细读。在此意义上，细读既指对待文本庄重的而非轻慢的态度，也指全神贯注其中，仔细体味、辨析的过程。美籍华裔学者孙康宜在《细读的乐趣》后记中，回忆恩师高友工在细读上对她的终身影响。高先生曾对她说："只有通过细读文本的功夫，你的阅读经验才能真正成为你自己所有，任何套用理论的东西（无论多么诱人）都是外在的。而且细读的乐趣没有止境，它会让你永远不觉得孤独。"高先生所言细读显然不是新批评意义上的，是指阅读者深入文本，用自己的眼、自己的心去观察、体悟，与之发生共鸣，而有"吾道不孤"的感怀。这就像清代况周颐《蕙风词话》所言："读词之法，取前人名句意境绝佳者，将此意境缔构于吾想望中。然后澄思渺虑，以吾身入乎其中而涵泳玩索之。吾性灵与相浃而俱化，乃真实为吾有而外物不能夺。""澄思"与"渺虑"互文见义，相辅相成：澄思即深思，使得思维逐渐澄明起来；渺虑即沉远的思虑。他同时指出进入文本的前后相续的两个步骤：第一步是在阅读者的"想望"中再建（还原）文本意境，以各人经验补充、完善它；第二步是在变得"完满"的意境中"涵泳玩索"，反复体味，以便让自己的性灵与作者呈现于文本中的绝妙情思融为一体，不分彼此。如此阅读的终极效果，是获得至高的艺术真实而感到无以言表的慰藉。

就此而言，中国文学欣赏和批评中，存在大量细读的精彩范例。在诗歌领域，对字、词、句，以及篇章结构、节奏韵律、情感情思、主题意蕴的揣摩、品味、剖析，散布于前贤的诗话、词话、文话，也见于专门著述。这些以品评赏析为主的评点、论述，被后人归入点评式或印象式批评，似乎有不可避免的琐碎、零散、不成体系的缺陷。但是，相比于今人动辄以成体系的理论切入文本，各取所需之后转而追逐另一个文本，前人"吾性灵与相浃而俱化"的阅读动机与效应不复存在，于品鉴中发散的独特的个人"体温"亦消散殆尽。可以说，正是这些既能入乎其中，又能出乎其外，带有强烈感性色彩的细读文字，使得一大批佳作渐次进入经典行列，让它们保持着长久生命力，并在后人眼中重新焕发光彩。我们举两例离我们较为切近的现代诗人、学者的细读文字。

顾随谈及唐代韩偓《别绪》中有句：

> 菊露凄罗幕，梨霜恻锦衾。此生终独宿，到死誓相寻。

感叹"四句真好"。接着分析道：

> 韩偓此诗所写即是对将来爱的追求。
> 一篇好的作品当从多方面去欣赏。"菊露凄罗幕"，五字多美；"梨霜恻锦衾"，太冷，是凄凉，本使人受不了，但这种凄凉是诗化了的、美化了的，不但能忍受且能欣赏。说凄凉，其实是痛苦，但这痛苦能忍受。天下最痛苦的是没有希望而努力，为将来而努力是很有兴味的一件事。此四句不仅对未来有一种希冀，而且是一种追求——"相寻"。"此生终独宿"，"独宿"二入声，浊得很；"到死誓相寻"，除了"到"字，四个齿音字，真有力，如同咬牙说出。

顾随既已说明当从多方面欣赏佳作，因此除了简要点明诗的主旨，重点在字词的品味与回味：用字之美，字词间透露出的凄凉、痛苦，并引发"天下最痛苦的是没有希望而努力，为将来而努力是很有兴味的一件事"的感怀。这已融入欣赏者的人生经历和生命体验。他拈出入声字、齿音字,是由声入情,由语言形式转入思想情感的分析方法,虽点到即止,却体现出细读的魅力与精髓。细读并不是为形式而读解形式,是经由形式去阐发诗人所欲表达的情意。

林庚谈古典诗歌时曾说,诗歌语言形式的特殊性在于,它是"一种富于灵活性、旋律性的语言,以便于丰富的想象与清醒的理性、直觉的感性与明晰的概念之间的反复辩证交织,一种仿佛带有立体感的语言,明朗不尽,而不是简单明了"。故此,欣赏者需要在立体的语言中,多角度、多层次去体悟其"明朗不尽"的蕴含。他在解读《郑风·风雨》第三章时,由"风雨如晦"联想到白居易《问刘十九》中的"晚来天欲雪",又转回到"风雨如晦"的妙处:

>……"晚来天欲雪",正是欲雪未雪之时。雪谁不爱看?而它偏不下来。这样你便不免于若有所待。那么你才明白鸡鸣不已的道理。鸡为什么叫,我们当然不知道,但它总是这样叫个不停,便觉得有点稀奇,这时你才知道如晦的影响之大。真要是四乡如墨,一盏明灯,夜生活的开始,也就走入了另一个世界。偏是不到那时候,偏是又像到了。于是,一番不耐的心情,逼着你不由焦躁起来。这时一片灰色的空虚,一点失望的心情,忽然有人打着伞来了,诗云"最难风雨故人来",何况来的还不止是故人,他是君子,他乃是"有女怀春,吉士诱之"

的吉士,并不是什么道学先生。那么能不喜吗?然则到底是因为君子不来,所以才觉得"风雨如晦,鸡鸣不已"呢?还是真是风雨沉沉,鸡老不停地在叫呢?这笔账我们没有法子替他算,诗人没有说明白的,我们自然更说不明白。

然而诗只有四句,却因此有了不尽之意,何况君子既来之后,下文便什么也不说。以情度之,当然再没有什么可说的;以诗论之,却又已回到了风雨鸡鸣之上。又何况他们即使说些什么,也非我们之所能知了。而你若解得,此时一见之下,早已把风雨鸡鸣忘之度外,一任它们点缀了这如晦的小窗之周,风雨鸡鸣所以便成为独立的景色。那么人虽无意于风雨鸡鸣,而风雨鸡鸣,却转而要有情于人。

林庚此处没有像顾随那样倾心于字美、字音的玩赏,但也从《风雨》三章中,独独拈出"如"字,将它与"晚来天欲雪"之"欲"字比照,得出诗是"比思想更明白的语言",却蕴含比思想更丰厚的意味,是为"明朗不尽"。诗人自然不会想到为什么三章中后世读者只记住了第三章,且独爱其前两句;读者似乎也从未深究于此。林庚在细致入微地"缔构"原诗意境的过程中,对何以如此做出了合乎情理的推测,但却不是为了追踪诗人吟唱之初的意图,而是以文本为中心的自我体验的扩展。此外,通常的解读认为三章前半为兴中有比或比中有兴,林庚则认为"风雨鸡鸣"是"独立的景色",不是为抒情服务的手段，也不是为女子之前的焦虑或之后的欢喜做渲染。它们是彼时彼刻相爱者生活世界的真实反映，与后者一样具有主体性。这其中已有解读者现代意识的渗入。

美国学者芮塔·菲尔斯基在《文学之用》中问道："当与文学的对话被恒定的诊断代替，当对文本的辅导式阅读使我们将阅读文本的初心抛诸脑后之时，我们究竟失去了什么？"因此，"我们急需对自我和文本如何互动提供更丰富、更深入的解释"。这种互动，在中国文学欣赏和批评中，在顾随、林庚以及其他前辈诗人、学者的细读中，一直有丰富而具体的体现。尽管如此，就整体而言，新批评式细读与中国传统式细读仍然存在很明显的差异。首先，前者隶属西方广义的形式主义批评，落脚点在文本形式的种种因素及其关系；后者是从形式到内容的循环往复，是对文本何以如此、不如此又将如何的推敲、揣摩，但落脚点总是在文本的意涵所指。其次，前者有"意图谬见"之说，反对经由作者创作意图、写作过程的分析来评价文本的方法；后者则力图参悟作者意欲表达的思想情感，评价其达成度。刘勰《文心雕龙·知音》篇中所言"观文者披文以入情"，"世远莫见其面，觇文辄见其心"，所入、所见者皆是缀文者的情与心。最后，前者一般只研究孤立文本，不做比较也就无意于去鉴别；后者则习惯将单个文本置于作者创作历程、同时代作者创作，及至文学史视野中考察、审视，给予其恰当的评价。两者虽然都会凸显细读对象的独特性，但新批评只是为了确认它确实非同寻常（艾略特自然是个例外），中国传统式细读则融入文学史意识，要为单独的文本做出较为精准的定位。

  赵毅衡在《新批评——一种独特的形式主义文论》结语中，曾引用美国学者John M. Ellis的话说："无论我们喜欢与否，我们今天大家都是新批评派。"他在该书修订版《重访新批评》导论中亦提及："最近美国有几本文集，新一代的批评家感叹：'讨论具体作品时，我们仍然像个新批评派。''新批评派仍然像哈姆雷特父亲的鬼魂，依然在指挥我们。'"时间虽又过去了十年，但今天从事文本解读，尤其是诗歌文本解读的批评家，或多或少都受到过新批评细读法的影响。本书所用细读法，侧重于新批评意义上的。这主要是因为，本书解读的对象是新诗，而新批评细读法主要针对的是诗歌，包括中古英语诗歌，尤其是玄学派诗歌。尽管新批评派两位主将克林斯·布鲁克斯、罗伯特·潘·沃伦在合著《诗歌鉴赏》之后，又合作编选《文学入门》《小说鉴赏》，以表明他们同样可以"细读"小说，但新批评主要的影响力在诗歌是不争的事实。此外，我在日常教学、讲座，以及参与公共空间诗歌等活动时，深感许多读者在进入新诗文本空间时，存在比较多的障碍。这些障碍与他们拥有的文学理论或新诗理论知识的多寡，确实没有太大关系。主要原因在于，学校文学教育传授的解读文本的"规定"程式，可应付考试，却难以适应诗歌文体所提出的特殊要求，也无法应对新诗"日日新"（庞德）的发展态势。用解读散文的方式解读诗歌，忽视诗歌文体，也就是诗歌语言和结构的特殊性，是当下学校新诗教育最大的，也是最难以克服的症结。无论从哪个角度理解"形式"一词的意指，没有形式，就没有诗歌。当然，新批评理论与西方形式主义文论传统一脉相承，也与当时自然科学的发展和实证主义哲学的兴起密切相关，针对的是英语诗歌。中国文论同样有深厚博大的传统，新诗亦即现代汉语诗歌也置身于传统的活水之中；形式主义文论从未在中国文论中居于主潮地位；现代以来文学中的形式探索，常常受到批判。不过林庚曾说，"艺术上新的成就，因此往往也会为形式主义开了方便之门"。本书的细读不可能拘泥于新批评式细读法，不可能将诗与诗人割裂，也不可能将揣摩创作者的用心视为"错误"的解读方法，当然也不会将细读者个人的感受冒充为诗人的"本意"，那只是施蛰存所说的"仿佛得之"的境地。施先生的《唐诗百话》，曾援引欧阳修《六一诗话》记载的与梅圣俞谈诗的话，梅圣俞道："作者得于心，览者会以意，殆难指陈以言也。虽然，亦可略道其仿佛。"然而，本书也不可能无限泛化"细读"，以致最终抹去其所指。细读在本书中的含义，大致处于狭义的新批评式细读与广义的细致阅读之间，而以前者为指归。一方面，本书的细读是以单个文本为中心，以形式要素为重点的尽可能详细的解读，偏重于新批评式的"内部研究"；另一方面，借鉴中国传统式细读的"以吾身入乎其中而涵泳玩索"，重视诗歌予人的兴发感动。同时，本书吸收了西方现代哲学诠释学的相关方法。现代哲学诠释学集大成者、德国哲学家伽达默尔，毕生热爱诗歌，曾撰写长篇文章解读德语诗人策兰晚期诗歌，几经修订后出版成册（《谁是我，谁是你：伽达默尔谈策兰〈呼吸结晶〉》）。他坚持认为，对理想读者来讲，摆在第一位的永远是"诗知道什么"，而不是"诗人知道什么";是诗想要我们倾听到的一切,而不是诗人直接或间接指引给我们的东西。这一点,艾略特在《传统与个人才能》中已有表述:"诚实的批评和敏感的鉴赏,并不注意诗人而注意诗……"

每一首诗都是独一无二的,细读的方法应当根据文本具体的情况做出相应调整,并没有统一的解读模式可供遵循。若说本书的细读有什么共同规律或指向,那就是往往从文本形式要素及其关系入手,转入对其内涵、意蕴的阐发,以显示文本在形式与内容上的有机整体性。这似乎已偏离了人们印象中新批评重形式、轻内容的细读路线。实际上,美国批评理论家文森特·里奇曾指出,新批评与俄国形式主义文论的重要差异之一,即前者研究一个文本结构中诸多要素之间的共同协作与完美统一,后者则研究文学形式的常规与变异。新批评并没有如人们通常理解的那样,强行割裂形式与内容,但认为文本是完整自足的语言结构体。仅从诗歌的形式要素来说,本书各讲主要涉及以下方面。

(1)视觉外观。指文字符号在传播载体上排列、组合的方式,由分行、跨行及其句式长短构成。它是阅读者拿到诗后的第一印象,但在常规解读中几乎被忽略。本书并未选择图像诗(亦称具象诗。用文字符号的排列、组合来模仿事物形态)这种新诗特殊的类型,但一首诗的视觉外观仍值得注意。中国新诗的"开山之作"、胡适《白话诗八首》之一的《蝴蝶》,初刊时题为《朋友》,繁体竖排。他在题记说:"此诗天怜为韵,还单为韵,故用西诗写法,高低一格以别之。""高低一格"即形成视觉外观,以区别于古诗。

(2)分行与跨行。新诗区别于古诗、也区别于叙事性文体最显著的外在标志,是构成视觉外观的主要因素。跨行(enjambment)是外来说法,指"行断意续"(卞之琳)。简单地说,即一个完整的句子被切分成两行或多行,可以在一节之内,也可以跨节(尤其在十四行诗中)。中国古典诗词就有类似例子,如"可怜无定河边骨/犹是春闺梦里人","蓦然回首/那人却在/灯火阑珊处"。分行与跨行有时出于凑韵,多数时候因节奏、韵律而起,以更好地表情达意。本书除第八讲细读顾城中予以重点讲解,其他各讲也均有涉及。

(3)语句长短及其搭配。单独的语句有长有短,也可以由跨行加以"人为"控制。一般来说,长句的气息连绵、悠长,适于表达深沉、沉重或悲壮、哀伤的情思。短句气息短,默读或诵读时推进速度快,转换迅疾,适宜表达明亮、欢快、活泼的情思;或与长句在情感上形成鲜明对比。昌耀等人的诗中,一行之内常用句读"。"截断语句。语句的长短交错带来文本摇曳生姿的变化,避免语句表述上的单调、呆板,是新诗常规的写法。当然,有常规就有"反常规"。

(4)字词选择与运用。俄国形式主义有"陌生化"(defamiliarization,一译反常化)之说,指的是诗歌语言不同于日常用语和科学用语,是复杂化形式的手法,以增加阅读者感受的难度和时延,目的是唤回人对生活的感受,直抵事物的具体存在。叶嘉莹曾引瑞士语言学家索绪尔的观点,后者认为语言效果的形成有两个最基本的因素,一个是选择,即从浩瀚的语言中选择什么样的词汇;另一个是组合,即如何安排这些词汇。细读时不仅要关注文本中"反常"的字词,包括极为生僻的或诗人自造的,而且要重视那些看起来极其平常的词汇,是如何融入文本别具一格的场景或意境之中。在推崇诗歌语言"陌生化"的大潮中,选择日常语汇反而成为"反常"之举,更应得到关注。当然,这就越出了新批评式细读法,需要结合诗人写作整体的语言风格来释读。

(5)声音与调质。新批评派代表人物韦勒克、沃伦合著的《文学理论》认为,文学文本首先是一系列声音的组合,然后才有意义的浮现。古代汉语有平上去入,现代汉语有四声,入声分散到二、三、四声中,在一些方言区还有不少保留。每一种发声运用的生理器官不同,给人的感觉、意味也有差异。中国传统式细读早就注意到字词发声与其意蕴之间的关联。学者周汝昌解读柳永《八声甘州》领句"对潇潇暮雨洒江天,一番洗清秋",说道:"上来二句一韵,已有'雨'字,'洒'字,有'洗'字,三个上声,但一循声高诵,已觉振爽异常!素秋清矣,再加净洗,清至极处——而此中多少凄冷之感亦暗暗生焉。"即是将字词发声、个人体悟与文本意境融为一体的典范。爱尔兰诗人谢默斯·希尼用"意义的声音"(sound of sense),来赞扬他极为欣赏的英国19世纪诗人约翰·克莱尔。赫斯菲尔德则把声音比作诗歌的肢体语言,是一种潜在的风格。它创造了诗歌圆满的存在,使之连贯、独特、易于识别。她解读美国当代诗人拉金的《高窗》("High Windows"),就是从声音开始的:

这首诗是由声音、思想、意象和韵律组成的。一个长音 i 引导读者从第一节的 I 和 paradise 开始，经过 lives、push to one side、long slide 和 hide，回到最后一节，回到标题中第一次听到的 high windows。同样，还有 happiness 的尾韵：首先出现在长长的滑道的底部，在诗结尾处的 sun-comprehending glass 和 endness，它再次出现并释放出苦涩。那个不言而喻的词汇，填满了空旷的蓝色深渊，是"祝福"。

诗的声音与思想、意蕴（苦涩、"祝福"），最后在解读者笔下汇流到一起。声音与调质在文本中很难截然分开，只是侧重点不太一样：声音是微观的，一般指单个字词的发音；调质则是由一系列声音构成的音调的高、中、低及其混合，是对声音的整体感受。无论声音还是调质，都需要与语境，与全诗的抒情脉络、意图、方式等相连。这是中国传统式细读与新批评式细读的差异所在。

（6）节奏和韵律。即建立在声调基础上，语言行进速度的急促与缓和，有意的停顿和转向，以及由此形成的语言的秩序感。两者之间的关系，以及它们是否有根本区别，学界观点并不一致。一般认为，节奏（rhythm）与秩序，与持续的时间、间隔和重复密切相连。脚韵也是形成节奏与韵律的因素之一。由于新诗通常不押脚韵，文本中"偶然"现身的脚韵反而更能引发细读者的兴味。除脚韵外，新诗文本中也有类似古典诗词的行间韵（句中韵），以及叠字叠词、连绵词的运用等。

（7）语境。古典诗词、新诗解读中的常用词汇。波兰人类学家布罗尼斯拉夫·马林诺夫斯基1923年提出这一概念，并区分出两类语境：情景语境（context of situation）和文化语境（context of culture）。前者相当于语言性语境，即狭义语境，指文本的上下文；后者相当于非语言性语境，即广义语境，既包括诗人生平经历、创作背景、时代精神状况，也包括诗人所属历史文化传统。新批评只关注狭义语境（艾略特除外），传记式批评、社会-历史批评等则强调后者。本书的细读兼顾两种语境，但以前者为主。此外，美国人类学家爱德华·霍尔还从文化交流的角度，区分出"高语境"（high-context）与"低语境"（low-context），认为"高语境（HC）交流指那些存在于实际语境或内在于人自身的信息，这些信息极少被符号化，也很少被明显地传达出来。低语境（LC）交流则恰恰相反，它将大量信息都尽可能地表达了出来"。这对术语可用于分析"为无限的少数人"写作的诗歌文本与为大众写作的诗歌文本；亦可用于分析法国学者罗兰·巴特所说的"可读的文本"与"可写的文本"的差异，前者的意义近乎封闭和确定，后者的意义则有待阅读者创造性的释放。

（8）各种现代诗歌技法。除前文提及、新批评以专门术语表达的技法，本书细读涉及的还有隐喻、反讽、互文、戏剧性处境（兰色姆曾论及"情境处境"）、移位等。

叶嘉莹在《名家谈诗词》总序中说，读诗、讲诗有三个层次：第一个是"直觉的、感性的"。第二个是"知性的、理性的，即考察一首诗的历史、背景、思想"。第三个则完全从读者接受角度来读,"当你在读诗或词时,不仅探讨作者原意,更读出了一种真正属于你自己的、从你内心兴发出来的东西",亦即意大利学者墨尔加利所说的"创造性背离"。叶先生是从接受美学角度划分的三个层次,不是三种解读方法;三个层次自然不是完全分离的,每个层次中也都可能出现广义的细读,但却存在螺旋式递进关系:最理想的境界是第三层,但它不是空中楼阁,是在包容前两个层次中达到的、对文本浑融一体的领悟。达及这一层次的读者是创造性的读者,"他们对作品的解释可以不必是作者本来的意思,而是一生二、二生三、三生无穷的引发。只有这第三个层次的读者,才是最有感发生命的读者"(《好诗共欣赏》)。因为叶先生认为,好诗最重要的特质是能传达兴发感动,读者也要能将这份兴发感动传递出去。从批评的角度,特雷·伊格尔顿认为:"历史上文学批评的最佳状态,就是注意到双重关注的那类,即文学作品的质地(grain)、纹理(texture),与这些作品的文化语境。"质地、纹理(肌质)是新批评特别看重的,而其重要原因之一,则是不满于流行的传记式批评、社会-历史批评等对文本自身、对诗歌语言艺术的忽视。兰色姆《新批评》一书译者王腊宝、张哲在译序中,为新批评理论未能及时受到国内批评理论界的重视,并学以致用而感到遗憾。他们指出:"我们中的许多人在文学评论中至今仍然没有跳出庸俗社会学和传记批评的窠臼,我们常常习惯性地随手从当今文化研究的思想武库中拿起一个理论,然后在几乎完全脱离文本的情况下生搬硬套,却很少懂得从文本细读中寻求有说服力的证据,以便获得我们想要的结论。"距离兰色姆著作的出版已逾八十年，距离该书中译本的出版也已过去十余年，两位译者所描述的状况是否有大的改观呢？至少在新诗欣赏、解读领域，情况并不乐观，而这一领域恰恰是借鉴、吸收新批评式细读法，并予以创造性转化最合适的场域。当然，新诗的赏析、品鉴有自己的独特性，新批评式细读法不可能完全照搬；它只是行之有效的众多解读方法中的一类，并不排斥、也不可能排斥其他解读方法的存在。本书的细读同样遵循"双重关注"的原则，可以视为细读者与文本、与诗人、与更多解读者的对话。本书的细读的宗旨由此可概括为：

以对话方式，让文本开口说话。

第一讲
揭示现代人深层意识的标本
——细读徐玉诺

徐玉诺，20世纪20年代初加入文学研究会，与同人朱自清、俞平伯、周作人、叶绍钧（叶圣陶原名）、郑振铎等八人合出诗集《雪朝》。这是新诗史上第二本诗合集，徐玉诺入选诗作数量最多，共十八题四十八首。相隔仅两个月，他的个人诗集《将来之花园》亦由商务印书馆出版，是新诗史上首批出版的诗集之一。他独特的、有些怪异的诗风在那个时代独树一帜，得到叶绍钧、郑振铎、闻一多等人的高度评价。闻一多将他与冰心相提并论，认为："《将来之花园》在其种类中要算佳品。它或可与《繁星》并肩。我并不看轻它。……'杀杀杀……时代吃着生命的声响'同叶圣陶所赏的'这一个树叶拍着那一个声响'可谓两个声响的绝唱！只冰心才有这种句子。"

新诗研究者不可能不注意到《雪朝》和《将来之花园》,也不可能不注意到当时已有的评价。因此,说徐玉诺是一位在新诗史上长期受到漠视的诗人,这种意见的主要根据,是他没有得到与其新诗拓荒者身份、地位相匹配的篇幅和评价,往往被一笔带过。直到2014年冬,河南平顶山学院等单位联合举办徐玉诺创作座谈会,他才重新引起关注。2015年《徐玉诺诗歌精选》的出版,让这位隐没的诗人穿越历史烟云,走进更多读者的视野。这似乎印证了他首部诗集的集名:他的诗是一座"将来之花园"。

倾心于黑暗与死亡的主题

《墓地之花》作于1922年,收入《将来之花园》:

> 春天踏过了世界,风光十分温润而且和霭;
> 凸凸的墓场里满满都长出青草,
> 山果又开起花来。
> 我跳在小草上,我的步伐是无心而安静;
> 在那小小的米一般的黄或红的小花放出来的香气里,
> 觉出极神秘极浓厚的爱味来。
> 墓下的死者呵!
> 你们来在何时何代?
> 你们的床榻何等温柔,你们的枕头何等安适!

第一讲　揭示现代人深层意识的标本

> 年年又为你们的同伴送出香气来。
> 墓下的死者呵！
> 你们对人生是不是乏味；
> 或者有些疑惑？
> 为什么不宣告了同伴，大家都来到墓的世界？
> 春光更是绚烂，坟场更是沉寂；
> 我慢慢的提着足，向墓的深处走着。
>
> ——（一九二二，）五，五。

诗的标题是偏正结构短语，构成相反相成的两极：如果墓地是死亡、静寂之地，则花是（新的）生命的象征。两极的相互作用构成的反差，形成诗的张力。

首行描绘的是春光的明媚、和美，让人惬意。由于读者最先看到标题，次行"凸凸的墓场"的出现并不显得突兀。叠用的"凸"字，极似座座坟墓的相连；"凸"字上端的"п"，是拱起的坟包的象形。用"满满都长出青草"而不用更简洁的"都长满青草"，"满满"一词被置前而获得凸显，象征春天旺盛的生命力。"山果又开起花来"暗示开花之后，果实将再一次挂满枝头。这是另一重生命的循环。第四行"跳"字写出"我"此时为美景所感染的惬意之情；"跳在小草上"又有某种虚幻之感，隐秘地由开篇的实景描写转入虚拟。它同时与最后一行"慢慢的提着足"形成对比。第五行"在那"长达二十二字，细节描写中有视觉也有嗅觉，视觉中有事物的形状（"小小的米一般"），也有色彩（"黄或红"）。这一描写或许说不上有十分特别的地方,但展示的是"我"全身心浸润于春景的状态,让第六行"觉出极神秘极浓厚的爱味来"的"觉"字,有了稳健的依托。

如果把前六行联系起来看,前三行是实写,"跳"字萌生虚幻感;长句则回归实写,再以"觉出"道出虚幻之感——"极神秘极浓厚"已明示这种"爱味"是说不清道不明,却实实在在地存在,萦绕着"我"也萦绕着这世界。虚实的相间及其转换显得自如,不露痕迹。这种"爱味"无疑也扩散到下一行"墓下的死者",他们就在这个世界中。也是从这一行(第七行)开始,文本转入对话形式,"我"的情感随"爱味"的"浓厚"而强化,呼告(顿告)手法随之而登场,叹句、问句频频出现。第八行"你们来在何时何代"的疑问句,显示这里可能是无主的野坟地,没有墓碑,也就不知其生卒年月。诗人艳羡他们能躺卧在如此充满爱味的一片天地,而"我"可能只是偶然、"无心"地踏入。墓中人不仅没有散发朽腐、令人作呕的气息,反而"年年又为你们的同伴送出香气来"——"你们的同伴"也在暗示"我"是孤身一人漫游于此,钦羡之意亦在其中。第十一行重复的慨叹亦即呼告之后,"你们对人生是不是乏味;/或者有些疑惑?"暗示墓中人的死亡是自愿的选择,而非无疾而终。因此,表面上是对"你们"的疑问,实则是"我"对人生感到乏味、满是疑惑的曲折表达。从"为什么不宣告了同伴,大家都来到墓的世界"的另一问中,可知"同伴"不是指一同躺在这片墓场的人(他们彼此是陌生的),而是依然生活在现实世界里的朋友,如他们一样苦恼于生活的人。"春光更是绚烂，坟场更是沉寂"写出此情此景中"我"的感受的两极，同样相反相成，且有递进关系：春光越是绚烂，坟场愈显得沉寂。沉寂是因为"我"的呼告和疑窦没有得到回应，而绚烂的春光属于他们，"我"不过是过客。最后一行"慢慢的提着足"不再是"无心"的步伐，仿佛出自慎重的考虑，"向墓的深处走着"也就有了双重意味："我"似乎听到他们的宣告，而走向墓下；或者，继续向墓场深处漫游，寻找答案。

徐玉诺的诗中极少出现"爱昧"或"爱"这样的字眼，他把它渲染在墓下的死者身上，表达的是对现实世界的绝望、厌弃，而钟情于死亡之美；绚烂的春天属于"我"，更属于沉寂的坟场。在这里一切归于平静、安详、舒适，不再有任何疑虑的纠缠。死亡、鬼以及富含死亡意味的黑暗，成为他诗歌的主题。比如同一年写作的《诗》："这枝笔时时刻刻在微笑着；虽在写着黑浊的死墓中的句子。"《名誉》："让你的可怜的苍白的青年们拿去吧；／我要到人类的末路去。"还有《小诗》：

> 当我把生活结算一下，发觉了死的门径时；
> 死的门就嘎的一声开了。
> 不期然的，就有个小鬼立在门后，默默的向我示意；
> 我立时也觉得死之美了。

结算自己的生活，发现死的门径，同时感觉到死的殷勤和美妙，是徐玉诺1921至1922年写作高产时期的主导情绪，因此时人戏谑地称他为"魔鬼派"。奇特的意象,具有戏剧性效果的想象,哀莫大于心死的抑郁氛围,使他的诗明显有别于新诗草创时期同人的诗。他对想象与真实的理解也有别于时人:我们以为无比真实的其实是心造的幻影,而那些虚幻的正死死地盯着你,让你片刻不得安宁。写于1923年的《永在的真实》表达的正是这种理念:

> 世界上一切平安、宁静都是幻影;
> 惟有恐怖是真实、普遍、永在的。
> 在静幽花园,丰美原野里,
> 正要散步,
> 忽然的
> 便有一只使人血管骤缩的、胆战心惊的、黑豆一般的小枪口对准着——快要开火——你的眼睛。

这一次,诗人在静幽花园、丰美原野里目睹的不是绚烂的春光,仿佛那是世界布下的迷障,而是夺人性命的枪口,宛若从虚无中伸出,但又历历在目。作为死亡象征物出现的黑暗,也是徐玉诺倾心描写的对象。最具代表性的是《黑暗》(1923):

> 世界再也没有比黑暗更深奥更耐爱更全备的处所了;
> 在那里有人类所要有而且取不尽的东西,
> 在那里有人类所爱看而且看不穷的美丽,
> 在那里有人类所要听而且听不到的低微而且浓厚的

第一讲　揭示现代人深层意识的标本

　　音乐……
　　自由莫过于在黑暗中，
　　快乐莫过于在黑暗中……
　　罩在人类头上的，将要重重落下的黑暗哟！

可以说，黑暗压倒了在他的诗中不时闪现的光明，或者说，黑暗才是真正的光明之所在，而被人当作光明的，不过泡影。自由、快乐只存在于黑暗中，它才配得上"爱"。这首诗的结句具有反讽意味，是要人们不要固守成见，不必害怕黑暗的到来，而应当融入它。这首诗让人联想到美国诗人、有"现代诗歌之父"之誉的庞德。他在《对黎明的挑战》（里奥译）中写道：

　　你黎明阵的血红枪手
　　驱走了我梦中的黑衣武士，
　　住手！我不会投降。

　　我据壕固守的灵魂，不顾你的到来继续做梦
　　庇护被征服的黑夜
　　它决不能投降。

　　有学者将徐玉诺的《墓地之花》与鲁迅的《墓碣文》比照。《墓碣文》出自《野草》，通常被视为散文诗，也有不少选本把它当作新诗收入。《墓地之花》与徐玉诺的很多诗一样，喜用散文化长句，也可以当作散文诗对待。这是两者文本外观上的相似。两者的另一相似点是都写到墓地和死者，也都着眼于感觉的传递。不过，《墓碣文》起句已点明写的是梦中情境："我梦见自己正和墓碣对立，读着上面的刻辞。"结尾死尸在坟地里坐起，口唇不动却发出言语："待我成尘时，你将见我的微笑！"具有超现实色彩。《墓地之花》则以写景起首，虚实相间，呼告手法只是虚拟对话，是内心情感积聚的体现。《墓碣文》结尾是"我疾走，不敢反顾，生怕看见他的追随"，《墓地之花》则是走向墓地深处。从语言上说，由于《墓碣文》主体部分是诗人虚拟的残缺的墓碣刻辞，因此显得古奥、艰涩。如：

　　……于浩歌狂热之际中寒；于天上看见深渊。于一切眼中看见无所有；于无所希望中得救。……

　　……有一游魂，化为长蛇，口有毒牙。不以啮人，自啮其身，终以殒颠。……

　　……离开！……

　　……抉心自食，欲知本味。创痛酷烈，本味何能知？……

　　……痛定之后，徐徐食之。然其心已陈旧，本味又何由知？……

《墓地之花》则有明显的口语化，比较随性。鲁迅借助墓碣刻辞，也就是借助这位死者的遗言，是要将自我的思想观念客观化，以"他者"来审视自我。这种表达方式，也就是人们后来谈论新诗时经常提到的"感情客观化"或"思想知觉化"，具有很强的现代诗特征，因此更为成熟。《墓地之花》虽然也给阅读者如梦似幻的感受，也有超现实色彩，但主要采用的还是传统诗歌触景生情的手法。两者的差异大于其共同点。

流布于散漫句法中的本真情感

偏爱散文化的长句，喜用甚至连用破折号、省略号、感叹号等，加上对现实的鞭挞，对晦暗不明的未来不抱幻想，自我剖析，徐玉诺的诗作确实容易让人联想到鲁迅的《野草》。但《野草》属于散文诗，新文学史上的一个新种类，鲁迅并不认为自己写的是新诗。把它作为新诗讨论，如同洪子诚、奚密等编选的《百年新诗选》所言，只是代表编者对新诗史的某种特定理解。而徐玉诺从不怀疑自己写的是新诗，也从未提及"散文诗"一说。

他的许多诗在刊发时，只是首行缩进二字来分段。这些分段也是可以合并的。如《徐玉诺先生之地板》（1922）：

> 徐玉诺先生之地板才算奇怪的，……没法说；
> 　不知道是他的脚小呀；也不知道是地板的木纤维的空间；

>他走动起来，总是跳黑阱一般，一下一下都埋没在地板里。

诗写的是自我生存的窘境，每走一步都陷入地板，终至被黑暗埋没，同时写出人的生存非自我的意愿所能控制，受制于诸多"没法说"的外因。黑暗是其诗中高频的词汇（意象）之一，与死亡，也与自由、快乐相连。一年多后所写《我的诗歌》(1923年5月)，在视觉外观上，也在情趣上更接近散文诗：

>我无心的穿过密密的树林，经过一个小小的村庄的前面，小鸟和人类格外的亲密着。
>我的诗是不写了！——因为荡漾在额上的微笑是无限的；歌是不唱了！——因为无声的音乐是永久的。

诗人从偶然看见的小鸟与人的亲密无间中，感受到诗与歌的多余——诗与歌正是为着人与人、人与自然的和谐、和美，而在密密的树林中，这一切已昭然若揭。徐玉诺的这种描写自然、带有欢悦底色的小诗并不多。而可能正是接触到这些不多的小诗，闻一多将他与冰心并论。学者、批评家魏天真认为，这些小诗都是一种有全新意味的沉思冥想，非常讲究对当下体验灵机一动式的疏泄，其深邃空灵是冰心等人不可同日而语的。比如同样以"小诗"题名的诗作：

>失意的影子静沉沉的躺在地上；

第一讲 揭示现代人深层意识的标本

> 生命是宇宙间的顺风船,
> ——不能作一刻的逗留;
> 总是向着不可知的地方。(1922年2月)
>
> 人生最好不过做梦,
> 一个连一个的
> 摺盖了生命的斑点。(1922年3月)
>
> 在夜间的窗孔中,你能看见
> 那一个地球正要向着一摊极不光明的酱醋液体里沉了下去。(1922年4月?)
>
> "一个不稳定的孩子!"我一点也不反对;因为:
> 当历史用各种圈套来罩我的时候,我脱然的跑了。我到了一个花园里;及你看见我,我已是又跑开了。所以我常是不规则的跑着……(1922年5月)

这些语句确实是对当下体验灵机一动式的疏泄,因此语言上没有太多讲究,表述的却是时时刻刻感悟到的人的生存困境:宇宙了无生趣,前途皆不可知;做梦是最好的犒赏,其间真实与虚幻的界线不复存在。而诗,尤其是随口而出的小诗,正是现实与梦幻混沌一片的最佳载体。

徐玉诺诗的形制,体现出新诗初创时期的自由探索,以摆脱旧体诗形制的束缚,是新诗必然要走过、也必然要被超越的阶段，故此难以用新诗诗体比较成熟时期的行、顿（音组），以及节奏等形式的概念来视之。这些诗属于伽达默尔所言"历史流传物"，需要在诠释学处境中来理解、经验。《晨报》副刊《文学旬刊》1923年6月21日刊发《失了的情丝》一诗时，附有编者（王统照、孙伏园）的话："玉诺来信告我说：'几首诗现寄上，这并不是我特意要如是作非牛非马的诗，神力薄弱，无力作新法表现，只是皱起的句子罢了。'""皱起的句子"是自谦，又何尝不是一种关于新诗的理念：新诗不应受到任何束缚，但不少新诗人不知不觉间依然拘囿于旧诗观念，"作非牛非马的诗"需要决绝的勇气。另一方面，散漫句法中表现出诗人的随性率真，无遮无掩，如同鲁迅《墓碣文》中所说的"抉心自食"。《徐玉诺诗歌精选》编者之一海因认为，徐玉诺的创作具有鲜明的"目击性""在场性"，其诗歌语言"无意间回避了那个时代一些标志性语法和词汇，只留下最本真的情感元素"。事实上，他是近代诗人黄遵宪"我手写我口"的彻底实践者："我手写我口，古岂能拘牵！即今流俗语，我若登简编；五千年后人，惊为古斓斑。"（《杂感》）后人是否"惊为古斓斑"，现在下结论为时尚早，不过，徐玉诺的散漫句法，包括字词的错漏，语言的拖沓，在将诗作为最讲究、最严苛也最高贵的文体的时尚中，不能不被视为"异类"。写于1922年的《不一定是真实》，已十分接近散文：

> 有些时我觉得我是一架青灰的骨骼，肋骨一根一根的像象牙一般的排列着连在脊柱上，头骨也连在脊柱的

上端，只有白线一般的呼吸管连着一片黑铁般的肺；躺在低橙上。

当母亲燃着了干草，泡一条温水中（疑为"巾"——《徐玉诺诗歌精选》编者原注），盖在我的脸面骨上而叫道：

"我的孩子呀！"的时候，我那黑洞一般的鼻腔，微微的呼出些痛楚的气息。

另外什么也没有了。

但是我仍然很沉默的躺；我骄傲般的自信：

"不一定是真实！"

这首诗完全谈不上行的划分，而分行是新诗区别于旧诗最显著的形制标志之一。即以段论，在母亲的叫声后另起一段并无问题，但紧跟"的时候"则让人不明就里。此处可以排列为：

当母亲燃着了干草，泡一条温水中，盖在我的脸面骨上而叫道："我的孩子呀！"

我那黑洞一般的鼻腔，微微的呼出些痛楚的气息。

不过，所谓瑕不掩瑜，时人透过略显粗糙、随意的语言，看到的是一颗真诚袒露的心。郑振铎在为《将来之花园》所作卷头语中说："玉诺总之是中国新诗人里第一个高唱'他自己的挽歌'的人。"这首诗即是诗人的"挽歌"。诗人想象自己临终时的状态，也就设定了一个戏剧性场景，其中有母亲用温水泡过的毛巾盖在自己脸上的细节，有她痛苦而绝望的呼叫，也有诗人的独白——插入语"不一定是真实"可视为"我"的潜意识，是新诗营造戏剧性处境的方式之一，多见于后来的闻一多、卞之琳等人诗中。因遭受痛苦的折磨而沉默，而又骄傲，这是"我"的个性。"不一定是真实"不完全意味对开篇想象中的惨状的反转，很可能表达的是"我"未来生活更加惨痛——比已描述的更其真实——的命运。诗人似乎早已预知自己的未来被湮没、忽略的结局。而因病入膏肓，得到母亲的关爱和体恤时，他却深感这"不一定是真实！"在《故乡》（1922）中他已道出"异乡的小孩子失掉了一切"，语调是平静的，气息是痛楚的，因此亲情、乡情于他都只是虚幻的泡影；但"不一定"又显示他内心还是残留着一丝希望，他还是渴盼这一幕的真实出现。

挣扎于未来与过去"之间"

徐玉诺对现实生活的绝望，对黑暗之境、死亡之美的赞颂，与他出生、成长的环境（河南鲁山乡村），成年后颠沛流离的经历有关，也与他背负的沉重记忆相连。生命的成长就是层层记忆叠加的过程。

写作本质上是一种回忆。现实经由观察进入诗人的大脑皮层，沉淀为影像似的碎片，写作则是将记忆巢穴里的碎片提取出来的言语行为。《海鸥》一诗写道：

第一讲 揭示现代人深层意识的标本

  世界上自己能够减轻担负的,再没过海鸥了。

  她很能把两翼合起来,头也缩进在一翅下,同一块木板似的漂浮在波浪上;

  可以一点也不经知觉——连自己的重量也没有。

  每逢太阳出来的时候,总乘着风飞了飞:

  但是随处落下,仍是她的故乡——没有一点特殊的记忆,一样是起伏不停的浪。

  在这不能记忆的海上,她吃,且飞,且鸣,且卧……从生一直到死……

  愚笨的,没有尝过记忆的味道的海鸥呵!

  你是宇宙间最自由不过的了。

一九二二年,四,六。

  每个人的记忆都有如大海,但大海之于海鸥,确是没有记忆的伊甸园。海鸥是"宇宙间再自由不过的了",一个是它可以自己减轻负担,像一块木板似的漂浮波浪上。它可以"把两翼合起来,头也缩进在一翅下",不再操心这世界。另一个是随处都可成为它的故乡,也就消解了故乡的意味。但诗人却不是能够自由翱翔、降落的海鸥。对记忆的厌恶,对记忆阻碍自由的苦恼,在他的许多诗作里都有体现。比如同年写作的《杂诗三首》之三:"假设我没有记忆,/现在我已是自由的了。/人类用记忆把自己缠在笨重的木桩上。"还有《宣言》:"我们将否认世界上的一切——记忆!/一切的将来都在我们心里;/我们将把我们的脑袋,同布一样在水中洗净,/更造个新鲜的自由的世界。"叶绍钧在当年所写《玉诺的诗》中说:"他最愤慨于记忆,因为他是一切痛苦罪恶丑陋的泉源。虽然记忆也帮助人类造成了许多事物,但比起他所给与的苦恼来,实在同一粒粟和一个大海。"写作是对记忆的记忆,有疏泄记忆的功效,但也使之如涨潮的海水倒灌陆地,让人重新品尝生活的苦涩不堪。

新诗初创时期,浪漫主义与现实主义两股潮流竞相涌动。徐玉诺的诗具有强烈的现实性,但在抉心自食、高唱自我的挽歌中,更凸显浓厚的主观性,可称之为心理现实主义。他诗中奇特的意象、奇异的幻想,是浪漫主义常见的抒情手段;充沛的情感,心灵与想象力的奔放,也是浪漫主义的艺术特征。但某种意义上,他的诗又是反浪漫主义的。主流的浪漫主义以崇高理想为圭臬,憧憬未来,激励人们再造一个美丽新世界;也有浪漫主义者因对现实极度失望,希望回到过去安详、宁静的家园中。徐玉诺既对未来不抱任何幻想,如他在《船》(1922)中所写:

> 旅客上在船上,是把生命全交给机器了:
> 在无边无际的波浪上摇摆着,
> 他们对于他们前途的观察,计划,努力,及希望全归无效。
> 呵,宇宙间没趣味,再莫过于人生了!

又对记忆深恶痛绝,一心想抹除。诗中展现的"我"的形象,实际上处于未来与过去"之间"状态,也就是现实这"无聊的荒野"(《我并不寂寞》,1923)中。他的诗的现实性意义由此获得,也具有了超越浪漫主义的现代性特征。

徐玉诺和穆旦同属新诗史上长期被隐没的诗人,但徐玉诺隐没的时间更久,其影响力也远不及穆旦。尽管在20世纪90年代中期重排文学大师座次热潮中,穆旦被列在新诗诗人首位而引发极大争议,但随着《穆旦诗全编》、《穆旦诗文集》及其修订版、《穆旦译文集》等出版,他的诗和译诗为更多的读者所接受和喜爱。徐玉诺属于新诗初创时期诗人,穆旦则是新诗走向现代主义浪潮过程中的诗人,后一时期被认为是新诗挣脱古典诗歌束缚,在借鉴西方现代主义诗歌基础上表达本土经验的成熟时期。即以今日眼光来看,这一时期涌现的兼具中西学养、具有现实关怀的诗人,仍然是百年新诗的中坚。此外,徐玉诺的创作主要是在1921至1923年间,30年代后则消隐于诗界;穆旦的创作则从30年代初期延续到50年代后期,虽然其后因历史问题蒙冤而搁笔十多年(1958—1974),但其晚年的创作依然保持很高的水准,《智慧之歌》《诗》《冥想》《停电之后》,绝笔之诗《冬》等被广为传颂。穆旦同时属于新诗史上"写译同步"的诗人之一,他的译作与诗作在传播中有联动效应。而对无节制抒情的克制,对沉思与经验的偏爱,在中西会通中寻找适合新诗的诗体,正是穆旦这一代诗人对前辈诗人反思和超越的结果。徐玉诺诗歌的价值和意义,更多的是作为剖析那一动荡不宁的时代的人的心灵的标本,是人的苦闷、彷徨、无枝可栖的生存状态的显影,当然也彰显着新诗在揭示人的深层意识上所能达到的程度。

第二讲
沉思之诗与经验之歌
——细读冯至

冯至曾被鲁迅誉为"中国最杰出的抒情诗人",这一赞誉主要针对的是他的《十四行集》。这本集子是中国新诗的一座高峰,迄今无人逾越。冯至这一阶段写作的追求,正是他所倾心的德语诗人里尔克所欲达到的,"使音乐的变为雕刻的,流动的变为结晶的,从浩无涯涘的海洋转向凝重的山岳"。他和同人如卞之琳、穆旦等一道,在浪漫主义、现实主义主潮外,走出一条中国式的现代主义诗歌之路。与浪漫主义不同的是,这类诗情感的抒发更为克制,也更加含蓄蕴藉;与现实主义的差异在于,它不是以逼真地再现现实为目标,更强调诗人心理感受的真实性、独特性,以现实为基点又超越具象,反思人的生存经验和存在状态,具有内敛的沉思品质。此外,他们在新诗诗体的建设上，比前两类诗人更有自觉意识，并在融汇古今、贯通中西的基础上作出各自探索。这类诗人往往身兼翻译家、学者身份，诗的"书卷气"更加浓郁。冯至曾留学德国并获得海德堡大学博士学位，译有海涅、歌德、里尔克等德语伟大诗人诗作，尤其深受后两位影响。歌德"死与变"的辩证观念成为贯穿《十四行集》的主线，而里尔克式的严肃的"工作"理念为他所服膺。

"眼的工作"与"心的事业"

《十四行集》诞生于抗日战争的烽火硝烟中。随同济大学南迁的冯至，到达昆明后任教于西南联大。为躲避频繁的空袭，1941年，冯至与家人迁居到昆明附近的杨家山林场。他每星期要进城两次去上课，十五里的路程都是来回步行，看的、想的格外多一些。诗人后来自述，在中止写诗将近十年后重新提笔，看似偶然，实则是出自内心要求的波动："有些体验，永远在我的脑里再现，有些人物，我不断地从他们那里吸收养分，有些自然现象，它们给我许多启示，我为什么不给他们留下一些感谢的纪念呢？由于这个念头，于是从历史上不朽的人物到无名的村童农妇，从远方的千古的名城到山坡上的飞虫小草，从个人的一小段生活到许多人共同的遭遇，凡是和我的生命发生深切的关联的，对于每件事物我都写出一首诗……"

集中第三首所写有加利树，是南方山间常见的树，也是

他每次徒步时都会遇见的:

你秋风里萧萧的玉树——
是一片音乐在我耳旁
筑起一座严肃的殿堂,
让我小心翼翼地走入;

又是插入晴空的高塔
在我的面前高高耸起,
有如一个圣者的身体,
升华了全城市的喧哗。

你无时不脱你的躯壳,
凋零里只看着你成长;
在阡陌纵横的田野上

我把你看成我的引导:
祝你永生,我愿一步步
化身为你根下的泥土。

为什么如此常见的树,会成为与其生命发生"深切的关联"的事物?这源于诗人的凝视与凝神,源于其全身心的感受,同时需要诗艺的转化之功。就像里尔克在评价诗人海因里希·弗格勒时所说,"他懂得探视最小的花朵,他不是靠眼睛看和听人说来了解它们的。他径直深入到了它们的信任内部,像甲虫那样熟知花萼的深处和基底"。

诗人起首用"你",是深入树的"信任内部"的信号,也是里尔克所言"眼的工作"的结束和"心的事业"的开始。作为单音字,"你"引起的停顿是树的主体性的凸显——它不再是被观察的客体。德国哲学家马丁·布伯说:"凡称述'你'的人都不以事物为对象。……言及'你'之人不据有物。他一无所待。然他处于关系之中。"诗人用"你"召唤出的,是"我"与"你"内心的对话关系。萧瑟秋风中偏居一隅的人,从摇响的叶片声中本应感到凄寒、瑟缩,然而,诗人以"玉树"之"玉",既贴切地描绘出秋意渐浓中叶片泛着的银光,耀人眼目,也传导出它的圣洁之感,在空间上赋予其严肃、崇高的地位和形象:哗哗作响的叶片声,不仅听觉上引发诗人"严肃的殿堂"的感受(通感),有着向四周铺展的规模,而且"又是插入晴空的高塔","有如一个圣者的身体",将读者的视线牵引向至高、明净的天空。

从诗行的推移,以及诗人感官的交织、融合来看,第一节第一行起于视觉,视觉之中有"萧萧"的听觉(杜甫《登高》"无边落木萧萧下",同样是视觉之中有听觉相配合);破折号导引的第二行将听觉具象化为"音乐",但也有抽象意味(何种"音乐"?);第三行回归视觉,不过是想象中的:"我"小心翼翼地走入的,是内心一处想象的空间。顺承这一想象,第二节连用两个比喻:先用暗喻"插入晴空的高塔",是视觉形象;再用明喻"圣者的身体",亦为视觉形象。由于"高高耸起"后使用的是逗号而非分号,可理解为是对暗喻"高塔"进一步的"明朗",但依然与上节"音乐"一样给人抽象之感:什么样的"圣者"?但即便如此,我们对"圣者"形象的反应仍会具有同一性——"玉树"之"玉"所具有的圣洁品性。现在,我们把前两节中出现的词语-意象联系起来看:"玉树"之"玉","音乐","严肃的殿堂","高高耸起"(用"耸起"而弃"矗立"或"立起",是为了描摹视觉、听觉相混合引发的渐进式的感觉过程;"耸"的动态的形象感,是其他两词所不具备的)的"高塔","圣者",似乎指向在肃穆教堂里演唱的格里高利圣咏。圣咏表情肃穆,风格朴素,旋律单纯,也被称为素歌。诗人走进有加利树林,犹如走进一座庄严、肃穆的教堂,耳畔回荡着圣咏的旋律。能够进一步佐证这一联想的,是第二节最后一句中的"升华":有如圣咏涤荡、净化着信徒的心灵,有加利树发出的天籁般的声音,也在净化着这个灾难深重的世界的喧嚣嘈杂、动荡不安。

按十四行体之规,第三节三行呼应第一节内容,再度转向视觉:高塔般的树并不是冷冰冰的雕塑或纪念碑,而是在不断的凋零中一步步成长——诗集"死和变"的主旨出现于此。第四节三行呼应第二节内容,也收束全诗。"引导"一词回指"圣者";圣者相信永恒、永生,"我"则情愿"化身为"泥土——"化身"暗示的仍然是"死和变"的理念。

这首诗中的移情作用,是任何一位阅读者都可以感受,并在情不自禁中受到感染的。首行"玉树"一词即透露出诗人情感的倾向,但写得非常克制。如果我们意识到"玉"是中国文化中特有的符号，有其特定意涵，那么，我们也不必拘泥地把"圣者"视为现实世界里教会的圣徒，而将之作为艺术家的代名词，或是真正艺术家所追求的极致境界。《里尔克全集》中文版主要译者史行果认为，里尔克爱将艺术家形容为寂寞中独自成长的树，把根深深地扎进内心。这也是他对自己形象的描述。里尔克将虔诚视为艺术家最重要的品质："艺术之初是虔诚：对自己的虔诚、对各种体验的虔诚、对万物的虔诚、对一个伟大榜样的虔诚，以及对自身未经考验的力量的虔诚。"我们在冯至的这首诗中能深刻体验到这一切。但是，无论诗人怎样表达他的喜爱、敬仰，也无论读者从哪个角度去理解，有加利树始终以"你"的面目示人，从未丧失自己的独立性。不仅如此，诗人还以深厚的艺术功力和语言技法，在十四行体的运用中，赋予它雕塑般的立体感。即便结尾，"我"还是"我"，树还是树，但"把你看成我的引导"，"化身为你根下的泥土"，传导的仍然是诗人的虔敬之心。它相当完美地体现了朱光潜谈论移情时所说的，"我的情趣和物的情趣往复回旋"。相当多的咏物诗，却不过是将一己之情渲染到物象上，以之为主观情感具形、增色。这种单向的投射至多可称为"染情"，更不用说在严谨的格律、整饬的诗体中层层深化情感。

"渺小的生活"与"伟大的骄傲"

与《有加利树》写法近似的还有集中第四首《鼠曲草》。

它也常被引用说明诗人的形象,以及要在"否定"中获得圆满人生的信念,同时也是诗的信念。在冯至看来,他的诗就是他的人生:诗写人生,人生即诗——

> 我常常想到人的一生,
> 便不由得要向你祈祷。
> 你一丛白茸茸的小草
> 不曾辜负了一个名称;
>
> 但你躲避着一切名称,
> 过一个渺小的生活,
> 不辜负高贵和洁白,
> 默默地成就你的死生。
>
> 一切的形容、一切喧哗
> 到你身边,有的就凋落,
> 有的化成了你的静默。
>
> 这是你伟大的骄傲
> 却在你的否定里完成。
> 我向你祈祷,为了人生。

《十四行集》收入《冯至选集》时,诗人在这首诗下加了题注:"鼠曲草在欧洲几种不同的语言里都称为 Edelweiss,源于

第二讲　沉思之诗与经验之歌

德语，可译为贵白草。"据称，这种全株密被白绵毛的小草，属名源自拉丁文，意为"拯救"，是只有登上阿尔卑斯山的高处才能见识的名贵草木。留学德国的诗人认识这种草，也当会在不同语种中与"Edelweiss"相遇。在中国，鼠曲草散布于华东、中南、西南，以及河北、陕西等地，尤以南方为多。因南方气候温暖、潮湿，鼠曲草遍布四野，与各类乡间杂草混居，有多达四十余种别名：鼠耳草、香茅、蚍蜉酒草、佛耳草、棉絮头草、地莲、清明菜、鼠密艾、丝绵草、糯米饭青、水牛花……

当诗人行走于山间，为生活奔波时，当会时时见到这种很平常、生命力也很旺盛的草。而触发其灵感的，当是储存在诗人脑海中的"Edelweiss"一词的两个常用中译名。鼠曲与贵白的名称本是用以描摹植株形态、颜色特征的，但前者暗喻其渺小，后者则指涉其纯洁无瑕。诗人在《一个消逝了的山村》里回忆说："这种在欧洲非登上阿尔卑斯山的高处不容易采撷得到的名贵的小草，在这里每逢暮春和初秋却一年两季地开遍了山坡。我爱它那从叶子演变成的，有白色茸毛的花朵，谦虚地掺杂在乱草的中间。但是在这谦虚里没有卑躬，只有纯洁，没有矜持，只有坚强。"写作中的诗人系之念之的是鼠曲草，但并不像通常咏物诗的写作者，打定主意要从平凡之物中提炼所谓哲理。冯至虽然提笔就从这一平凡之物上联想到人生，从它的身上获得生的启示，但从他自始至终使用的"你"（共九处）的称谓可看出，他是把寻常意义上的观察对象，当成可对话、倾诉的友人。借用李白诗句，此时的抒情者是"相看两不厌，只有鼠曲草"。鼠曲草"渺小的生活"里透露的"伟大的骄傲"，"高贵和洁白"里袒露的"静默",固然是诗人的赋予,是他感知与体验的结果,但在诗人凝视与思考的眼光中,"你"是他下定决心要效仿的活生生的榜样:祛除"一切的形容、一切喧哗",在"否定"里完成人生,也包括在"否定"里写作人生。就像在《有加利树》里,不能简单认为诗人从树的身上获取"高贵的单纯,静穆的伟大",《鼠曲草》里,认为它"躲避着一切名称"(因没有哪一种命名完全贴合它)而又"不曾辜负了一个名称"(指"贵白"),也不是诗人以己度"人"的结果,而是深入到它的"信任内部",洞悉事物的奥秘。这些并不是诗人内心情感的向外"赋予",也不是从外物之中的攫取,而是在物我两忘之中的顿悟。里尔克在《现代抒情诗》一文中说:"艺术家通过将人与物并列而抬举了人:因为艺术家是物的朋友和知己,是咏物的诗人。"这里的"咏"当理解为咏叹。又说:

> 在我看来,艺术是个体生命的追求,他摆脱束缚和黑暗,寻求与万物沟通,不分巨细,以求在这持续对话中接近一切生命最终的源泉。万物之奥秘在其内心与最深切的体验相融,好像化作他本人的渴望,对他吐露衷肠。这丰富的语言就是美。

现代诗人要以最大的善意、最大的耐心寻求"与万物沟通"。人在万物之中,与万物一样乃个体生命。因此人与自然的关系才被里尔克,也被这一时期的冯至视为艺术的关键:风景中有博大而深刻的灵魂。诗人需要做的只是凝眸与倾听。

第二讲　沉思之诗与经验之歌

诗人、学者李广田、方敬,不约而同地以"沉思的诗"为题评价《十四行集》;唐湜则用"沉思者"来勾画诗人肖像:

> 沉思者:
> 回到朴素,回到自然,
> 回到生命的原初的蜜。

可以说,沉思是人们普遍感受到的这本集子的艺术特征。这种沉思,如同英国浪漫主义诗人华兹华斯所说,是为了使强烈的情感平静下来,并在回忆中激发出另一种相似情感:"诗人沉思这种情感直到一种反应使平静逐渐消逝,就有一种与诗人所沉思的情感相似的情感逐渐发生,确实存在于诗人心中。一篇成功的诗作一般都从这种情形开始,而且在相似情形下向前展开……"沉思不是简单的经验沉淀,也不是单纯的情感抒发,是两者的浑融一体,以达到"意层深"而"语浑成"(清人毛先舒)的艺术境界。这也说明,冯至可以从早期浪漫主义诗人(如海涅、歌德)和后期象征主义诗人(如里尔克)那里同时获益,自成一体。其诗的情感的发生和展开,同样需要古典式的"四借"(卞之琳所说借景、借物、借人、借事),但所有这些在诗中,与其情感相互生发又各有其趣,诗人与景、物、人、事共在、共生。如《十四行集》之二十一《我们听着狂风里的暴雨》:

> 我们听着狂风里的暴雨,
> 我们在灯光下这样孤单,

> 我们在这小小的茅屋里
> 就是和我们用具的中间
>
> 也有了千里万里的距离：
> 铜炉在向往深山的矿苗，
> 瓷壶在向往江边的陶泥，
> 它们都像风雨中的飞鸟
>
> 各自东西。我们紧紧抱住，
> 好像自身也都不能自主。
> 狂风把一切都吹入高空，
>
> 暴雨把一切又淋入泥土，
> 只剩下这点微弱的灯红
> 在证实我们生命的暂住。

可以把诗中的狂风暴雨视作自然界正在发生的，也可理解为大山外烽火硝烟的战场的喻象，或者是人生必然遭遇的艰难困苦的写照。灯光（即第四节所言"灯红"，土制的油灯），小小的茅屋，各样的日常用具，在特定情境中变得熟悉又陌生，亲切又遥远。"孤单"是因为茅屋的"小小"，与我们跟用具之间"千里万里的距离"的惊悚反差——这种反差当然来自诗人内在的感受——并且，在"我们在灯光下这样孤单"这一完整句子之下，诗人使用了一个超长的句子，形成两处跨行（由标点

第二讲 沉思之诗与经验之歌

符号即可见出）：

> 我们在这小小的茅屋里
> 就是和我们用具的中间
>
> 也有了千里万里的距离：

特别是，第二处跨行跨越到下一节。这既是受到十四行诗行数要求上的约束（前两节各为四行），却又让"距离"在诗行上就有了"可视性"。每一样用具都像飞鸟，有其生命的形塑过程：铜炉由深山的矿苗采挖、筛选、冶炼而成，瓷壶由江边的陶泥揉搓、造型、烘烤而成，但此时都和"我们"一样面临灾难，岌岌可危。"各自东西"同样是跨行而成，与其后的"我们紧紧抱住"形成对比。"狂风把一切都吹入高空"与"暴雨把一切又淋入泥土"分属两节，显示出灾难的自上而下，无处不在。每一样生命最终都会化为泥土，人也不例外。因此，"生命的暂住"才透出一丝苍凉之意，"微弱的灯红"中也才有了无尽的怜悯之情。似乎有一双手小心翼翼地伸过去，围住它。而更多的手正在向它聚拢。

"把住些把不住的事体"

顾名思义，《十四行集》采用的是十四行诗体。这种诗体最早产生于意大利,名为Sonetto,后传入英、法等国,称为sonnet,出现了好几种变体。新诗初创时期译介到国内后,音译为"商籁",也称"商籁体"。新诗是在破除古典诗歌,尤其是近体诗的陈规戒律、陈词滥调,运用现代白话文的基础上诞生的,"自由诗"成了它的别名,变成一种根深蒂固的写作观念。新诗得益于"自由"二字,也受困于这二字,这种令人尴尬的状况一直延续到今天。借用法国哲学家、作家萨特的话说:"所谓自由并不是刻意为所欲为,而是可以欲所能为。""欲所能为"才是文学艺术领域内"自由"一词的本真含义。任何一种被名之为"文学"或"诗歌"的文本,都有其形成于历史、浸淫于传统的内在规定,突破、创新只有在此前提下才能被谈论。这就是为什么加拿大杰出的文艺理论家、批评家诺斯罗普·弗莱说:"文学可具有生命、现实、经验、自然、想象的真理、各种社会条件,或你加进内容中的任何东西;但文学本身不是由这些事情构成的。诗歌只能产生于其他诗篇,小说产生于其他小说。文学形成自身,不是从外部形成……"文学再现、反映或表现生活,是建立在"文学"这一概念成立的基础上的,尽管这一概念本身不是封闭、单一的。

冯至采用十四行诗体,一方面与他精通多国语言,有深厚的学养有关;另一方面如前所述,与他深受里尔克"工作"理念的影响密不可分。里尔克从导师罗丹那里得到的启示是:"应当工作,只要工作。还要有耐心。"工作的目的是"成为艺术家","个人只有摆脱所有惯性,并克服肤浅感受,深入自己最深沉的音色当中,才能与艺术建立一种亲密的内在关

第二讲　沉思之诗与经验之歌

系：**成为艺术家**。这是唯一的衡量标准"。可以说，冯至是在十四行诗体中形成自己"最深沉的音色"，或者说，十四行诗体是显示他"最深沉的音色"最合适的载体。后来的写作实践也证明了这一点。当然，新诗诗人借鉴这一诗体，在遵循基本规则，如行数与节数（四四三三）、结构（通常为起、承、转、合）、脚韵（有不同的变化）等前提下，根据汉语言特征做出变通。下面是《十四行集》之二十七《从一片泛滥无形的水里》：

> 从一片泛滥无形的水里，
> 取水人取来椭圆的一瓶，
> 这点水就得到一个定形；
> 看，在秋风里飘扬的风旗，
>
> 它把住些把不住的事体，
> 让远方的光、远方的黑夜
> 和些远方的草木的荣谢，
> 还有个奔向远方的心意，
>
> 都保留一些在这面旗上。
> 我们空空听过一夜风声，
> 空看了一天的草黄叶红，
>
> 向何处安排我们的思、想？

>但愿这些诗像一面风旗
>把住一些把不住的事体。

从脚韵上说,这首十四行诗属于比较典型的意大利彼特克拉体,脚韵依次为 abba、acca、dee、daa。结构上起承转合,内容上彼此呼应。从前三节每一节尾行后使用的逗号,就可以知道每一节在视觉外观上是独立的,但语义上前后衔接、延伸;第二、三节"还有个奔向远方的心意,//都保留一些在这面旗上",可视为跨行处理,上一句语义未竭。从每一行字数上来说,《十四行集》并未追求一味整齐,而是有较多变化:既有齐整的六、七、九、十、十二字句,也有六—七、七—八、八—九、九—十、十—十一等参差不齐的字数,但后者均以第一个数字为字数主体,在某一行或两行上添加字数。二十七首诗中,最多的是每行十字句,共十二首。前面选取的《有加利树》《鼠曲草》两首咏物诗均属九字句,《我们听着狂风里的暴雨》和这里的《从一片泛滥无形的水里》则属十字句。可以看出,在每行字数上,诗人尽管并未强求一律,但也有意识地规整字数,以便形成某种节奏,抑制语言随情感而肆意流淌。

依照闻一多、卞之琳的观点,诗并不是以字数、脚韵来形成节奏,起作用的是音组或顿(相当于英诗中的音步)。汉语可以一字为顿,也可以两字、三字、四字为顿,在字词搭配中造成更多变化。我们以十字句的《从一片泛滥无形的水里》第一节为例,看看顿的变化(每一竖杠表示一顿):

第二讲　沉思之诗与经验之歌

> 从一片｜泛滥无形的｜水里，
> 取水人｜取来｜椭圆的｜一瓶，
> 这点水｜就得到｜一个｜定形；
> 看，｜在秋风里｜飘扬的｜风旗，

这一节每行以四顿为主，间以三顿（第一行"从"也可单划一顿），形成稳定的节奏；每一顿中有一字、两字、三字、四字乃至五字（"泛滥无形的"），富于变化，而又以三字顿为核心。"看"由逗号隔断，音调短促而果断，已有突出之意味；单字一顿，更显示诗人要把阅读者的视线，牵引到风旗这个全诗的核心意象上。如果改为"看啊"，意思没有变化，但语感或节奏上就差了一些。寓整齐于变化，这一常被用来评价古典诗歌艺术特征的话，在冯至的十四行诗中得到生动体现。朱光潜谈到创造与格律关系时说："古今大艺术家都从格律入手，艺术须寓整齐于变化。从整齐入手，创造的本能和特别情境的需要会使作者在整齐中求变而避免单调；从变化入手，则变化之上不能再有变化，依然单调。"来自域外的十四行诗体是诗的格律的一种，诗人在借鉴之中加以个人的创造，建立起中国式的十四行诗体，使之"可以在中国诗里活下去"（朱自清）。不妨比较一下九字句式诗体的顿数情况。以《有加利树》第一节为例：

> 你｜秋风里｜萧萧的｜玉树——
> 是一片｜音乐｜在我｜耳旁

筑起 | 一座 | 严肃的 | 殿堂，
让我 | 小心翼翼地 | 走入

可以发现它与十字句式相似的顿数和每顿中字数的安排：以四顿为主，兼有三顿；每顿中有一、二、三、五字的变化。这说明，每首诗每一行字数的多寡，取决于诗人对语感的调适，对节奏的把控，以便更好地传递自己的"思、想"。比如，"看，在秋风里飘扬的风旗"句中"风旗"之"风"，是个赘余字，因前有"秋风里"；但若改为"旗帜"或口语化的"旗子"，虽也押韵，却不能凸显无形的风在旗上留下可见的"形体"的意思，也失去了一丝古意（南朝梁简文帝萧纲有"风旗争曳影，亭皋共生阴"诗句；旧时亦指酒帘，酒家的标识）。泛滥无形的水得到定形，是由于椭圆的瓶子盛装的缘故，其形状会随瓶子形状的不同而不同；但风不会随旗子的形状不同而不同，它在旗面上留下形体，却仍然是自由自在的。它从远方来，要到远方去，没有人知晓它的心思，但风旗捕捉到它瞬间的痕迹。

这首诗常被用来说明冯至的写作理念，被看作"以诗喻诗"（用诗的方式来解释诗是怎样的），有"元诗"意味。它诠释了写诗这种艺术创造的过程是怎样的，即如何将无形的"思、想"定形于文字符号中，赋予其生动可感的艺术形象，让诗人、也让读者去"把住一些把不住的事体"。这其中存在艺术转换的过程，转换的媒介是文字，就像取水人手中椭圆的瓶子，也更像是"渺渺楚江上，风旗摇去舟"（唐代雍陶《送徐使君赴岳州》)里的风旗。当然，一首诗的成形，与诗人彼时彼地的处境、心境也密切相关，这些同样会通过具象化的文字来显现。这首诗很好地诠释了现代诗人写作的追求，也就是创造一种"形象的诗学"，以便像里尔克那样，"将观察到的任何印象都准确地转化为焕发精神实质的灵魂图像"（史行果）。

第三讲
新诗的叙事性及其散文化
——细读艾青

用"时代的吹号者"来描摹艾青的诗人形象,十分准确而贴切。终其一生,无论诗作还是诗论、文论,他都秉持现实主义文学道路,毫不犹豫地选择"为人生的艺术"而鄙弃"为艺术而艺术"。他的诗因其现实性、批判性和预言性,因其迸发的火热激情与崇高理想,为读者所喜爱与敬重。他是在不同历史时期,创作成就得到政治领袖、革命家、同人和文学史家、批评家,以及不同时代的读者较为广泛认同和赞扬的少数诗人之一;他也是少数具有自觉理论意识,建构个人诗学的诗人之一。

第三讲　新诗的叙事性及其散文化

缘事以抒情

艾青早期成名作、也是其代表作之一的《大堰河——我的保姆》(以下简称《大堰河》),作于上海监狱中。透过铁窗外飘落的雪,诗人回忆起难以忘怀的童年时光、相濡以沫的大堰河(大叶荷)、陌生的寄养家庭环境,以及故土的风物人情。以下是这首诗的节选:

> 大堰河,今天我看到雪使我想起了你:
> 你的被雪压着的草盖的坟墓,
> 你的关闭了的故居檐头的枯死的瓦菲,
> 你的被典押了的一丈平方的园地,
> 你的门前的长了青苔的石椅,
> 大堰河,今天我看到雪使我想起了你。
>
> 你用你厚大的手掌把我抱在怀里,抚摸我;
> 在你搭好了灶火之后,
> 在你拍去了围裙上的炭灰之后,
> 在你尝到饭已煮熟了之后,
> 在你把乌黑的酱碗放到乌黑的桌子上之后,
> 在你补好了儿子们的为山腰的荆棘扯破的衣服之后,
> 在你把小儿被柴刀砍伤了的手包好之后,

在你把夫儿们的衬衣上的虱子一颗颗的掐死之后,
在你拿起了今天的第一颗鸡蛋之后,
你用你厚大的手掌把我抱在怀里,抚摸我。

我是地主的儿子,
在我吃光了你大堰河的奶之后,
我被生我的父母领回到自己的家里。
啊,大堰河,你为什么要哭?

我做了生我的父母家里的新客了!
我摸着红漆雕花的家具,
我摸着父母的睡床上金色的花纹,
我呆呆地看着檐头的我不认得的"天伦叙乐"的匾,
我摸着新换上的衣服的丝的和贝壳的钮扣,
我看着母亲怀里的不熟识的妹妹,
我坐着油漆过的安了火钵的炕凳,
我吃着碾了三番的白米的饭,
但,我是这般忸怩不安!因为我
我做了生我的父母家里的新客了。

  解读这首诗,首先遇到的问题是如何说清抒情与叙事的关系;或者,它的抒情方式是怎样的。
  在诗歌文体中,叙事是叙事诗的基本功能,所叙之事相对完整、统一,也会有人物形象的塑造。抒情诗如果具有较浓

第三讲 新诗的叙事性及其散文化

厚的叙事色彩，语言趋向散文化，就可以叙事性这个术语来名之。不过，正如我们不能把散文化等同于散文，叙事性是抒情诗的叙事功能，是抒情性的别样体现，而不是与之相对立的概念。通常来说，抒情诗的抒情方式可分为直接和间接两大类：直接抒情即直抒胸臆，比较单纯，易于辨识，是古典主义，尤其是浪漫主义诗歌的基本特征之一。间接抒情则有很多种途径，卞之琳曾概括为"四借"。前两种（借景、借物）我们非常熟悉；后两种（借人、借事），包括兼用两种，就会形成较强的叙事性特征。诗人、翻译家、学者郑敏曾说，单纯的抒情已不是20世纪诗歌的特质。破除古典主义、浪漫主义式的"单纯的抒情"，是20世纪现代诗歌的主潮，所用方式、手段五花八门，但目的明确：涵纳现代人更为复杂的生活感受和经验。借用T. S. 艾略特的名言，不是"放纵感情"而是"逃避感情"，成为现代诗人的普遍心声和写作理想。因此，叙事性可视为新诗现代性的一种征候，并在20世纪90年代成为现代汉语诗歌独特的诗学现象。

《大堰河》除了最后两节比较明显地属于直抒胸臆，绝大部分诗句处于某种"叙述状态"，叙事性特征异常惹眼。仅从视觉外观上说，这首诗的体量（共十二节一百零八行），以及频频出现的超越常规抒情诗的长句子（最长的二十二字，有两处），都显示出它的非同一般。不论怎样去界定，精短、凝练都是人们所理解的抒情诗的基本特征。相当一部分读者依凭习见认为，抒情诗是排斥叙事的，顶多有些许叙事成分，为抒情服务。他们可能没有意识到，叙事性是抒情性的一种重要方式,在中国古典诗词中即已存在,在西方现代主义诗歌中更为常见,为不少诗人所青睐,并经由翻译而影响了现代汉语诗歌的形态。《大堰河》确实是一首抒情诗,它正是借助让人讶异的、不同寻常的叙事来抒情的。这种抒情方式可称为缘事抒情。

这首诗的叙事性,首先体现在诗中相当一部分语句只承担陈述事实的功能,而且诗人开篇就表明,其情感基调是建立于这一功能上的。比如,第一节陈述大堰河与"我"的关系,她的名字和身份;第二节变换角度,陈述"我"的身份,与大堰河的关系。这种陈述语调通过"是"字句不断得以强化:

> 大堰河,是我的保姆。
> 她的名字就是生她的村庄的名字,
> 她是童养媳,
> 大堰河,是我的保姆。
>
> 我是地主的儿子,
> 也是吃了大堰河的奶而长大了的
> 大堰河的儿子。
> 大堰河以养育我而养育她的家,
> 而我,是吃了你的奶而被养育了的,
> 大堰河啊,我的保姆。

第一节四句竟用了四个"是"字句(其中一句重复),第二节五句六行又用了三个相同句式。诗人对事实的陈述是如此客观冷静、不动声色,以至很难从中捕捉情感外露的蛛丝马迹。他似乎只看重事实本身。但是,"是"字句作为判断,不可避免地打上情感烙印,表明"我"的身份认同,认同即显示情感倾向。诗人对两人关系的确认,也就是对"我"无限感恩大堰河的确认。这两节平淡无奇的诗句之间构成了张力:一个没有名字、身为童养媳的妇女,竟被一个地主的儿子认作母亲。这种张力使语言平中见奇,吸引我们继续阅读。待读完最后一节"大堰河,我是吃了你的奶而长大了的/你的儿子,/我敬你爱你!"回过头来看这两节,其蕴含的情感尤显浓厚、黏稠。甚至让人觉得,除了信手拈来这些最朴实无华、最简单明了的语言,诗人无以表达他最崇高、深切,也最本色的敬与爱。

其次,以大堰河为聚集点,这首诗的叙事相对于借人、借事抒情的诗,具有相当的连贯性、有序性,几乎涵盖她后半生的生活道路。换言之,她生的欢乐、痛苦、梦想,死的凄苦与之后的家境,这一系列事件和场景,是推动诗歌写作向前发展的主要动力。全诗主体部分以时间为序依次展开上述内容:"我"在大堰河家的所见所感(第四节)——"我"离开时大堰河的哭泣(第五节)——"我"离开后大堰河的劳动(第七节)——大堰河对"我"的思念、深爱和梦想(第八节)——大堰河死时的情境(第九节)——大堰河死后的家境(第十节)。除第六节("我做了生我的父母家里的新客了"),第四至十节具有叙事的连续性、完整性。当然,这些不是对生活事件巨细靡遗的复现,其中有跳跃、省略,但仍显得线索清晰,环环相扣。这在抒情诗中是很少见的。

再次，这首诗鲜明塑造出大堰河这一旧中国底层劳动妇女的形象，这一处处闪烁母性光辉的形象。人物形象的塑造离不开叙事，特别离不开对事件中细节的捕捉和镂刻。如上所述，诗的主体部分体现出事件的连续性、完整性；若单独看每一节，事件便分化为人物行动的细节；而每一个细节又可看作一个个精心描摹的场景和画面。人物置身、活动于其中，一举手一投足、一哭一笑间无不折射出她的个性、品德，甚至她最微妙的心理和最细腻的情感。没有叙事的支撑，整个诗的结构就会坍塌，遑论人物形象的塑造。

即便如此，此诗并不能归入叙事诗行列。一方面它缺乏足够的容量和更大的时空跨度；另一方面，它线索单一，人物单一，所有场景、事件均受"我"的调控。从这点看，这首诗表面上客观写实，实际上笼罩着强烈的主观情感色彩，最后的直抒胸臆水到渠成。所以，这首诗的叙事动机不是为了虚构一个传奇故事，而是立足于抒情。

在辨析了这首诗的叙事性功能后，就不能不提到叙事视角问题。没有视角的叙事是不可想象的。

用"现实和回忆交织在一起"来概括这首诗的结构特点，有些隔靴搔痒。诗中除了有相隔甚远的两句三行（第二节"大堰河，今天我看到雪使我想起了你"，倒数第二节"大堰河，今天，你的乳儿是在狱里，/写着一首呈给你的赞美诗"），提醒我们注意诗人写作的当下情景外，所谓"现实"更像一个空壳；与其说它与回忆交织，不如说它盛装着回忆。任何写作在其本质上，都只能是一种回忆，总是"后来"或"迟来"

的。任何对童年生活的回忆，都兼具两种视角：童年的与成人的。

严格地说，叙事中的童年视角，应被称为"回归童年的视角"：在回忆中，诗人试图返回童年，再度用童年眼光观察、描述已成为历史的东西。《大堰河》第四至第八节的叙事运用的即是这种童年视角。如第四节首尾句的反复（"你用你厚大的手掌把我抱在怀里，抚摸我"），强调的是"厚大的手掌"留给"我"的触觉印象；八个"在……之后"句则转换为视觉印象。它们汇聚在"手"上：大堰河的勤扒苦做，所承担的生活重压，通过这双手传神地再现；她对亲人、对"我"的无微不至的呵护与疼爱，也通过这双手脉脉传递。"厚大"让人感到结实有力，感到踏实；"抚摸"透出几分温柔和温情。第五节末尾"啊，大堰河，你为什么要哭？"生动逼真地表现出童年"我"的幼稚、懵懂。这样的疑问出于好奇，这样的好奇表现出"我"当时并未体会到，隐藏在大堰河内心的对自己的爱恋。不知道诗人写下这一句时，内心是否涌动着心酸和痛楚，为自己，也为大堰河。第七节"她含着笑"的反复出现，意味隽永。如果从童年视角去体味，就不会简单地把它看作大堰河乐观、开朗、豁达、苦中求乐的个性、性格的体现——这出自我们这些阅读者自己的成人视角。它反映着"我"当时无从体会"她含着笑"背后的"四十几年的人世生活的凌侮"，"数不尽的奴隶的凄苦"。对大堰河的偏爱和依赖，只能让年幼的"我"感觉到她的美丽甚至幸福，却难以觉察这不过是自己一厢情愿的天真幻觉。

这种童年视角的运用，在于尽可能地复原消失的历史图景，体现诗人逼近生活真实的写作原则。这一视角决定了诗人在上述诗节中，只能如实记录、描述所见所闻，当然是经过"今天的我"处理、加工的。成人视角则可超越这种局限，去慨叹、揭示，去诅咒、赞美。它运用在诗中第一至三节、第九节至结束。除去最后两节，这些部分基本上也属于回忆，是成年后身陷囹圄的诗人，对大堰河给予的一切的沉思默想，是对她一生命运的反思总结，也是对她的深情礼赞和感恩。其中，第三节带有联想色彩。物是人非使人伤怀，物非人非更让人悲恸欲绝：

> 大堰河，今天我看到雪使我想起了你：
> 你的被雪压着的草盖的坟墓，
> 你的关闭了的故居檐头的枯死的瓦菲，
> 你的被典押了的一丈平方的园地，
> 你的门前的长了青苔的石椅，
> 大堰河，今天我看到雪使我想起了你。

对大堰河死后凄凉情景的联想，使全诗一开始就染上悲剧色彩，结构上类似叙事文体的倒叙。第九节表现出大堰河临死时仍在"轻轻地呼着她的乳儿的名字"，无法放下心中的牵挂。"她死时，乳儿不在她的旁侧"的复沓手法，表明这是"我"一生无法原谅自己的过错和无法弥补的缺憾。第十节（"这是大堰河所不知道的"），仿佛"我"就坐在她的坟边、"她的旁

第三讲 新诗的叙事性及其散文化

侧",向她报告每一位家庭成员的境况。唯一可以告慰亡灵的是,"我"并没有忘记故乡,忘记自己的家,与兄弟们"比六七年前更要亲密!"

由此可见,童年视角与成人视角在诗中是互为补充、相得益彰的,既能放开(经由童年视角),又能收束(经由成人视角)。成人后的感怀无疑建立在童年刻骨铭心的记忆之上;也可以说,是成人后的反思、回味在制约、支配着诗人对童年的回忆,犹如一束光照亮童年时迷蒙的感官印象。因此,是成人视角控制、牵引着童年视角,两者不是并行,也无所谓交织,而是暗相叠加,共同映现出诗人心灵世界里不能抹去的影像。

抒情诗的叙事性,与艾青不遗余力地倡导、推崇的新诗散文化,是一体两面的:散文化的表征即叙事性的加入,目的是容纳更为广阔的现实生活。叙事性也好散文化也罢,在抒情诗中主要体现在语句所呈现的人、事、物的细节上。比如本讲开篇所引第三节("大堰河,今天我看到雪使我想起了你")、第四节("你用你厚大的手掌把我抱在怀里")、第六节("我做了生我的父母家里的新客了")中,"故居檐头的枯死的瓦菲""门前的长了青苔的石椅""乌黑的酱碗""红漆雕花的家具""衣服的丝的和贝壳的钮扣""油漆过的安了火钵的炕凳""碾了三番的白米的饭",以及"团箕""冬米的糖"等,都是典型的江南乡村和家庭日常生活的物象,有浓郁而鲜明的地域色彩,在诗人的深情回忆中变得既温暖又冰冷。雪也成为艾青诗歌核心意象之一。我们发现,在以南方,尤其是以故乡为背景、为抒情对象的诗中,诗人几乎很少动用想象,而专注于写实，以期最大限度还原记忆中的一切；也因此，他对场景中的细节有非同寻常的痴迷。不同于精短抒情诗中瞬间出现的动作、视觉细节，具有叙事性的抒情诗中，一个个细节出现在不断延伸的、对某一物象（中心词）的修饰语中，一点一滴地"逼近"物象本身，比如："你的——关闭了的——故居檐头的——枯死的——瓦菲"，中心词前有四重修饰语，交代、描摹物象的属性、位置、状态，异常逼真，如在目前。又如："在你补好了儿子们的——为山腰的荆棘——扯破的——衣服之后"，有三重修饰语，其中"山腰的荆棘"中还有一重修饰。倘若改为"在你补好了儿子们的破衣之后"，感觉则完全不同，失去了具体性也就失去了特定性，反之亦然。就像美国现代诗人威廉·卡洛斯·威廉斯终身持守的写作原则："从细节处着手……要事实，不要理念（No idea but things）。"从另一个视角看，诗句中这些连绵的、鱼贯而出的修饰语，显示写作状态中，诗人的记忆由遥远到切近，由模糊不清到宛在眼前的过程。诗句因此被拉长，整体抒情节奏得以放缓。每一个这样的语句，实际上都呈现出诗人逐渐"沉入"情感记忆最深处的过程。

托物而言志

艾青的抒情短诗《我爱这土地》，脍炙人口，深受读者喜爱，许多人能够背诵。第二节两句，是新诗中被引频率最高的

第三讲 新诗的叙事性及其散文化

诗句之一。据《艾青年表》,1938年11月因武汉失守,诗人与张竹如一同从衡阳继续南撤,到达暂无烽火的桂林。11月17日,艾青写下这首经典之作。这首诗虽然写于桂林,不过,从它被收入诗集《北方》增补本来看,当是诗人到达"绿荫蔽天的南方"之后,将对北国的眷念寄托于其中:

  假如我是一只鸟,
  我也应该用嘶哑的喉咙歌唱:
  这被暴风雨所打击着的土地,
  这永远汹涌着我们的悲愤的河流,
  这无止息地吹刮着的激怒的风,
  和那来自林间的无比温柔的黎明……
  ——然后我死了,
  连羽毛也腐烂在土地里面。

  为什么我的眼里常含泪水?
  因为我对这土地爱得深沉……

  每年10月到次年3月,是候鸟南飞迁徙的时间,桂林是它们的必经之地。鸟儿们将在这里逗留过冬,待到春天再飞往更温暖的地方。因此,诗人将"我"比拟为一只鸟,不是突发奇想,而是具有写实性,只是不易被不了解诗人履历的阅读者察觉——初到桂林的诗人,黎明时分被林间鸟的歌唱所叫醒。前面说,这首写于南方的诗寄托着诗人对北国的眷念,眷念那里的被打击着的土地、愤怒的河流和怒吼的风，是因为候鸟正是从那里迁徙而来。而此时此刻的诗人正像一只候鸟，短暂栖息于和平、温暖之地。就算我们没有意识到这一层，诗在开篇假设句式中的比拟，以及托物言志的表现手法，是中国古典诗歌中常见的修辞和表达技巧，让人感到熟悉和亲切，也非常容易被接受并由此进入诗所营造的语境。不过，与西方现代诗歌中的"物诗"不同，托物言志中的物只是诗人之志的寓托，目的是让看不见、摸不着的志变得形象可感；物是手段或写作策略。物诗中的物则占据诗的主体，是诗人凝视的焦点，拥有自己的意识、情感，甚至言语。无论抒情者在诗中是否隐形，他都只是充当旁观者角色，如同里尔克的《豹——在巴黎植物园》。易言之，传统诗歌中的托物言志是以人为本，西方现代诗歌中的物诗则是以物为本。艾青曾留学巴黎，翻译过西班牙诗人凡尔哈伦等人的诗，熟悉西方现代主义诗歌。归国之后，尤其在因参加左联活动而被捕入狱之后，他的诗歌写作更多地向传统诗歌靠近。这是他的诗广为传播、拥有大量不同阶层读者的重要原因。

　　说托物言志的诗以人为本，在艾青这首诗中，是因为在首行的托物之后，第二行"嘶哑的喉咙"与其说是在刻画某一种鸟，（桂林候鸟中常见的灰椋鸟？紫翅椋鸟？抑或其他发出沙哑刺耳叫声的鸟？）不如说写的是人，亦即"我"的喉咙已变得嘶哑，因为抑制不住的悲愤，因为长时间的怒吼，也因为同样抑制不住的、面对猝然到来的"林间的无比温柔的黎明"的惊喜；"黎明"一词在此语境中不能不晕染光明、希望的象

第三讲 新诗的叙事性及其散文化

征意味。同时,"嘶哑的喉咙"也在比拟"我"写下的每一行诗,都是出自嘶哑的歌唱,而不会因之而止息。虽然在第一节末尾,诗人将"我"的形象转回到鸟形上,"——然后我死了,/连羽毛也腐烂在土地里面",但第二节的"我"则完全脱离鸟的寓托,回归人的本体而直抒胸臆,写法上与第一节合不上拍:诗人并未将鸟的自比贯彻到底。当然,我们完全理解这是"我"对这片土地眷念、热恋的情感达到高潮,以至于"破格"而出。

第一节的排比句式及其艺术效果,已有众多解读、分析。从单个句型来说,诗人首先用的是被动句("这被暴风雨所打击着的土地"),以显示在日本侵略者毫无人性的屠戮之下,这片土地上的人民所感受的屈辱,也就是《雪落在中国的土地上》中所抒写的,在破烂的乌篷船里蓬头垢面的少妇、蜷伏在不是自己家里的年老母亲所感受的屈辱,她们和其他人"拥挤在/生活的绝望的污巷里"。后两个"这"字领起的主动句,则表现对被侵略的正面回应与反抗。"打击""汹涌""吹刮"三个动词后添加的语助词"着",表达着侵略者的暴行与坚决反抗暴行的状态、动作的持续。由于"这无止息地吹刮着的激怒的风"与下一行之间有逗号隔开,因此我们把"和那来自林间的无比温柔的黎明"看作第四个排比句,而不是跨行。

值得进一步探讨的是,四个排比句中指示代词"这"与"那"的转换,是否别有蕴意。从语言学角度说,这两个指示代词通常指示被描述对象与发声者之间距离的近("这")与远("那")。这种距离可能是时空上的,也可能是心理、情感上的。抒情诗中,前者一般指眼前、正在发生的;后者一般指过去、回忆中的,亦可能指未来、幻想中的。亲历过二战,父母和多位亲人死于纳粹集中营的德语诗人策兰,曾在札记《逆光》中写下"那是春天,树木飞向它们的鸟","那"指示的春天,是回忆中的,也可能是幻想中的。艾青诗中前三个"这"指的是眼前、正在发生的,但不是他一路南下的所闻所见——战火尚未蔓延至此——而是他曾亲身体验、正发生于北方的,是写实(记忆中的)与想象(幻想)的诗性融合。土地、河流、风是他的诗集《北方》中频现的意象,既是写实的,也是象征的。"那来自林间的无比温柔的黎明"同样既是桂林风景的写实,也是一种幻想:幻想着"黎明"——新的光明与希望——的到来。由于诗人在此前创作中,如《雪落在中国的土地上》等,目光更多聚焦在北中国的人民和抗战将士,《我爱这土地》中交织的南北方的双重风景不易被辨识。诗人愿意为这片土地而死,"连羽毛也腐烂在土地里面",这种真挚而炽热的情感之所以没有给人以浮夸之感,并不完全是因为比拟的形象,还与他作为刚刚踏入大西南的外来者身份相关:融入这片土地的怀抱,是以先在的分离或隔膜为前提的。外来者身份,一方面强化了他所接触的每一样事物的陌生感、新鲜感,另一方面也使他在由南向北(由故乡金华到上海,到黄河以北战区)、由北向南(由黄河以北后撤到武汉、衡阳、桂林),不断深入这片古老、广阔土地的过程中,萌发与之融为一体、永不分离的强烈情感。某种意义上,这是从小到大不离乡土的写作者所匮乏的。王国维认为:"诗歌之题目,皆以描写自己之感情为主。其写景物也,亦必以自己深邃之感情为之素地,而始得于特别之境遇中,用特别之眼观之。"人人皆有感情,诗人是"深邃之情感"的表达者、传递者;情感深邃与否,不在于修辞功力,而在诗人是否于"特别之境遇"中拥有一双"特别之眼"。初抵桂林,享受着难得的宁静时光,诗人念兹在兹的,依然是北中国的大地及其不屈不挠的人民。

按照艾青《诗论》(1938—1939)中的定义:"诗是由诗人对外界所引起的感觉,注入了思想情感,而凝结为形象,终于被表现出来的一种'完成'的艺术。"他诗中描摹的风景,是"外界"的重要组成部分;感觉则被学者认为是艾青独特的感受世界和艺术地表现世界方式的中心环节。看似平常的风景在诗人细腻、深邃的感情之中,会超越自身而蕴含象征。《我爱这土地》中,不仅作为比拟物的鸟具有自我牺牲的象征意味,暴风雨、河流、风、黎明同样是象征。更不用说诗中反复歌唱的土地,人类最古老的词汇之一,是家园、母亲/父亲等的原始意象。众多研究者认为,土地和太阳是艾青诗歌中两个不朽的意象。这两个意象在《我爱这土地》中同时出现("黎明"即太阳冉冉升起)。学者李怡认为,"20世纪的中国读者因为洞悉自身的社会人生而与艾青的意象'相遇',或者说是在艾青的意象中'发现'了包裹自己的世界形象,于是,诗人艾青的创造就成为我们挥之不去的中国'记忆'"。《大堰河——我的保姆》《雪落在中国的土地上》《我爱这土地》等都是再现中国"记忆"的典范之作。

第四讲
传递现代人的"现代感觉性"
——细读卞之琳

2019年9月，随一家杂志社到江苏海门采风。这里是诗人、翻译家、学者卞之琳的故乡。当地文旅局的朋友介绍，卞家祖屋早年在改道江流的冲刷中坍塌。筹备中的卞之琳纪念馆向我们敞开了大门。出纪念馆，一行人来到余东古镇，在磨得发亮的石板路上鱼贯而行。古镇尽头有座石拱桥，名泰安，横跨运盐河上。桥头一对石狮子在昔日战火中，双双被弹片削去半截脑袋，只耳犹存，谛听这世界的风云激荡。我们在桥上驻足，留影，极目远方的运河。此情此景，每一位在场者的心里，都禁不住涌现那再熟悉不过的诗篇：

你站在桥上看风景，

看风景人在楼上看你。

明月装饰了你的窗子，
你装饰了别人的梦。

偶得的闪念，交错的情思

写作《断章》时，卞之琳执教于济南省立高级中学。诗人李广田在相邻中学任教，二人时有往来。《断章》是想象的产物。时隔五十年，卞之琳作《冼星海纪念附骥小识》一文，提及冼星海曾为之谱曲，说它是"我生平最属信手拈来的四行，却颇受人称道，好像成了我战前诗的代表作。写作时间是1935年10月，当时我在济南，但是我常把一点诗的苗头久置心深处，好像储存库，到时候往往由不得自己，迸发成诗，所以这绝不是写眼前事物，很可能上半年在日本京都将近半年的客居中偶得的一闪念，也不是当时的触景生情"。其时，诗人为完成邀约的译稿（斯特莱切《维多利亚女王传》）客居京都，曾被警署传讯，后作《在异国的警署》《尺八》两诗。八十多年倏忽而过，我们一行人在泰安桥上发思古之幽情，可能会错了意。但在彼时诗人"偶得的一闪念"间，在妙手偶得之中，江南水乡的风物人情依稀可辨，历久弥新。

1935年底，收录《断章》的诗集《鱼目集》出版。评论家、学者刘西渭（李健吾笔名）褒扬有加，其中说道：

……在这错综的交流上,生命——诗人的存在——不就是

"好挂在耳边的一颗

珍珠——宝石?——星?"

还有比这再悲哀的,我们诗人对于人生的解释?都是装饰:

"明月装饰了你的窗子,

你装饰了别人的梦。"

刘西渭将《圆宝盒》与《断章》相连,将后者的主旨定位于人生不过"装饰",认为"诗面呈浮的是不在意,暗地里却埋着说不尽的悲哀"。但卞之琳在《关于〈鱼目集〉》一文中,却说"此中'装饰'的意思我不甚着重……我的意思也是着重在'相对'上"。由此引出刘西渭的回复之文,认为自己把这首诗"贸然看做寓有无限的悲哀,着重在'装饰'两个字,而作者恰恰相反,着重在相对的关联。我的解释并不妨碍我首肯作者的自白。作者的自白也绝不妨害我的解释。与其看做冲突,不如说做有相成之美"。尽管他明确说明,"一首诗唤起的经验是繁复的,所以在认识上,便是最明白清楚的诗,也容易把读者引入殊途",亦即作者的自白并不会妨碍读者做出不同的,甚或截然相反的解释,不过,中国文学欣赏是刘勰所言"观文者批文以入情",是徐复观总结的"追体验",要一步步追到作者所欲表达的情感中。因此,虽然关于这首诗的主旨众说纷纭,莫衷一是,但言相对论者多,谈装饰说者少,大体不出作者的

自述,只是在其中添加些许解读者个人的体验,或由相对,由主客关系,引入西哲的主体间性(inter-subjectivity)做进一步阐发。若说对诗里相对论的阐释,讲得最明了的是诗人、学者屠岸:

> 这里是多少个"对照"(或"对应""对称""相对"……):你(或我)和人,桥和楼,明月和你(或我),窗子和梦。桥是联结点,楼是制高点;窗子是观察世界的,梦是反映世界的。而这些,都统一在风景——大千世界的庄严色相里。观看,处于主位;装饰,处于客位。这里,可以看到主位和客位、主体和客体、主动和被动的矛盾统一。世界是由矛盾和差异构成的。美好的东西,例如皎洁的明月,对于你的视觉(心灵的窗子)应该是一种慰藉,而你(或我),对于别人的探求(梦想和幻想),也应该是一种慰藉。"装饰"并不是贬义词。如果说这首诗里没有喜悦,那么,至少它也不透露悲哀。它题为"断章",其实也就是"一斑",或布雷克说的"一粒砂"。它是"冷淡盖深挚"的又一例,它凝练到了精致的程度。

"冷淡盖深挚"出自诗人自述,与刘西渭所言诗面与暗里存在反差相类似。屠岸可能没有意识到,他用的"慰藉""凝练""精致"等评价,也是刘西渭早年说过的,后者将卞诗经济或精致的手法、风韵,"归入我们民族的大流,说做含蓄,蕴藉"。可见，相隔三十余年（屠文发表于1980年），两位评论家对诗的感受、体悟基本相通。

　　作为新诗史上"写译同步"诗人中的一员，卞之琳早期深受象征主义诗人马拉美、瓦雷里、里尔克，以及T. S. 艾略特、W. H. 奥登等诗人影响，诗作偏向智性的特征是公认的。诗人、翻译家徐迟当年撰文，称赞其诗具有"智性之美"（Intellectual Beauty）。诗人自己从《断章》中拈出相对论是很自然的。刘西渭聚焦于"装饰"，由此引出人生不过装饰，也是以智性对智性的分析。张爱玲40年代短篇小说《茉莉香片》，借叙事人之口，将抑郁而凄凉地死去的冯碧落的嫁后生涯，比喻为"屏风上的鸟"，也寓意女性脱不出为他人做装饰的悲凉人生。作者阐释所具有的优先性、权威性的神话，已为现代诠释学祛魅。作者各个不同，其创作过程和所得语言实体也大相径庭。特别是，当作者出面阐释，其身份已由作者转换为读者，只不过是比我们特殊一点的读者。作者的意见当然重要，但若视之为唯一正确的答案，并"按图索骥"，则会瓦解文本解读的意义。哲学诠释学家伽达默尔在诗歌解读中坚持自己的原则：阅读者只需考虑诗说了什么，不必考虑诗人想说什么。他认为，阅读者把注意力转向后者是危险信号，将打破文本结构的平衡——解读重心的偏转，将压制乃至摒弃那些离开诗人自我言说的解读。他说：

　　　　需要了解诗人作诗时想什么吗？重要的大概只是，诗真正言说着什么，——而非作者何意，甚或他也无从说

第四讲　传递现代人的"现代感觉性"

起。当然,诗人就自己的"素材"所做的提示,对一首自成圆满的诗也会有用,还会避免理解的错误。但这始终是危险的帮助。诗人诉说他私己、偶然的动机时,实际上就打破了诗之构造自身的平衡,使之倾向私己、偏颇的一侧——这是绝对站不住脚的。……即使理解始终模糊含混,却也依旧是这首诗——而非某一个体以其一己之感或者经验——在模糊而含混地对我们言说。

诗在言说与诗人在言说,在很多读者看来是两位一体的,但实际情形却要比想象的复杂得多:有些文本会较好地实现作者意图(这种情况下只需关注文本即可),有些则会扭曲(这会增加读者的困惑),有些则可能抗拒(这会导致理解上的偏颇)。好的文本则会掩藏这一切,等待知音的到来。因此在伽达默尔看来,"一首抗拒着、不允许进一步明朗的诗,永远比仅因诗人交代过意图而得到保障的明朗,更有意义"。以下之琳的学养,不可能不明白这一点,所以他很是懊悔自己当初的辩解,并就此对读者抛给他的疑虑保持缄默。

保罗·策兰说,诗是"给悉心倾听者的礼物"。面对经常发生的,质疑、指责其晚期作品晦涩难懂,他始终认为它们绝不是"密闭"的,人们需要做的就是一遍又一遍地阅读。策兰的传记作家伊斯拉埃尔·沙尔芬,曾写信请诗人帮他解读那些难懂的诗,得到的回答是:"读吧!不断地去读!意义自会显现。"

下面,我们将尝试贴近《断章》,悉心倾听,看看在相对论与装饰说之余，还有哪些"声音"在向我们发出。

首先从诗中感受到的，是某种距离的遥远。第一节是实有的、可以目睹的距离（"看"是这首诗，也是现代诗的关键词之一，不限于中国新诗），而且可能有"面对面"；第二节是虚无的距离，发生在人所不知的时刻。"明月装饰了你的窗子"，仿佛你还醒着，瞪着眼睛，因某种原因辗转反侧，不能入眠。你可能看不见窗外明月，看到的只是明月洒在窗棂上的辉光，也许隔着轻飏的薄薄的窗帘。这层辉光便有了梦中意味；抑或，这辉光铺垫了通往另一个梦境的小径。于是乃有第二句"你装饰了别人的梦"。经由朦胧、轻飏的辉光的导引，你以为你进入别人的梦，而这是你无法确知的，别人更是毫无意识，故此才有装饰一说。第一行的"装饰"确如学者、批评家孙玉石所言，不能改为"进入"，因为月光并未进入屋内，只是笼罩着独居者的卧室，就像你以梦笼罩着别人的梦，不过梦而已，有着月光般的轻盈、神秘。故此，第二句有梦中梦的意味：你仿佛是在恍惚的梦中，感觉自己装饰了别人的梦。众多以相对论为准绳的解读者，认为在"明月装饰了你的窗子"之时，"你"却没有意识到自己已"进入"别人的梦中，成为装饰。问题在于，谁能确定"你"确实"装饰了别人的梦"？诗中的"你"，还是"别人"，抑或突然间变身为梦之解析者的阅读者？一切都充满了不确定性。

换个角度看，第一节如前述及，写的是实有距离，出自诗人生活中的观察、瞬间的发现（漫步桥上看风景时，发现桥边楼上有人也在张望）。第二节从虚实关系上看则较为复杂。

第四讲 传递现代人的"现代感觉性"

诗人、翻译家、学者余光中从写景与抒情交错的关系上分析，认为第二节是"由实入虚，写景兼而抒情"。也就是说，他认为第二节首句还是写景，次句则转入抒情，亦即虚写。细细读来，第二节首句"明月装饰了你的窗子"确实像写实（说"像"不说"是"，如前分析），次句"你装饰了别人的梦"显然不是，最多是想象；即便归为抒情，抒写的也是极其隐晦的情。刘西渭着眼于"装饰"中透出的人生大悲哀，说的就是诗中暗里传递的情感；诗人自辩为"相对"，似乎不太愿意解读者过多地从情感角度去解析，尤其在这一句上（"相对"，说的是全诗，非此一句）。我们觉得，合起来说，整个第二节更像是"你"漂浮于梦境中，而且是卡夫卡笔下、格里高尔·萨姆莎式的"不安的睡梦"——《变形记》开篇，萨姆莎一度怀疑他并没有醒来，仍在梦中，是在梦中看到自己变为巨大的甲虫。《断章》全诗整体上看是从实到虚，从眼前之景到梦中恍然所见；而梦又是现实的曲折影射，故又虚实相间，共同氤氲出似有似无、如梦如幻的清辉般的情境。学者吴晓东认为卞诗往往营造的是一种"情境诗"，有可能生成一种诗歌的"情境的美学"，是对传统诗学中意象审美中心主义的拓展。这是很有见地的。

从常规解读来看，第一节存在你与看风景人的主客体转换，由此带来"风景"意涵的拓展：你成为看风景人眼中的风景。不过，这种解读既然本着诗人所言相对说而推衍，就应追问："你站在桥上看风景"，这一风景是否也囊括下一行的"看风景人"呢？如若是，则两者有目光交汇的一刹那。虽是无心——就像现实生活中人们无所事事地闲逛，也会有与陌生者目光相触的那一刻——但会在有心的你的感觉中激起一点涟漪。如若不是，看风景的你的目光只是平视，左右扫动。而在楼上的人则如屠岸所说，占据着制高点。这个人看得更远，眼中的风景也更有层次；而且这个人只有在俯视中，才能看见不知是何人的"你"，独自一人，或混杂于三三两两的过客之中。

　　第一节有人认为使用了顶真，但这个修辞格一般由三项或更多项构成。只能说上下两句有歌谣气息，连接流畅，亦即主客体转换的逻辑关系十分明确。依此手法，第二节第二行要使用"你的窗子"或"窗子"，而不是"你"。这当然就不成诗句，也太机械了。你——看风景人，桥上——楼上，首节连贯而下的语势、气息，到第二节被人为"中断"，呈现更复杂的情境：明月——你的窗子——你——别人的梦（暂且不论"别人"是否就是前一节"看风景人"）。这里存在有一层层的"进入"：明月照进你的窗子，照在床上的你，而你（连带着明月）进入别人的梦。这就好似全诗由白日（黄昏？）转入黑夜，由现实转入梦幻，再转入梦的更深处，乃至梦中之梦。李广田评论卞之琳《十年诗草（1930—1939）》时说：

　　　　首先，我们就发觉，作者最惯于先由某一点说起，然后渐渐地向前扩伸，进一步又由有限的推衍到无限的。在这情形，作者仿佛只给读者开了一个窗子，一切境界都在那窗子后边，而那境界又仿佛是无尽的。

　　他认为卞诗的章法，大都在平面上向前或向外扩展，《断章》

第四讲 传递现代人的"现代感觉性"

则显示另一种章法,即"于推衍之外又加上本身的对立,于是就更其复杂化了,因为它把那相对的事物重叠起来作了统一的工作"。这两种章法其实在《断章》中都有体现。第一节看风景是由立足点向视野所及处的扩展,二人皆如此;但如果"看风景人在楼上看你"被你所看见,就又有一个视点的回收。当然,鲜明体现"由有限的推衍到无限的"章法的是第二节。字面上,明月、窗子、你,是有限的;别人的梦,以及这别人的梦是否是你所梦及的,则是无限的,其中蕴含的剪不断理还乱的情思,自然也是无穷无尽的。

说到情思,这首诗给人的第一印象似乎是情诗,尤其是读到第二节。但这一念头可能只是在阅读中一闪而过。事实上,确有解读者根据作者的个人经历和写作时间,推断它是写给恋爱的人的,不过并没有确凿材料,证明诗人此前或此时正热恋着某个人,多少有点八卦成分。即便如此,香港批评家、学者杨万翔觉得,无妨把它看作一首情诗,表现的是"你正被人悄悄爱着"的意思。他认为"装饰"一词用得绝妙,"窗子与明月本来两不相干,别人的梦与你本来是两不相干,但如同窗子因明月的装饰而成了美境一样,别人的梦也因了你的莅临而成了美梦"。有了后两句的情感定向,头两句便也可作类似的索解。可见,他也是因对第二节的阅读直觉,倒推回去,由此得出诗之耐读,在于其"新的时空观念与诗人的情感体验结合得相当完美"。在文本解读中,阅读者的直觉非常重要,有时可以决定解读的方向,虽经其后的反复琢磨也不会改变。只不过,我们前文提出的疑问依然无法消除:阅读者何以确定

"你"确乎进入了"别人的梦",就像明月进入了窗子?有没有可能,"你装饰了别人的梦"只是"你"的一厢情愿,甚或只是美梦般的呓语?这里没有要钻牛角尖的意思。我们的阅读直觉,也把我们往情爱的美好,以至可望而不可即的抒情脉络上牵引,无论这是不是诗人的本意。尤其在第二节中,中国文化语境中的明月意象,既是皎洁、清朗、圆润、恬静诸多美好意蕴的象征,也是思念、忆念的附着体。"明月装饰了你的窗子"确实是妙不可言的美境,而且颇具柔性或阴性之美,"你"便有了女性化意味,"别人"遂成了心心念念"你"的人。

《断章》两节本可作独立的两幅图景,各有虚实侧重,但由贯穿的、不确定的"你"统一起来。我们即便把"你"看作同一个人,也无法判定楼上的"看风景人"就是后一节中的"别人",因此这种统一并不稳固。如果不那么黏滞于相对论理念,我们会感觉,在"你"与"看风景人"之外还存在隐形的第三者,是他在观察这一切;第二节亦如此,是出自这个第三者的视角,犹如"上帝的视角"。也是这一视角,将万物的相对转化为"绝对的理念",仿佛"你"历经的一切都有着宿命的结局:给"别人"做装饰。果如此,"装饰"使用得很自然,也很绝妙。余光中认为,这首诗就写景与抒情的交错上看,就已经够美、够妙的了,而且有一种"交相反射、层层更进"的情趣。它的妙处尚不止于此:

> 同样一个人,可以为主,也可以为客,于己为主,于人为客。正如同一个人,有时在台下看戏,有时却在

第四讲 传递现代人的"现代感觉性" 83

台上演戏。

　　再想一下，又有问题。台下观众若是客，台上演员真是主吗？你站在桥上看风景，果真风景是客，你是主吗？语云"物是人非"，也许风景不殊，你才是匆匆的过客吧？

"过客"一词为"装饰"做了另一个注脚：人是永恒宇宙的过客，入眼的风景亦是；物是人非固然令人伤怀，物非人非则更令后来者怅惘。如同我们这些热爱诗歌，因热爱诗歌而热爱卞之琳的异乡客，站在修缮过的泰安桥上，远眺几经更易的运河河道，内心所荡起的涟漪。

诗人后来自述，"我着意在这里形象表现相对相亲、相通相应的人际关系，本身已经可以独立，所以未促成较长的一首诗，即取名《断章》"。故此，把它看作爱情诗并无不可，当作广义的情爱诗更无可指摘。无论如何，相对是暂时的，是从整体中抽离出来，如同"断章"的由来。广义上讲，所有文本都是相对的，之于一个诗人的写作，之于所有的写作；而所有写作行为也都是相对的，之于人生或宇宙。众多解读者在相对论上做文章，大概是因为先行认可、接受了有关卞诗是智性写作的结论，由此可能掉入诠释的因果循环：卞诗是智性写作的杰出代表，故《断章》有浓郁的相对论理念；变果为因同样成立。诗人当时的看法与刘西渭虽然迥异，但为避免他人误解而主动停止了争论；他后来自编的选集、文集也未收入《关于〈鱼目集〉》。他对刘西渭的评论文章十分赞赏，认为能言人所未言，包括诗人本人所未言。刘西渭解读《寂寞》一诗时说,"禁不住寂寞,'他买了一个夜明表',为了听到一点声音,哪怕是时光流逝的声音";"为了回避寂寞,他终不免寂寞和腐朽的侵袭"。对此,卞之琳觉得"出我意料之外的好",因为"自己原不曾管有什么深长的意义"。有感于此,屠岸评述道,"一个作家可能是自己作品的解释者,甚至可能是权威解释者,但不能是自己作品解释的垄断者。有时作家可以出来申辩,或者纠正误解。但作为社会存在,作品的效果却是客观的"。卞之琳无意做自己作品解释的"垄断者",他已意识到自己的发言给解读者,也给更广大的阅读者带来的干扰、困惑。实际上,时隔五十年之后,他也承认装饰说的合理性:"第一节两行,中轴(或称诗眼)是'看风景';第二节两行,诗眼是'装饰',两两对称,正合内涵。"围绕《断章》的诸种阐释,一方面表明其长久的艺术魅力,称之为新诗中的经典亦无不可;另一方面,它引发出文本解读中更其微妙难解的问题:解读者与诗人,谁为主,何为客?解读者与文本,谁为主,何为客?文本是单纯的被解读的客体,还是有可能"反客为主"?解读者如何得知自己"理解"了文本,还是说,他可以用相对之名,比如"一千个读者心目中有一千个哈姆雷特",来掩饰解读中的随心所欲?

繁复的"现代感觉性"

《距离的组织》(以下简称《距离》)的写作早于《断章》,

第四讲 传递现代人的"现代感觉性" 85

在1935年1月,是卞之琳最晦涩的诗篇,也可能是新诗史上诗人自注最多的抒情诗,却很难撼动阅读者对"抒情诗"之"抒情"方式的成见:

想独上高楼读一遍《罗马衰亡史》,
忽有罗马灭亡星出现在报上。①
报纸落。地图开,因想起远人的嘱咐。
寄来的风景②也暮色苍茫了。
("醒来天欲暮,无聊,一访友人吧。")③
灰色的天。灰色的海。灰色的路。④
哪儿了?我又不会向灯下验一把土。⑤
忽听得一千重门外有自己的名字。
好累啊!我的盆舟没有人戏弄吗?⑥
友人带来了雪意和五点钟。⑦

① 1934年12月26日《大公报》国际新闻版伦敦25日路透电:"两星期前索佛克业余天文学者发现北方大力星座中出现一新星,兹据哈华德观象台纪称,近两日内该星异常光明,估计约距地球一千五百光年,故其爆发而致突然灿烂,当远在罗马帝国倾覆之时,直至今日,其光始传至地球云。"这里涉及时空的相对关系。

② "寄来的风景"当然是指"寄来的风景片"。这里涉及实体与表象的关系。

③ 这行是来访友人(即末行的"友人")将来前的内心独

白,语调戏拟我国旧戏的台白。

④ 本行和下一行是本篇说话人(用第一人称的)进入的梦境。

⑤ 1934年12月28日《大公报》的《史地周刊》上《王同春开发河套讯》:"夜中驱驰旷野,偶然不辨在什么地方,只消抓一把土向灯一瞧就知道到了哪里了。"

⑥《聊斋志异》的《白莲教》篇:"白莲教某者,山西人,忘其姓名……某一日,将他往,堂上置一盆,又一盆覆之,嘱门人坐守,戒勿启视。去后,门人启之。视盆贮清水,水上编草为舟,帆樯具焉。异而拨以指,随手倾侧,急扶如故,仍覆之。俄而师来,怒责'何违吾命!'门人立白其无。师曰,'适海中舟覆,何得欺我!'"这里从幻想的形象中涉及微观世界与宏观世界的关系。

⑦ 这里涉及存在与觉识的关系。但整诗并非讲哲理,也不是表达什么玄秘思想,而是沿袭我国诗词的传统,表现一种心情或意境,采取近似我国一折旧戏的结构方式。

据香港学者张曼仪所做版本考证,这首诗在《水星》初刊时有第二、七、九行三处自注,即注①、⑤和⑥,仅限说明今典和古典之出处;收入《十年诗草》时增加第五行注,即注③;收入《雕虫纪历》时又添加第四、六、十行注,即注②、④和⑦,并在注⑦中增加对全诗的阐释。学者、批评家王晓渔借用历史学家顾颉刚的"疑古"术语,将逐步叠加的七个注称为"层累"。这一渐进过程也证明了诗的晦涩难解的程度,促使诗

第四讲　传递现代人的"现代感觉性"

人一步步地"出面"自述其意。而其中显现的智性成分也是无以复加的。

尽管作于同一年,《断章》与《距离》章法上的差异很明显。首先,《断章》中的抒情人称是"你",《距离》为"我"。虽然诗人说过,他早期诗里的"你"或"他(她)"可以与"我"互换,只要换得合乎逻辑,但"我"通常可直接视为诗人本人,"你"的所指则不一定,且作用于阅读者的阅读反应也不同。"你"显然让阅读者更有代入感而感同身受。其次,如果说《断章》句式、结构上有匀称之美(四行字数分别为八、九、九、八),《距离》则参差不齐,行中有有意的句读造成的中断、停顿,如:"报纸落。地图开……""灰色的天。灰色的海。灰色的路。"《断章》两节的上下句句式一致,均为陈述句;后者则有感叹句和疑问句。再次,《断章》脚韵用的是抱韵:abba(ing与eng,包括in、en、ong同韵)。所以两节虽可作两幅独立图景,却连成一片。《距离》脚韵则十分复杂:abcadccadd。给人的感觉似乎是,诗行在不断的推进——"我"的思绪一刻不停地翻飞——中又有回转。复次,《断章》中的意象单纯、明了,常见于中国古典诗词,故有浓郁的古典韵味,形式上也类似绝句。《距离》中的意象不仅繁复,也更具现代色彩,并且,它们已跃出中国诗学对"意象"的界定。诗中穿插使用的今典、古典、括号中的插入语,均属西方现代诗学所言意象的范畴。同时,如诗人自注,全诗采取近似传统旧戏的结构方式,具有很强的叙事性。

从接受角度说,阅读者无须了解《断章》的写作背景、诗人人生际遇，即可进入诗内，以各自人生体验去丰富、拓展它。就像香港批评家璧华所说，"全诗明白如话，清晰如画；没有一个生僻的字眼，没有一句复杂的句式，字面含义连小学生都能看懂，我们好像看到诗人信手拈来字句，按在一个固定的位置上，于是每个字都像着了魔，具有了生命，跳动了起来……"它令人过目不忘，只因在简单与深刻之间达成的奇妙平衡。人人皆可言说对它的感受，哪怕是"误读""误解"，也会被视为解读者的别出心裁。通透的四行间有着无限的阐释空间。但如果不借助诗人的自注，阅读者面对《距离》很可能无所适从，无法将碎片式的意象捏合为整体。因此，这首诗成了诗人同人、诗评家、新诗史家一展身手的场域。例如，朱自清认为它"是零乱的诗境，可又是一个复杂的有机体，将时间空间的远距离用联想组织在短短的午梦和小小的篇幅里"。刘西渭用简洁有力的"神秘的交错"来评价。诗人、翻译家袁可嘉认为它是诗人"对感情透过感觉而徐徐向广处深处伸展的有效运用，无论就其变化的众多或技巧的娴熟而言，都实在惊人"。学者蓝棣之指出，这首诗的底蕴"是表现一个思想复杂但是诚实，感觉敏锐细腻，耽于白日梦的青年知识分子，在令人失望的时代里，为灰色氛围所困扰的窒闷与失落感"。

　　如今，读者可借助诗人自注了解诗的细节和全貌。学者王晓渔撰写了《寒冬午睡人》(《上海文化》2023年3月号)，逐行细读这首诗，仅对第一行的解读就长达千余字，在提供丰富资料的同时也多有新颖见解。以下我们以此诗为例，谈谈卞之琳对新诗的"现代感觉性"的认识，以帮助大家理解新诗之

第四讲 传递现代人的"现代感觉性"

新,在于传达现代人新的感觉。

前已提及,卞之琳属于"写译同步"诗人中的一员,同时获益于中西、古今诗歌。前辈诗人徐志摩、闻一多,与其同时代诗人冯至、穆旦等,都在这一行列之中,也都为新诗发展作出了贡献。如果只是在具体文本中讨论客观对应物、戏剧性处境、抒情主体转换、时空交织等技法,或以之说明卞诗何以客观冷静、卓然独立,还不足以说明他在艺术追求上的个人特征。卞之琳谈到西方现代主义文学时说,虽然很难给广义的"现代主义"下定义,它"最初是对19世纪资产阶级正统文学规范、习尚、风格的反响,甚至于公然叫'拆台'(debunking)。这不仅牵涉到不同的表达方式,也牵涉到不动的感觉性(sensibility),有所谓'现代感觉性'(modern sensibility)"。卞诗使用的各种似古似今、亦中亦西的技法,指向的是"现代感觉性",也为它所统摄、圆融。正是这种"现代感觉性",使他既与传统诗歌,也与其他诗人拉开距离。刘西渭很早就注意到卞诗于"繁复的现代"中所具有的"繁复的情思":

> 我们的生命已然跃进一个繁复的现代;我们需要一个繁复的情思同表现。真正的诗已然离开传统的酬唱,用它新的形式,去感觉体味糅合它所需要的和人生一致的真淳;或者悲壮,成为时代的讴歌;或者深邃,成为灵魂的震颤。在它所有的要求之中,对于少数诗人,如今它所最先满足的,不是前期浪子式的情感的挥霍,而是

诗的本身,诗的灵魂的充实,或者诗的内在的真实。

他评论"汉园三诗人"时又说,对于卞之琳和何其芳、李广田,"言语无所谓俗雅,文字无所谓新旧,凡一切经过他们的想象,弹起深湛的共鸣,引起他们灵魂颤动的,全是他们所伫候的谐和。他们要文字和言语揉成一片,扩展他们想象的园地,根据独有的特殊感受,解释各自现时的生命。他们追求文字本身的瑰丽,而又不是文字本身所有的境界";"决定诗之为诗,不仅仅是一个形式内容的问题,更是一个感觉和运用的方向的问题"。"感觉和运用的方向"决定了卞之琳如何化古化洋,也决定了他早期诗歌极少写真人真事,而多采用虚拟场景。这与他第二阶段的创作,即抗战时期的诗歌形成鲜明对照。

卞之琳所言"现代感觉性"至少有两个来源:一是T. S. 艾略特对诗人与传统、与历史的意识的认知,一是法国象征主义诗人波德莱尔对现代性的理解。卞之琳在北大英文系读书时,曾在叶公超指点下译介艾略特的著名论文《传统与个人才能》,熟知其诗学。艾略特认为,传统是具有广泛得多的意义的东西,包含着深刻的历史的意识,而历史的意识又含有一种领悟。诗人——

> 不但要理解过去的过去性,而且还要理解过去的现存性,历史的意识不但使人写作时有他自己那一时代的背景,而且还要感到从荷马以来欧洲整个的文学及其本国整

第四讲　传递现代人的"现代感觉性"

个的文学有一个同时的存在，组成一个同时的局面。……就是这个意识使一个作家成为传统性的。同时也就是这个意识使一个作家最敏锐地意识到自己在时间中的地位，自己和当代的关系。

诗人写作时，要意识到自己在历史时间中的地位，意识到自己与传统和现代之间的关系，他的写作就不再是纯粹的个人行为。艾略特同时指出，从诗人与传统的关系看，任何诗人都不能脱离传统而单独具有他的意义。诗人隶属于传统，其作品存在于整个诗歌的有机链条中；即使是其中最个人的部分，也包含前辈诗人的痕迹。当然，传统不是恒定不变的过去的秩序，而是处于不断生成、调整之中。诗人要做的不是极度个性化地背叛或消灭传统，而是要主动适应，并促进传统的理想秩序的更新。卞之琳早期以意象或客观对应物来间接抒情，追求非个人化、典型化的艺术效果，以及从传统中寻找适应现代经验的抒情方式，明显受到艾略特的启发。除了艾略特，卞之琳曾自述前期写北平街头灰色景物，"显然指得出波特莱尔写巴黎街头穷人、老人以至盲人的启发"。他虽未提及是否受到波德莱尔现代性美学观念的影响，但波德莱尔将现代性定位于现时性与永恒性的结合，与艾略特要求诗人具备重塑历史的意识，并认为历史的意识"是对于永久的意识，也是对于暂时的意识，也是对于永久和暂时的合起来的意识"，有异曲同工之妙。波德莱尔评价同时代画家 G（Constantin Guys，贡斯当丹·居伊）先生时说：

> 现代性就是过渡、短暂、偶然，就是艺术的一半，另一半是永恒和不变。每个古代画家都有一种现代性，古代留下来的大部分美丽的肖像都穿着当时的衣服。……这种过渡的、短暂的、其变化如此频繁的成分，你们没有权利蔑视和忽视。如果取消它，你们势必要跌进一种抽象的、不可确定的美的虚无之中……
>
> 为了使任何现代性都值得变成古典性，必须把人类生活无意间置于其中的神秘美提炼出来。

波德莱尔理解的现代性是"现时性"的另一种表述，具有过渡、短暂、偶然的特征。每个时代的艺术都有自己的"现时性"，因此也都具有"现代性"，只要具备上述特点。现代性与古典性并不是一个二元对立结构，彼此也没有等级区分，任何一位艺术家都需要在现代性中提炼永恒、不变的"神秘美"。正是这种浑然一体、难以言传的"神秘美"，使得艺术家既深深迷恋于现代性，又执着于从中超拔。也可以说，是现代性使得艺术家及其创作被烙上鲜明的时间印痕，又由于艺术作品在现代性（现时性）中蕴含着古典性——永恒、不变的"神秘美"——使得不同时代杰出的艺术家遥相呼应。美国学者马泰·卡林内斯库认为，波德莱尔《现代生活的画家》一文中的观点是，"现代性最显著的特征是其趋于某种当下性的趋势，是其认同于一种感官现时（sensuous present）的企图，这种感官现时是在其转瞬即逝中得到把握的"。波德莱尔的现代性概念体现出一种"时间意识的悖论"，他用它来"意指处于'现

第四讲 传递现代人的"现代感觉性"

时性'和纯粹即时性中的现时。因而,现代性可以被定义为一种悖论式的可能性,即通过处于最具体的当下和现时性中的历史性意识来走出历史之流"。无论艾略特阐述的对历史的意识的领悟,还是波德莱尔对现代性的界定,指向的都是诗人对"感官现时"的认同。"感官现时"也就是现代人的"现代感觉性",可视为现代性的另一种表述。

《断章》七条自注里所涉及的林林总总,几乎涵盖了卞之琳早期所使用的抒情方法和结构方式。从不同角度来看,比如,以意象或客观对应物抒情("独上高楼"、"罗马灭亡星"、报纸、地图、"寄来的风景"、"暮色苍茫"、"灰色的天。灰色的海。灰色的路"、验土、盆舟、"雪意和五点钟"等);意境的营造("寄来的风景也暮色苍茫了"、"醒来天欲暮"、"灰色的天。灰色的海。灰色的路"、"友人带来了雪意和五点钟");戏剧性处境的建构(抒情主体转换、戏剧性独白);戏拟("醒来天欲暮,无聊,一访友人吧"既是对旧戏台白的戏拟,其中"醒来天欲暮"也是对"晚来天欲雪"的戏拟);随机的插入,即"('醒来天欲暮,无聊,一访友人吧。')"等。需要补充说明的是,此处括号中的语句初刊《水星》时并无双引号,因引起误解太多,诗人后来方才添加。这一行属于西方现代主义诗歌中的插入语,用以阻断正常的抒情线路,形成复义,同时构成戏剧性处境;插入语可为独白,也可为对话。诗人自注这一行是来访友人的内心独白。无论是否有双引号,如果不是诗人出面解释,确实极易让读者误以为是抒情者(说话人)的独白。但插入语属于现代主义诗歌常规而非特殊的手法,多见于艾略特等人的诗中。关于它的效果,卞之琳在回忆闻一多时说,闻先生曾"就我一首松散的自由诗,不自觉的加了括弧里的一短行,为我指出好像晕色法的添一层意味的道理"。

《距离的组织》晦涩难索,除上述细枝末节外,还因为它几乎是卞之琳唯一一首综合运用西方现代主义诗歌技法的诗,而"综合"正是广义的现代主义诗歌基本的艺术特征。当然也是因为,卞之琳试图捕捉并用语符定格变化莫测的现代人的"现代感觉性"。刘西渭惜字如金的"神秘的交错"的印象式感悟,在批评方法上则是以阅读的感觉对应于诗人创作的感觉:诗中包含时空、抒情主体、实体与表象、微观与宏观、存在与觉识的多种交错,目的在于揭示波德莱尔所说的,存在于世间万物的永恒不变的"神秘美"。但以"现代感觉性"去把捉"神秘美",对诗人来说,只是一种悖论式的可能。这种情形有些类似马泰·卡林内斯库所言,诗人想"通过处于最具体的当下和现时性中的历史性意识来走出历史之流",其难度可想而知。这也可以解释,为什么卞之琳早期诗歌往往从即景开始,却一步步遁入梦幻的旋涡——《断章》虽简约,亦如是。《距离的组织》起首两行给人以天人之语的感觉,是因为它们写的是最具体的当下时刻,却又牵连出邈远的沧海桑田。T. S. 艾略特所言的历史的意识,即诗人需要同时领悟过去的过去性和过去的现存性,在这首诗的《罗马衰亡史》和罗马灭亡星两个语义互涉的意象/客观对应物中,得到近乎完满的诠释。

第五讲
"一切是无边的,无边的迟缓"
—— 细读穆旦

　　有关穆旦的评价中,最有意思的不是"新诗现代化的第一人",而是他西南联大同窗、挚友王佐良说的一番话:"他一方面最善于表达中国知识分子的受折磨而又折磨人的心情,另一方面他的最好的品质却全然是非中国的。"前一方面相信是穆旦诗歌阅读者的共识,尤其是联想到他多舛的命运;后一方面则存在争议。王先生认为穆旦的胜利在于"对于古代经典的彻底的无知",但也有人认为其诗"潜存的是我们并不陌生的本土经验"。王先生所言两个方面——大体可看作情感与形式——本是紧密交织的,"非中国的"说的是穆旦诗歌创造了一种"有意味的形式"。异议者看似相矛盾的意见,其实是与之对立统一的:本土经验的传达,需要超脱早期新诗所依赖的古典诗歌抒情模式，也需要超越浪漫主义的抒情泛滥，让自由体诗回归"自由"的本真含义：不是刻意的为所欲为，以示决裂或反叛的决心，而是能够"欲有所为"（萨特），为新诗蹚出一条新路。

美国当代诗人、散文家艾德丽安·里奇认为，存在一种"高级别的诗歌"，它能"使我们进入我们无法以其他方式接近的空间和意义"。穆旦的诗无疑属于这一行列，岁月的淘洗只是让这一点愈加凸显。在西南联大读书期间，他受到时任教师，英国诗人、批评家燕卜逊的引导和影响，研读、翻译叶芝、T. S.艾略特、奥登等欧美现代诗人诗歌，并沉迷其中。但这一切并未让他成为书斋式诗人，而是投身于现实生活的洪流之中，为民族的觉醒和崛起而讴歌。

"等待伸入新的组合"

穆旦的《春》创作于1942年2月，经修改后收入《穆旦诗集（1939—1945）》。这首诗原刊于当年5月26日的《贵州日报·革命军诗刊》。原诗如下（黑体字为后来有修改处）：

绿色的火焰在草上摇曳，
它渴求着拥抱你，花朵。
一团花朵挣出了土地，
当暖风吹来烦恼，或者欢乐。

第五讲 "一切是无边的,无边的迟缓"

> 如果你是**女郎**,把脸仰起,
> 看**你鲜红**的欲望多么美丽。
>
> 蓝天下,为**关紧的世界**迷惑着的
> 是**一株**廿岁的**燃烧**的肉体,
> 一如那泥土做成的鸟底歌,
> 你们**是火焰卷曲又卷曲**。
> 呵,光,影,声,色,**现在**已经赤裸,
> 痛苦着;等待伸入新的组合。

这首诗重刊于1947年3月12日天津《大公报·星期文艺》时,诗人已做出修改。因其重刊时间与诗人编订诗集的时间几乎同步,且重刊稿与定稿相比仅有几处差异,我们只在下面以注释说明。定稿后的文本如下:

> 绿色的火焰在草上摇曳,
> **他**①渴求着拥抱你,花朵。
> **反抗着土地,花朵伸出来**,
> 当暖风吹来烦恼,或者欢乐。
> 如果你是**醒了**②,推开窗子,
> 看**这满园**的欲望多么美丽。
>
> 蓝天下,为**永远的谜**迷惑着的
> 是**我们**③二十岁的**紧闭**的肉体,

一如那泥土做成的鸟的歌,
你们**被点燃**④,却无处归依。
呵,光,影,声,色,**都**已经赤裸,
痛苦着,等待伸入新的组合。

① 重刊稿仍保留初稿"它"。
② "你是醒了"重刊稿为"你寂寞了"。
③ 重刊稿仍保留初稿"你们"。
④ "被点燃"重刊稿为"燃烧着"。

两节十二行的抒情短诗,前后共有十余处字句的修改,足见诗人工作态度之严谨,甚至苛刻。这一态度正是他所译介的欧美现代诗人所崇尚的。就像奥登曾说的,诗人不仅要追求自己的缪斯,还要去追求"语言学夫人";诗人的创造性才华,体现在他"对言辞嬉戏的兴趣大于对表达独创见解的兴趣"。穆旦的修改——可以推想其中会有反复——当然也可以视为一种言辞的嬉戏,这是写作的乐趣之所在。正如孩童自顾自的游戏是心无杂念、高尚的,诗人言辞嬉戏的目的是严肃的:追求表情达意的精确。

这首以情诗为"外貌"的诗可以看作身体之诗乃至肉欲之诗,不仅因为诗中出现"肉体""赤裸"字样,而且一起笔就将人的感官调动起来:"绿色的火焰在草上摇曳"。将草叶暗喻为"绿色的火焰",所带来的不只是视觉冲击,也不只是强烈动感,而且给人以惊异之感,又十分贴切,尤其是联想到火焰

的顶端与草叶叶尖之形的相似性。如果用波动起伏的大海来状摹连片的草叶,虽然也能凸显春天的勃勃生机和跃动之感,却在精确度上逊色不少,也不会刷新我们的感官认知。保罗·策兰曾在札记中写下:"那是春天,树木飞向它们的鸟。"同样是突显春天的勃勃生机、蠢蠢欲动,同样是着眼于动感,不过,策兰的诗句能够把人从视觉想象带向听觉想象:我们一方面看见了拔根而起,飞向空中盘旋的鸟,想与它们嬉戏玩耍的树;另一方面似乎听见了它的枝叶一路发出的呼啦啦、哗啦啦的响声,愈发显示出一片生机盎然的景象。而如果我们的目光已扫到穆旦诗歌第二行的"他(它)",就会意识到,诗人是把这一束"火焰",从火焰丛中分离出来:这一束摇曳的火焰带给人的更多的是静谧,是默然。故此,穆旦尽管起笔就调动起我们的感官,却又在悄然间带领我们"向内转",直至转向首节末尾所言的"欲望"。

第二行将原作的"它"改为"他",并非出于拟人化的考虑:原作"它渴求着拥抱你,花朵"本身就是拟人化。将拟人化当成修辞格,习惯性地在情景交融的诗中去指认,实际上是阅读者以人为中心、以一己之理念度量万物的成见的体现。中国哲学中,人与天地万物和谐共存,万物的情感与人的情感相符,它们并不只是作为被观察的客体存在,同样具有主体性。李清照的小令"知否?知否?应是绿肥红瘦",欧阳修的诗句"泪眼问花花不语,乱红飞过秋千去",不只是写花,或将花拟人化,也是将花的遭际与人的处境、命运紧密相连。所以,穆旦修改为"他",实际上是从首行悄然地"向内转"的显影。"渴求"一词表明，绿色火焰的摇曳实则是人内心情感的波动，不可言传，也无法言传，只有用"拥抱"的形体传递这静默、也是骚动的渴求。不过，在穆旦自译的英文诗中，"他"并没有出现：

In the grass the green flames flicker,
Mad to embrace you, flower.

复数形式的"the green flames"充当两行的主语，似乎更强调集束之意；"flower"则为单数形式。

第三行整个语句发生变动，也更值得体味。首先，上一行以"花朵"结束，原作中这一行接以"一团花朵"，形似顶针，较为单调。其次，"反抗着土地，花朵伸出来"较之原作的单句，语句有变化，也就有了"摇曳"之感。诗人在修改中采用倒装句式（正常语法应当是"花朵伸出来，反抗着土地"），"反抗"被凸显，语义上也比"挣扎"更有力，以表明它对"渴求"迫切的、依然是无声无息的响应。再次，分割为两句后，每个音组分别为三（反抗着）、二（土地）和二（花朵）、三（伸出来）字，而两个三字音组均有虚词（着、来），节奏上寓统一于变化。

第四行"暖风"再度唤醒我们的感官。"吹来烦恼，或者欢乐"写得很平淡。从写作角度说，诗不大可能每一句都写得十分饱满、有力，那会使文本变得很紧而缺乏透气性。因此，可以把这一行看作起缓冲作用的过渡句。沿着这一思路，我们

第五讲 "一切是无边的，无边的迟缓"

发现首节前四行张弛有度：第一行饱满则第二行松弛，第三行有力则第四行平易。

第五行的改动也比较大。一方面，"它"改作"他"之后，没有必要再去假设"你是女郎"。更重要的是，在此节语境中，原作"如果你是女郎，把脸仰起，/看你鲜红的欲望多么美丽"，极易让人顺着拟人化手法而下，将"你"与"花朵"的形象同一化，第六行"鲜红的欲望"也强化了这一解读方向（"鲜红"字面上指花朵的色彩）。修改为"如果你是醒了，推开窗子，/看这满园的欲望多么美丽"，全诗因"你"的现身而形成对话结构，其意味也变得繁复起来："你"是另一个人，"他"所渴求、欲望的对象，但像花朵一样美丽，也像花朵、青草一样在春天苏醒，"反抗着土地"。原作"看你鲜红的欲望多么美丽"是看自己，自我陶醉；修改后"看这满园的欲望多么美丽"则是看世界，但这美丽的世界也反射出"你"的欲望，同样美丽。这是象征主义诗歌常用的借意手法：借由描绘外在世界来反映人的内心世界，形成一种投射。而作为诗歌意象，窗子与门都具有关闭与打开的功能；不同的是，门打开了可以走出去，窗子打开了只是呼吸新鲜的空气，眺望外面的世界。里尔克曾用法语写作一系列题为《窗》（何家炜译）的诗，其中第二首是：

> 你建议我要等待，奇异的窗子；
> 你米色的窗帘就快掀起。
> 噢，窗子，是否我该依了你的邀请？

或是该抵抗,窗子?我等待谁呢?

是否我已动心,带着这倾听的生命,
带着这颗全然失落的心?
还有前方那条往来的路,且怀疑着
也许你给我梦想太多使我停驻?

第五首是:

窗子,仿佛给一切都添加了
我们各种仪式的意义:
有一人只是站立着
在你的边框里等待,或凝思。

这般漫不经心,这般慵懒,
是你将之写进书页:
看上去有点像
他成了他的影像。

迷失于隐隐的烦恼中,
男孩斜倚着待在那儿;
他幻想着……并不是他,
是时光穿旧了他的外套。

> 而那些情人,看见了吗,
> 纹丝不动,纤弱无力,
> 像蝴蝶一样被钉着
> 为了她们翅翼的美丽。

我们无意考证穆旦是否受到里尔克的影响,也无意比较两者诗作的异同,只是说明,修改之后,诗人将"你"从拟人的花朵中"解放"出来,又以"推开窗子"的举动"推开"了诗的视野,让"你"、也让诗外的我们共同面朝一个新世界。那里,"满园的欲望"指花朵的欲望,也指青草的欲望、"他"的欲望,同时是"你"的欲望巧妙的投射。这欲望如此美丽,"他"的渴求亦如是,理应得到回应。

不过,还存在其他解读的可能性。基于诗人自译的英文版,"他"可能指的就是"绿色的火焰"。这是对惯常的拟人化手法的反拨:"反拟人化"。而第二行"你,花朵"的并举,无疑是将两者等同起来:绿色的火焰渴求着拥抱花朵。直至"如果你是醒了"出现,诗由写景转入写景中人,两者的连接物是欲望。因此,"你-花朵"的形象始于叠合,终于分离,但推开窗子的"你"与花朵之间的映射关系始终存在。这是穆旦的诗比较复杂的地方,具有 T. S. 艾略特式的"机智"(wit)特点,不同于新诗草创期的诗作,也不同于同时期同样具有沉思品性的冯至、卞之琳等人的诗,与艾青等现实主义诗人的言说方式差距更大。

第二节的重要改动之一是将"你们"改为"我们",并提前至第二行,将首节"他"的渴求与"你"的欲望相缔结。既然用"我们",首节的"他"为何不一并改为"我"呢?一方面如前所述,"他"可能是反拟人手法;另一方面,如果"他"指的是某个人,比之"我"更能获得抒情的客观化效果。若着眼于整体结构,首节偏重于"向外"的景物描写(不言而喻,景中有情),此节则转向"向内"的凝思,凝思那"永远的谜"。

这一节首行把"为关紧的世界迷惑着的"改为"为永远的谜迷惑着的",原因可能是首节已写到"推开窗子",欲望喷薄而出,再用"关紧的世界"显然不合适。第二行将"燃烧的肉体"改为"紧闭的肉体",则表明欲望与肉体的矛盾,确乎是人类"永远的谜",也是诗歌的永恒主题:欲望大多是美丽而魅惑的,而肉体则被视为低贱而笨拙的,一如本色的泥土,不受待见却又不可离弃。第三行"一如那泥土做成的鸟的歌"一句,当是受到艾青《我爱这土地》(作于1937年11月)的影响:"——然后我死了,/连羽毛也腐烂在土地里面。"艾青诗中的鸟和土地是两个令人印象深刻的意象,而"嘶哑的喉咙"、羽毛的腐烂、"眼里常含泪水",也都是触及肉体的描摹。穆旦熟悉并极为推崇艾青的诗,认为"没有一个新诗人是比艾青更'中国的'了"。第四行"你们被点燃,却无处归依",被点燃的是欲望,无处归依的是肉体,其间的矛盾到达顶点;"点燃"同时呼应开篇"绿色的火焰"。

最后两行常被人引用。"光,影,声,色,都已经赤裸",表明一切都应该像万物一样敞开,包括"紧闭的肉体"。从诗中描写来看,"光"来自"绿色的火焰",也来自"你"推开窗子的一刹那。影指阴影或阴暗处(诗人自译为"shade"),隐含在万物之中;也可理解为,欲望是人的肉身的"阴影",看不见摸不着,却在体内涌动不息,此时被春天的盎然生机逗引出来。"声"来自"泥土做成的鸟的歌","色"则从"绿色"到"蓝天"。其中每个词以逗号隔断,延长停顿,则每种事物既彼此独立(为下行"等待伸入新的组合"做铺垫),又得到同等强调,不分彼此。"痛苦着",不是因为赤裸,而是赤裸之后的迷惘,迷惘于何去何从;语助词"着"表示这种状态的延续,也很自然导引出"等待":"等待伸入新的组合"。

那么,最后这一句想表达的是什么呢?

王佐良认为,这首诗不止虚实结合,而且出现"新的思辨,新的形象"。最后两句是"绝难在中国过去的诗里找到的名句",从而使之截然不同于伤春咏怀之作。袁可嘉则说,第二节体现了现代派的许多特征:"敏锐的知觉和玄学的思维,色彩和光影的交错,语言的清新,意象的奇特,特别是这一切的融合无间。"他们二人与穆旦一样,兼有诗人、翻译家、学者身份,熟悉其生活和创作,但都没有解释最后两句的含义,关注的是情感的真实、强烈,形式的和谐、完整。在我们看来,"伸入"与首节第二行"伸出来"遥相呼应,比之后者,它是生命成长的延续状态。"组合"字面上也不难理解。如果俗套地把春天比作一曲恢弘的交响曲,它是由各种元素,包括"光,影,声,色"充满韵律的交织与回旋。每一次这样的过程都会化合出新的生命状态。现代派的另一个特征也在此体现：单独看每一个字词，都是可理解的，但"组合"之后则高深莫测，难以确指。现代诗不是谜语，但可以呈现谜一般的人生，谜一般的肉体和欲望。一当"呵"（"啊"的异体字）字现身，给人的阅读期待是抒情时刻的到来，情感高峰的抵达，但穆旦却将阅读者领入更深的、带有玄学意味的思辨。在当时的抒情诗体制中，这确实很少见。也许这就是一个"永远的谜"，等待"我们"和"你们"一起去破译。

另外，这一节第一、二行由完整的句子跨行而成。它以"的"字结构做主语，以"是"字句做判断，在穆旦的诗中还有不少，如《赞美》（1941）："而他永远无言地跟在犁后旋转，/翻起同样的泥土溶解过他祖先的，/是同样的受难的形象凝固在路旁。"《先导》（1945）："那醒来的我们知道是你们的灵魂，/那刺在我们心里的是你们永在的伤痕。"这也是受到西方现代诗歌句法的影响，是诗人"写译同步"的表征。

"不过完成了普通的生活"

《冥想》是穆旦晚年代表作之一，作于1976年5月。大半年后的1977年2月，准备做腿伤手术的诗人因突发心脏病而离世。它与其他五首诗，以《穆旦遗诗六首》为总题，刊发于《诗刊》1987年第2期。诗分两章，每一章的结句，尤其是第二章的"这才知道我的全部努力/不过完成了普通的生活"，广为流传。它也因诗人意外的辞世而被视作他总结自己一生的

第五讲 "一切是无边的,无边的迟缓"

诗篇之一。

如同诗题显示的,它是对一生经历与运命的深沉思索与想象。"冥"字的另一重含义,即昏暗,也会在我们的阅读过程中下意识地浮现,进而变作诗的底色。这与诗人写作前后的身心状态是吻合的。此前的1976年1月19日,诗人晚归,骑车在昏暗的宿舍楼区不慎摔伤,导致股骨骨折。为了不给家人增加负担,他并未及时上医院诊断、治疗,以致延误了时间而最后不得不准备手术。卧床休息期间,他从未停止写、译工作。3月底在给一位青年朋友的信中,他说:"我近两月因为不能外出并需卧床而特别苦恼,整天昏昏沉沉,躺不是,坐也不是。"《冥想》即写于这一时段,是困居陋室之中的"冥想"。

先来看第一章:

> 为什么万物之灵的我们,
> 遭遇还比不上一棵小树?
> 今天你摇摇它,优越地微笑,
> 明天就化为根下的泥土。
> 为什么由手写出的这些字,
> 竟比这只手更长久,健壮?
> 它们会把腐烂的手抛开,
> 而默默生存在一张破纸上。
> 因此,我傲然生活了几十年,
> 仿佛曾做着万物的导演,
> 实则在它们长久的秩序下

我只当一会小小的演员。

诗以问句开篇，五、六行接续一问，就此铺展开来。两问都是反问句式，不像艾青《我爱这土地》结句的自问自答："为什么我的眼里常含泪水？/因为我对这土地爱得深沉。"是自解心结，也是自我心理疏通，以获得释然，也因此获得自我安慰和肯定。自问自答中没有任何纠结，问与答严丝合缝，一目了然也一锤定音。反问句通常比直陈的肯定句具有更强的情感色彩，但在这首诗中，反问中似有无法祛除的疑惑，带着些许窘迫或尴尬。两个问号显示的既是迷惑，也像是不甘心，仿佛无奈的轻轻喟叹。同样是抱病卧床时所写、具有相同情感和思索意味的《智慧之歌》(1976年3月)，也出现反问句：

> 只有痛苦还在，它是日常生活
> 每天在惩罚自己过去的傲慢，
> 那绚烂的天空都受到谴责，
> 还有什么彩色留在这片荒原？

受上一行"谴责"的强烈语气的笼罩，最后一句的反问是斩钉截铁的肯定：没有什么彩色留在这片荒原。荒原之为荒原，正因为它只有一种色彩存在：痛苦。痛苦是日常生活的填充物也是唯一的剩余物，起因则是"自己过去的傲慢"。

《智慧之歌》中"傲慢"这个词，与《冥想》第一章中的

"优越""傲然"彼呼此应，反映出此时为骨折的痛苦所折磨的诗人，他以笔做出的人生总结，实则是自我省思，却没有给阅读者以"只有痛苦还在"的感受，也没有同年10月所写《停电之后》中，面对一夜间耗尽了油脂、挂满残泪的小小烛台的那种庄重、肃穆："于是我感激地把它拿开，/默念这可敬的小小坟场。"或许我们从《冥想》中读出了诗人参透人世之后的那份超脱，但又不能否认其中有对万物"长久的秩序"的屈从，乃至一份屈辱。以个人的血肉之躯去对抗生活这一庞然大物，去挑战它的铁定法则，其结局虽已经诸多伟大作家、诗人（如穆旦这一时段正在重译、誊抄的普希金）揭示，但要等到一个人历经劫难而前途依旧未曾明朗之时，才会恍然大悟。正像《智慧之歌》另一节所写：

> 另一种欢喜是迷人的理想，
> 它使我在荆棘之途走得够远，
> 为理想而痛苦并不可怕，
> 可怕的是看它终于成笑谈。

"笑谈"是认命，但也是对长久的"痛苦"的否定，是痛定思痛。

　　开篇之问中的"小树"之"小"，与结句"小小的演员"之"小"相呼应，是对自称万物之灵的人类的反讽。出于优越感而瞧不起渺小生灵的人类，终不过是后者的一抔腐质，被其所转化。若说这棵小树是天地自然的造化之物，不一定是人的手植，那么，为什么人手创造出来的文字，拥有更强健的生命力？这其实是多余之问，折射出诗人的"多余人"的自况。因为这世上既有速写速朽的文字，有在写作者生前就已烟消云散的文字，也有灌注了生气而在写作者身后熠熠生辉的文字。现代主义文学开山者之一的卡夫卡曾在书信中说："一本书真正独立的生命要在作者死后才开始，因为这些血性的人在他们死后还会为他们的书斗争一番。然后书就慢慢孤单下来，只能依赖自己的心脏搏动了。"不过，所有严肃、认真地对待文字工作的现代主义作家、诗人，在日复一日的写作中，都有挥之不去的虚无感。就像加缪笔下的西绪福斯，需要认清虚无才是你面对的真正的现实；需要接纳它并与之和平共处，向上天不可撤销的"惩罚"投去轻蔑一瞥；需要一次次走向前去扛起谷底的巨石，相信所谓的幸福就在这一次次知难而上的过程里。穆旦不可能不了解这些，在他一次次翻译、修订、誊抄普希金、拜伦、雪莱等经典大家的文字之时。"破纸"暗示了这些文字流传的时间之长。

最后四行由"因此"关联和开启，应是收束前面两问引发的思索，所以也蕴含双重意思。第一层意思是说，在自然造化之中，自以为"万物的导演"者却实则是"小小的演员"。"演员"一词的运用，可能与穆旦当时同青年友人郭保卫的交往有关。郭保卫是东方歌舞团的青年演员，因热爱文学，经诗人杜运燮介绍，登门拜访心仪已久的穆旦。据他回忆，两人初次见面，时在1975年秋天。在北京站分手告别时，穆旦至少向他提出了三个问题：

第五讲 "一切是无边的,无边的迟缓"

"你为什么弄诗呢?"

"你当个演员,多快乐,何必找这烦恼事呢?"

"你为什么要和我认识呢?"

当年"文革"尚未结束,因历史问题而惨遭厄运的诗人,不理解这位年轻人为何要爱诗、写诗,自寻烦恼。演员的职业和身份是单纯也是快乐的。他也担心郭保卫与仍戴着"历史反革命"帽子的自己交往,会给他招来更多麻烦。郭保卫当时未置可否。第二层意思,"万物的导演"可指在文字间指挥、调遣、安排万物,到头来写作者却发现自己不过是文字游戏的参与者、表演者;自以为掌控文字者被文字所钳制。宇宙万物有"长久的秩序",文字同样有既定的、必须遵守的游戏规则,且以规则为游戏的前提。早年的穆旦说他受现代派影响,采用"非诗意的"词句写成诗,因此需要寻找新的形象。用这样的形象表达出来的思想,"比较新鲜而刺人"。晚年又引申奥登的话说,"诗应该写出'发现底惊异'"。他在不同时期借鉴各种资源,目的是竭力突破文字的规则、诗的陈旧规范。这是他一以贯之的追求。然而,一当他从文字世界回到现实,会像许多大诗人一样,对文字产生某种虚无感、虚幻感。比《冥想》略早写作的《诗》(1976年4月),被公认为表达了其晚年诗学的理念:

诗人的悲哀早已汗牛充栋,
你可会从这里更登高一层?

> 多少人的痛苦都随身而没,
> 从未开花、结实、变为诗歌。
>
> 你可会摆出形象底筵席,
> 一节节山珍海味的言语?
>
> 要紧的是能含泪强为言笑,
> 没有人要展读一串惊叹号!
>
> ……
>
> 设想这火热的熔岩的苦痛
> 伏在灰尘下变得冷而又冷……
>
> 又何必追求破纸上的永生,
> 沉默是痛苦的至高的见证。

读罢,再看《冥想》中重复使用的"破纸",似乎能感觉其中的嘲讽,乃至鄙弃之意;"追求破纸上的永生"本是写作者美好的理想,却真有可能像《智慧之歌》中所言,成为可怕的"笑谈",更不用说因言获罪——是诗歌把他引上了这条不归路,而当下的他却只能钻进故纸堆,聊以宽慰自己。痛苦让人沉默,但无法让诗人放下手中的笔。

上述第二方面的解读是否有些牵强呢?如果把《冥想》的

第五讲 "一切是无边的，无边的迟缓"

两章作为整体来观照，实际上有两个维度：首章尽管起笔于小树与"我"的对照，但着眼的是文字世界；第二章则很明显转向非文字世界，也就是一个人从生到死的世界，是"情动而辞发"：

> 把生命的突泉捧在我手里，
> 我只觉得它来得新鲜，
> 是浓烈的酒，清新的泡沫
> 注入我的奔波、劳作、冒险。
> 仿佛前人从未经临的园地
> 就要展现在我的面前。
> 但如今，突然面对着坟墓，
> 我冷眼向过去稍稍回顾，
> 只见它曲折灌溉的悲喜
> 都消失在一片亘古的荒漠，
> 这才知道我的全部努力
> 不过完成了普通的生活。

"突泉"是诗人写作生涯中寻觅到的另一个新语汇、新形象，给人以新鲜的惊异感。《辞海》中，"突泉"条目下仅列县名，位于内蒙古兴安盟南部，由"醴泉"改名而来（穆旦长子时在内蒙古五原县插队。五原属巴彦淖尔，与突泉相隔甚远）。把生命喻为泉水或清泉很常见，也缺乏突泉所具有的强烈的冲击力和蓬勃的动感：突，状摹急猝样貌，有突如其来、猝不及防之意，寓意生命勃发而出的那一刻，故此搭配以"新鲜"，还原了这个使用得越来越陈旧的词的多重意指：没有变质的；出现不久的；新奇、稀罕。"浓烈的酒，清新的泡沫"用典巧妙，出自白居易名篇《问刘十九》："绿蚁新醅酒，红泥小火炉。晚来天欲雪，能饮一杯无？""绿蚁"即指浮在新酿的、尚未过滤的米酒上的绿色泡沫，色微绿，细如蚁。初生的活泼泼的生命如虎豕奔突，以为可凭一己之力开疆辟土，进入一片全新的领地，却未曾想与"坟墓"迎面相遇，其愕然、沮丧可想而知。这一意象——而不是抽象的"死亡"——的出现并不显得突兀，我们之前已读过这一时期诗人笔下的以小小烛台为"可敬的小小坟场"，同一年写作的《沉没》中有"爱憎、情谊、职位、蛛网的劳作，/都曾使我坚强地生活于其中，/而这一切只搭造了死亡之宫"的句子。

《穆旦评传》作者、学者、批评家易彬认为，"1976年3月"对于穆旦是个富有隐喻的时间节点。一是此前诗人摔伤了腿，心情郁闷；二是诗人身后，由杜运燮编选的《穆旦诗选》，将《智慧之歌》列为1976年诗人诗作的首篇，预示着一个新的诗人形象的诞生。诗人对人生、对写作本无特别的悲观、消极态度，但骑车跌倒这一事故却大大改变了其既往观念。诗人不会不明白，看似"偶发"的事件，实则为万物"长久的秩序"的外显。人极其渺小、软弱；文字可能不朽，但无法期许，甚或不必劳神期许。激湍的生命变作"冷眼"回首旁观，仿佛那是另一个陌生的躯体。"灌溉"承接突泉的意象，

第五讲 "一切是无边的,无边的迟缓"

悲喜已像水流一样渗入一望无际的荒漠,了无踪迹。在同年3月所写《理智和情感》之一《劝告》中,诗人是把时间和空间比作"永恒的巨流",而把"你"喻为细沙:

> 如果时间和空间
> 是永恒的巨流,
> 而你是一粒细沙
> 随着它漂走,
> 一个小小的距离
> 就是你一生的奋斗,
> 从起点到终点
> 让它充满了烦忧,
> 只因为你把世事
> 看得过于永久,
> 你的得意和失意,
> 你的片刻的聚积,
> 转眼就被冲去
> 在那永恒的巨流。

"永恒的巨流"周而复始(首句出现,末句重复),亦是诗人所言万物"长久的秩序"之一。虽然《冥想》第二章把生命喻为水流,"细沙"与"荒漠"之间仍有着关联;并且,《劝告》中同样表达了悲喜转瞬消逝的情绪。而这一切也不再适于用悲喜来总结。

即便是初次接触穆旦诗歌的阅读者，也会被这一章最后两句所震撼。如同"曲折"一词如此平淡，甚至苍白，却有道不尽的酸甜苦辣在其间，"普通"在语境中如此不普通，但回首来路，却只能用上"普通"二字。俄罗斯白银时代诗人曼德尔施塔姆说，诗歌"在一个词的途中把我们叫醒摇醒"，然后我们才发现，"那个词比我们想象中的更长"，更有意味。穆旦在写作中，既致力于发现新的材料、新的形象、新的表达方式，也依托所创设的新的语境或意境，擦亮再"普通"不过的语词、意象——"发现底惊异"只有从这两方面去理解，才是完整的，并且需要写作者多方借鉴，而不是刻意地求新求异。魏天真认为，无论从哪个角度看，"普通"一词都很难说是对穆旦的"生活"的合适概括，"穆旦的生活远远够不上'普通'，除非艰难、残酷、轻贱、屈辱……的生活可以算'普通'！"当我们能够设身处地感受他的心态，考虑他当时个人和家庭的境况，他也未能完成"普通的生活"。所以魏天真说：

> 当我们将他坎坷艰难而卑屈的一生，与"不过完成了普通的生活"的平静、淡然两相对照，仿佛看到了"诗性"对普通生活的烛照，怎样地实现了对苦难深渊中的生存的救赎，并使一个残缺病弱而隐忍的人，以诗的方式圆满地完成了自己。

同时，这也体现出穆旦诗歌的一大特质：阅读者即便不像学者、批评家那样熟悉穆旦的生平材料，也能够被一首诗深深打动；或者，因为偶然读到他的几首诗，有了进一步了解这是一个什么样的人的冲动。T. S. 艾略特的传记作者、英国学者林德尔·戈登说，在一封1930年的信中，艾略特写到自己长久以来的一个愿望，即尝试探索"灵魂自传"（spiritual autobiography）这一在20世纪已经失传的文体。他迫切希望成为"通过强烈的个人经验传达普遍真理的那一类诗人"。精研艾略特的穆旦不可能不受到影响，尤其是进入晚年，又遭受意外打击的时刻。他的诗同样可视为"灵魂自传"。

在押韵上，第一章与第二章不同。第一章前八行，每四行隔行押韵并换韵，分别是"树"与"土"、"壮"与"长"，后四行换韵且脚韵密集，依次是"年""演""员"。故此，这一章可依脚韵划分为三层。诗人没有取分节方式，一方面是保持思的连续不断，一方面表明"因此"而下的四行，主要承续的是前四行的思绪，即文字比人的生命更强健。第二章同样十二行，也是换韵，但脚韵更显复杂：

（a）（b）（c）（b）（a）（b）（d）（d）（a）（c）（a）（c）

如果也按四行为一层，则前四行隔行押韵，中间四行后两行押韵，最后四行为交韵。但首行"手里"与"园地""悲喜""努力"押韵（a），第三行"泡沫"与"荒漠""生活"押韵（c）。如此这般交替、穿插用韵，仿若生命中的悲喜交加，跌宕起伏，各色滋味尝过一遍。而这不过是"普通的生活"。

2007年4月，穆旦逝世30周年之际，他生前任教的南开大学举行其塑像落成仪式。塑像背面刻着穆旦绝笔诗《冬》（1976年12月）第一章最后的三行：

> 当茫茫白雪铺下遗忘的世界，
> 我愿意感情的激流溢于心田，
> 人生本来是一个严酷的冬天。

第一章有四节，每节结句都使用迭句"人生本来是一个严酷的冬天"。穆旦给老友、诗人杜运燮写信附上这首诗，却被对方认为"太悲"，遭到反对，故依次修改为"多么快，人生已到严酷的冬天"，"呵，生命也跳动在严酷的冬天"，"人生的乐趣也在严酷的冬天"，"（我愿意感情的激流溢于心田）来温暖人生这严酷的冬天"，并解释道："其实我原意是要写冬之乐趣，你当然也看出这点。不过乐趣是画在严酷的背景上。所以如此，也表明越是冬，越看到生命可珍之美。"迭句虽然变化，"严酷的冬天"一仍其旧。把初稿迭句刻写在塑像上，当是逝者的心愿所在。

第六讲
诗是心的歌
——细读曾卓

2019年3月,"七月派"诗人、作家曾卓诞辰九十七年之际,武汉黄陂花乡茶谷景区举办曾卓诗歌馆开馆仪式暨曾卓诗歌朗诵会,缅怀这位从黄陂走出的诗人。这里还是诗人、翻译家、德语文学学者绿原,写有《月之故乡》的台湾诗人彭邦桢的故乡。在曾卓诗歌馆徽式建筑的高大外墙上,悬挂着他的名作《悬崖边的树》。红色山茶花、黄色迎春花簇拥着外墙,一株瘦骨嶙峋、躯干发黑的皂荚,将刚刚生发青绿叶芽的枝条,伸向一行行诗。向馆内走去,迎面看到走廊上悬挂的《有赠》中的诗句:

你愿这样握着我的手走向人生的长途么?

你敢这样握着我的手穿过蔑视的人群么?

于耻辱中诞生

《悬崖边的树》写于1970年。当年,曾卓下放农村劳动时,意外发现一棵弯弯曲曲的树生长在悬崖边。这棵树的形象触动着他的心弦,刻印在他的脑海里。写这首诗时他是不可能想到发表的。他与许多具有相似命运的作家、诗人这一阶段的写作,文学史称为"地下写作"。九年之后,这首诗才公开发表于《诗刊》:

> 不知道是什么奇异的风
> 将一棵树吹到了那边——
> 平原的尽头
> 临近深谷的悬崖上
>
> 它倾听远处森林的喧哗
> 和深谷中小溪的歌唱
> 它孤独地站在那里
> 显得寂寞而又倔强
>
> 它的弯曲的身体
> 留下了风的形状

第六讲 诗是心的歌

> 它似乎即将倾跌进深谷里
> 却又像是要展翅飞翔……

我的导师、学者、批评家王先霈先生在文章中回忆，1979年冬天，他偶然在报纸上看到柯岩在第四次文代会上的发言，引录了全诗。王先生说："诗里面没有豪言壮语，也没有愤激控诉，却在我心里引起激烈的震荡，我原本斜倚在椅子上的背脊不由自主地猛然绷直，眼睛湿润起来，诗唤起我的潜伏在心灵深处的记忆。……在这一首诗里，诗人说，那弯曲的身体像是要展翅飞翔。曾卓老师所受的委屈是我这个年龄的大多数人不能比拟的，他在多年痛苦中的期待，艰难中的执着，使我钦佩，促我振作，激励了我，照亮了我。"关于文代会上发生的这个令人意外的插曲，曾卓接受访谈时回忆道："在四次文代会上，我的问题还没有解决，柯岩朗诵了我的诗《悬崖边的树》，朗诵时她说，我不认识曾卓，但我不相信写这样的诗的人会是个反革命分子。"

王先生曾担任湖北省作家协会主席，学术研究之余长年关注本土作家创作，与武汉地区老一辈作家、诗人交往密切，熟悉他们的作品，也了解他们的经历。这首诗很自然地让他联想到诗人那些年痛苦而屈辱的遭遇，这一遭遇在诗中艺术化为悬崖边"奇异"的树的形象。他的回忆生动再现了抒情诗给予人的兴发感动的力量，也让人想到中国诗歌的特质在抒情，其撼动人心的力量凝结于艺术形象之中。这一形象"看似寻常最奇崛，成如容易却艰辛"。同为"七月派"诗人的罗洛则把这棵树的形象与人的形象联系在一起，认为它同时是"眷恋着乡土、经历着苦难而又怀着坚定信念的中国知识分子的形象"。他的解读扩展了树的形象蕴含的象征意味。

不过，阅读者即便不十分了解诗人因"胡风反革命集团"案遭受牵连而蒙冤多年，也并不妨碍他以自己的方式进入诗歌。伽达默尔认为，理解一首诗时，摆在第一位的永远是"诗知道什么"，而不是"诗人知道什么"；是诗想要我们倾听到的一切，而不是诗人直接或间接指引给我们的东西。当然，在中国诗学语境中，知人论世、以意逆志等观念影响甚大，诗与诗人不可分离，求助于传记的、社会历史的解读方式是理解的有效方式，但并不能排斥其他的理解，也不是伽达默尔所理解的"理解"。

从视觉外观上说，第一节长短句交错，没有第二、三节相对齐整。它的作用是铺垫，导引出核心意象，用的是叙说语调。全诗核心意象不仅是"一棵树"，而且是站在悬崖边的那棵树。因此诗行的推进似乎是镜头的推移，阅读者的视线如同跟随那阵"奇异的风"，跨越广袤平原的纵深，最终对焦于"临近深谷的悬崖上"的那棵树。起首两行是想象，不仅因为诗人用"奇异"修饰风，而且树不可能被风吹走，更不可能移动如此遥远的距离，由此见出"奇异的风"巨大的威力和树的身不由己。后两行则为写实。如果细察后两节的语句结构，就会发现全诗遵循着同一规律：每两行实际上是由一个完整句跨行而成。这应当是有意为之。所以，尽管第一节句子参差不齐，也没有像后两节那样隔行押韵（其中第三节用交韵，

abab），但仍然与之在结构上存在呼应，构成一个整体。

首行中的"奇异"是第一节的核心词语，堪称诗眼。学者、评论家叶橹认为，这一句（实则半句）看似平常但却包含深广内涵，"曾经经历过那些不平常而又令人困惑的年代的人们，很容易从中体会到它的'特指性'。'不知道'不一定就是真的不知道，但也可能是的确不知道，因为那些年代所发生的事情在人们心目中确实是有这种'两重性'的"。这依然采用的是社会-历史批评方法。实际上，不了解诗的特定背景和诗人特殊遭际的阅读者，因与文本保持着一定距离，只能从自身体验出发，有时反而更能释放出文本多重的内涵。结合第三节"它的弯曲的身体/留下了风的形状"，可以想见这是一股左右、摆布人的命运的力量，无形无影，而且随心所欲。风的"奇异"在于，它并未予人以灭顶之灾，让他万劫不复，而是让他面对深渊，自行抉择；让他觉得，这是不可捉摸的命运对自我的必然考验。

第一节中，从想象一棵树被风吹走，到看见它站立在悬崖，诗人由虚入实，充当的是观察者角色。在偶然一瞥中，在神思恍惚中，这棵树将继续"移动"，进入诗人的内心。T. S. 艾略特曾坦言，对自己与他人来说，最需留意的是那罕有的"不经意"时刻里奇异的暗示与猜想，正是这些时刻，让我们飘入时间与无时间的交点。我们因此会超越具体的时空点，也会从自我处境中超拔出去。第二节伊始，我们就感觉观察者与被观察的树之间，主客体的界线在消融，直至合一：这棵树成为一个人，或者一种人格的象征；它不是变成了未现身的

"我",它就是"我"。因此,与其说这首诗运用的是传统的托物言志手法,毋宁说更具有现代的象征主义色彩,亦即诗人将一己情思投射于外物,使其具象化,并因其具象而获得十足的弹性。诗人1946年的成名作《铁栏与火》,就已呈现出这一特点。以下是这首诗的节选:

> 虎在笼中旋转。
>
> ……
>
> 它累了,俯卧着。
> 铁栏内,
> 一团灿烂的斑纹
> 一团火!
>
> ……
>
> 它深深呼吸着
> 栏外流来的
> 原野的气息,
> 俯嗅着
> 自己身上残留的
> 原野的气息。

第六讲　诗是心的歌

它怀念：
大山、草莽、丛林，
峭壁、悬崖、深谷……
无羁的岁月，
庄严的生活。

……

铁栏锁着
火！

这首诗明显受到里尔克《豹——在巴黎植物园》的影响。把笼中虎喻为"一团火"，象征着它内心燃烧的激情，对自由的无限向往。狭窄的铁笼无法禁锢它对原野的渴望；禁锢越强，渴望就越激烈。诗中出现"峭壁、悬崖、深谷"等意象，其中"无羁的岁月，/庄严的生活"两句耐人寻味：庄严的生活只能在无羁的岁月里才能拥有；如果生活被囚禁于枷锁，那只能让人在屈辱的忍受中，迸发出悲愤和抗争。写下这首诗的时候，诗人还不可能想到他此后遭受的命运的播弄，但它预示了诗人注定不平静、不平凡的一生。这首诗中，频繁的跨行使得诗行被截短，如节选的"它深深呼吸着"一节，是两个长句各自经由两次跨行形成；"它怀念"一节，则是由一个长句经由四次跨行形成。这使得诗的节奏推进迅速。几乎每个词语都被再三掂量，都带着自身的那份重量，试图冲破铁笼的围挡。

《铁栏与火》与诗人后期诗歌抒情的深沉、委婉有较大差异，但后期诗歌的象征主义手法更其娴熟，频繁的跨行仍是他习惯的建构诗行的方式。

从视角上说，《悬崖边的树》第一节是由近（平原上的某一点）及远，镜头追踪而去；第二节则是由远及近：从远处森林的喧哗到深谷中小溪的歌唱，再到反观自身。如同第一节中，平原由树曾经的立足之地演变为它的背景，显示出被吹走的路途的迢远和如今所面临的一切的陌生，第二节中喧哗的森林、歌唱的小溪也不过是现在的它的背景，反衬出它的孤独、寂寞，也深化了"倔强"的含义。然而更有意味的是，森林与小溪都是以群体面目示人，所谓独木不成林，点滴泉源汇成溪流，而被强行"移植"的这棵树确是独一无二的。它在悬崖边，无所依傍，且将时时遭遇更大气流的冲击。喧哗、歌唱是森林、小溪的天性，它们生就如此；而倔强也是这棵树的本性，不可更改。孤独、寂寞由此有了一点不可抹杀的傲气。

第二节的句式由第一节的参差不齐，开始趋向相对的齐整。同时，承续第一节末行的"上"，第二、三节均隔行押韵（交韵），既显示全诗结构上的关联，也体现出后两节抒情上的连贯。另一个值得注意的地方是，第二、三节均重复使用"它"，将整节诗一分为二。每一节中的第二个"它"可以删除，并不影响语义表达。这似乎也在提示我们，诗人以每两行，也即以一个完整句子的跨行，作为一个经营单元。虽然外形上没有绝句（短句）的整齐划一（"它的弯曲的身体/留下了风的形状"有七绝的影子），但结构上暗合绝句的起承转合，

第六讲 诗是心的歌

尤其是第三节：

> 它的弯曲的身体
> 留下了风的形状
> 它似乎即将倾跌进深谷里
> 却又像是要展翅飞翔……

读者不难感受到"弯曲"一词，是写实与象征的统一体，显示风的形塑力量。"留下了风的形状"是全诗最富诗性的言说，是诗歌化抽象为形象、化无形于有形的特质的体现。前辈诗人冯至《十四行集》之二十七《从一片泛滥无形的水里》，被认为是以诗喻诗，即诗如何把捉住那些无法把捉的事体："向何处安排我们的思、想？／但愿这些诗像一面风旗／把住一些把不住的事体。"诗人无形的思、想，在风旗上留下了"形状"；而这些"形状"又传递出更多信息。卞之琳类似绝句的《鱼化石（一条鱼或一个女子说：）》：

> 我要有你的怀抱的形状，
> 我往往溶化于水的线条。
> 你真像镜子一样的爱我呢。
> 你我都远了乃有了鱼化石。

鱼化石中的鱼既有水流形塑而成的线条，也因沉落于石头而有了后者的样态。虽然上述两首诗的意旨、情思与《悬崖边的树》完全不同,且《鱼化石》历来被看作情诗,是卞之琳相对论观念的另一种阐发,但在言说方式上都极具诗性。诗性言说是想象力的飞跃,是在飞跃中的化虚为实,又虚实相间、相生,于浑融一体中表现一个全新的世界。卞之琳在《鱼化石》的自注中说:"鱼成化石的时候,鱼非原来的鱼,石也非原来的石了。这也是'生生之谓易'。"

出自《周易·系辞上》的"生生之谓易",同样可以概括《悬崖边的树》的情感指向。在我们看来,这首诗并不能概括为,虽身处险境而绝不放弃自己的追求。尽管这种主题提炼因具有励志作用,而让人感到精神的振奋,却有些流于表面化。宇宙万物时时处于变化之中,所谓"日新之谓盛德"。在变化之中不断有新的东西产生,却很难用好与坏、善与恶的二元方式来做出划分;变化之中充满玄机。树被"奇异的风"吹到平原尽头的悬崖上,是谓"易";它得以倾听森林的喧哗、小溪的歌唱,同样谓之"易"。而它的"孤独""寂寞""倔强",是它从前没有意识到,或者意识到了而从未感到如此强烈的,同样体现出"易"。尽管第二节这三个词都表达处境与状态,由于"倔强"落在脚韵上而得到凸显,响亮的"ang"韵更为它添上一层亮色。强劲的风改变了身体形状,是谓"易";而现在它不得不生长出更强健的根系,紧紧抱住悬崖边的岩石,甚至将根须扎进其中的罅隙,同样是"易"。这既是生存的本能,也是在"日新""生生"中激发出来的非同寻常的意志和力量。如果有人站在悬崖边,他看到的是树"似乎即将倾跌进深谷里";倘若下到深谷里仰视,他看到的是树"像是要展翅

第六讲　诗是心的歌

飞翔"。这里好像也出现卞之琳诗中常常演绎的相对论观念，富有哲学意味。诗的本质是让读者换一种眼光看世界，就像卡夫卡所说，诗人总想给人安上另一副眼睛，以便改变现实。在文本解读中，我们也需要不时更换视角，以避免执其一端，所谓"东面望者，不见西墙；南乡视者，不睹北方"。

从全诗节奏上说，第一节每一顿（音组）的字数多变，有一字、二字、三字顿，而且交错在同一行中，并无定规：

不知道｜是什么｜奇异的｜风
将｜一棵树｜吹到了｜那边——
平原的｜尽头
临近｜深谷的｜悬崖上

后两节则偏向每一行以二、三字顿交错。以第三节为例：

它的｜弯曲的｜身体
留下了｜风的｜形状
它｜似乎｜即将｜倾跌进｜深谷里
却又｜像是要｜展翅｜飞翔……

除第三行"它"字外（如前所言，此字本可删），各行都是二、三字顿交错。按照卞之琳的说法，一行如用三、二字顿相间，诗的节奏就从容。叶橹用似乎带有贬抑的"怨而不怒"来说明这首诗的感情色彩，认为"有'怨'而不'怒'，反而更深情地忍辱负重，不失人的尊严和价值，不丢弃理想的追求和向往，这不正是一种崇高吗？"从诗的节奏的从容上就可以见出，它确实有"怨而不怒"的特征。这也是因为诗人在反常遭遇中，更深体悟到"日新之谓盛德，生生之谓易"的哲学意涵。

英国诗人W. H. 奥登认为，一个承受耻辱能力强的人，将会成为诗人。他相信"艺术是从耻辱中诞生的"。故此，依据传记材料做出的、在人生险境中获得新生的判断，或以此勾画出的宁折不屈、向死而生的诗人形象，符合诗人的写作意图，也贴近这首诗的"本意"。不过，任何艺术都具有超越个人经历的功能，如果它是"艺术"而不是个人传记。超越即转化，也就是"易"。伟大作品总是能从个人独特、隐秘的经历中超拔，获得具有普遍性的真理，并将人的心灵、精神向上提振。简·赫斯菲尔德认为，写作对写作者具有多重意义，"甚至为应对痛苦的主题或解决现实问题的作家带来了充实。有的时候，面对苦难唯一的出路便是沉浸其中"。这种说法可能很难为曾卓诗歌的阅读者所接受，并会被指责为"消费"他人的苦难。我们并非诗人，无法确知他写作时的心理动机，是否就是以倔强的意志，去消解掉苦难带来的艰难险阻。不过无论如何，认为《悬崖边的树》表现的是诗人以倔强的意志"对抗"突如其来的厄运，只是基于特定解读视角而得出的结论，有削弱其艺术价值的危险。毋宁说，诗人在不可逆料的人生之"易"中，重新获得在这个世界上生存下去的技能，与命运达成"和解"，故而全诗语调如此从容、镇定。而且，若把"悬崖边的树"理解为迎风而立的"强者"形象,并不完全吻合诗尾"又像是要展翅飞翔……"的轻盈、优美。沉重("似乎即将倾跌进深谷里")与轻盈,崇高与优美,在此仍具有相互变易的可能,由此飞跃出一个全新的生命。

在病榻上继续旅程

《没有我不肯坐的火车》(以下简称《火车》)作于2001年10月,是曾卓在病榻上定稿的诗章。半年后的2002年4月,诗人告别了他深爱的世界。如果说,《悬崖边的树》因其特定写作时间,成为诗人多舛命运真实的写照,从而引发了有相似经历或感受的一代人的深切共鸣,那么,《火车》则是垂暮之年的诗人献给世界,献给"同时代人",也是献给自我的一首赞美诗。一位阅读者即便是初次接触诗人的诗,也会因之产生共情,耳畔回响起飞驰的车轮与锃亮的铁轨摩擦出的美妙旋律。沉疴难起的诗人自知走到生死的临界点,也像是那棵"悬崖边的树",但他绝不甘心于"倾跌进"死亡的幽谷,而是一次次梦想着"展翅飞翔":

在病中多少次梦想着
坐着火车去作长途旅行
一如少年时喜爱的那句诗:
"没有我不肯坐的火车

也不管它往哪儿开"

也不管它往哪儿开
到我去过的地方
去寻找温暖和记忆
到我没有去过的地方
去寻找惊异智慧和梦想

也不管它往哪儿开
当我少年的时候
就将汽笛长鸣当作亲切的呼唤
飞驰的列车
永远带给我激励和渴望

此刻在病床上
口中常常念着
"没有我不肯坐的火车"
耳中飞轮在轰响
脸上满是热泪
起伏的心潮应合着列车的震荡

"没有我不肯坐的火车/也不管它往哪儿开",如诗人言明,来自少年时读到的诗句。这两行诗出自美国诗人埃德娜·圣文森特·米莱（Edna St. Vincent Millay），她被认为是拥有最广泛读者群的美国女诗人，几乎与艾米莉·狄金森齐名。英国作家、诗人托马斯·哈代曾说："美国有两个引人注目的地方，一个是摩天大楼，另一个就是米莱的诗歌。"令人奇怪的是，狄金森的诗有多种中译本，且不断被新译，米莱诗的译本则很少见到。想来曾卓当年读的是英文诗集。感谢诗人、翻译家李以亮，在美国诗歌库网站耐心搜索出米莱的这首诗，并译成中文：

Travel

The railroad track is miles away,
And the day is loud with voices speaking,
Yet there isn't a train goes by all day,
But I hear its whistle shrieking.

All night there isn't a train goes by,
Though the night is still for sleep and dreaming,
But I see its cinders red on the sky,
And hear its engine steaming.

My heart is warm with friends I make,
And better friends I'll not be knowing;
Yet there isn't a train I wouldn't take,
No matter where it's going.

旅　行

火车的铁轨远在几英里之外，
白天里充满了人声的喧嚣，
整天没有一列火车经过，
我却听到它的汽笛在尖叫。

整夜没有一列火车经过，
不过黑夜倒适合沉睡和做梦，
我见到煤渣映红了天空，
听到它蒸汽升腾的引擎轰鸣。

我的心因结交的友谊而温暖，
更好的朋友也许我不会有；
没有我不肯坐的火车，
也不管它要往哪里开。

米莱诗中汽笛的尖叫声，穿越岁月风尘，长久回荡在一位异域诗人的心灵世界，终至变作"亲切的呼唤"。实际上，前者的汽笛尖叫声同样出自想象，因为铁轨在几英里之外，而且整天、整夜"没有一列火车经过"；它也是一种召唤，在"人声的喧嚣"中显得如此急迫，希望唤醒"沉睡和做梦"的人。我们能够感觉到米莱诗中"我"的不合群，沉浸在自我世界中。当喧嚣平静，人们进入梦乡之时，她却发现另一个神奇、令人心跳加速的世界：看到的是"煤渣映红了天空"，听见的是"蒸汽升腾的引擎轰鸣"。她渴望坐上火车去结交更多的朋友，探索更广阔的世界。

曾卓的诗显然不只是简单借用米莱诗句，而是与之形成紧密的互文。可以说，没有米莱的诗句，就没有曾卓诗的激情洋溢的延展与倾诉。互文是新诗中常见现象。广义上说，每一首诗都与之前的文本有或隐或现的联系，彼呼此应，共同构造浩瀚深邃的文字世界。曾卓诗中，互文有更为隽永的意味：借由诗性想象，垂垂老矣的人回跃到充满天真幻想与美好憧憬的年少时代，重新起步，"去寻找惊异智慧和梦想"。想象不是诗歌的表达方式或抒情手段，它就是诗，是诗歌语言的肌理。诗人的工作，如同诺斯罗普·弗莱所说，不在于描述自然，而是"向你呈现一个完全由人的心智所吸纳和拥有的世界"。在此意义上，《悬崖边的树》也是一首"心之歌"。我们可以说那棵树是诗中的写景之景、托物之物，但它更是一株"心之树"，是向内心转化的结晶。诗人要凝聚一切力量，构建一个心灵世界。这个心灵世界"比长期威胁敌对人类的那个充满灾难的命运世界更强大"（里尔克）。

曾卓写下《火车》之时，蒸汽机车已为内燃机车、电力机车所取代，但火车依然是现代速度与激情的象征，频现于现代诗歌中。与之伴随的汽笛长鸣，则引人生发无穷遐想。全诗四节，比米莱的诗多出一节。其中，首尾两节有明显的呼应关系，重复点明病中状态，显示此时此刻梦想的弥足珍贵。他希望以衰老之躯继续少年时代的梦想，令人动容，而梦想的可贵正在于它的永无止境。中间两节均以"也不管它往哪儿开"领起,连贯一体。当然,也可以重复出现的"少年"一词为标志,将第一、二节看作第一部分,第三、四节看作第二部分,亦即诗是从现实转向回忆,又由回忆转回现实,而打通这两者的正是永不泯灭的梦想。米莱的诗每节四行,曾卓的诗前三节为五行,最后一节为六行,仿佛暗示"心潮的起伏""列车的震荡"的延续。米莱原诗用的是交韵(abab),曾卓诗首节未入韵,第二节始押"ang"韵,较为分散,但响亮的脚韵里有昂扬的情怀、未竭的渴望。

曾卓的诗中,不只有《火车》采用互文手法。早前,预感到生命冬天的来临,诗人写下《冬天的爱》。结尾是:

> 如今
> 我在生命的冬天面对季节的冬天
> 难道就只能伴着炉火
> 饮一口清茶回忆往事么
> 呵,渴望到大野去
> 迎风而立默念着
> "念天地之悠悠……"
> 而傲然长啸

与陈子昂《登幽州台歌》的互文是显在的,但"大野"一词里的互文手法则比较隐蔽。与陈子昂同时代诗人李邕《石赋》开篇写道:"代有远游子,植杖大野,周目层岩,睹巨石而叹曰:

第六讲　诗是心的歌

兹盘礴也，可用武而转乎！兹峭峙也，可腾踔而登乎！"赋中植杖的游子形象，极目辽阔原野所发出的感叹，感叹中生发的跃于巨石之端的想象，与曾卓的诗在在契合。诗人以"傲然长啸"反转陈子昂的"独怆然而涕下"，渴望继续远游、跋涉的激情昭然若揭。此声"长啸"中，似也叠合着沉淀在诗人记忆深处那声声汽笛的长鸣。

曾卓1996年接受访谈时曾说，90年代之后写得比较少，是因为把诗看得过于神圣，不能以轻易的态度对待它。他引用法国诗人缪塞的话说："我宁可写一首诗，让人读一千遍，也不愿意写一千首诗，让人只读一遍。"他始终坚信"没有感情就没有诗，诗是心的歌"。自然，有感情并不意味着就有诗，感情过于炽烈反而会"杀死"诗。但正像T. S. 艾略特所说，"诗不是放纵感情，而是逃避感情"，是以一个人有感情为前提的，无情确实没有诗的产生。"诗是心的歌"，一方面道出中国诗歌抒情的伟大传统，另一方面表明一个人拥有"诗心"的重要性。顾随曾说："人可以不为诗人，但不可无诗心。此不仅与文学修养有关，与人格修养亦有关系。"诗心者，永远保持住对这个世界的好奇心，去全身心拥抱生活中的一切。在汽笛声声的"亲切的呼唤"中，我们跟随诗人沿着梦想的轨道，继续前行。

第七讲
"尘埃落定,大静呈祥"
——细读昌耀

《昌耀评传》作者、学者、批评家燎原将《峨日朵雪峰之侧》(以下简称《峨日朵》)列入昌耀"天籁萦回的风景写生小品"。书中介绍,写于1995年的《一个青年朝觐鹰巢》中,诗人追忆了三十多年前独自造访高山峻岭中鹰群盘踞的"云间基地",力图与这些"大山倨傲的隐者、铁石心肠的修士、高天的王"交流与沟通。诗道:

> 我向山阿攀缘着。对于我的出现它们初始佯装不知,既而,我从它们蠢蠢而动向着悬崖一侧开始的集结,感受到了一种根深蒂固的对于世人的鄙弃与拒斥。但我自许是一名种属的超越者——且将证明我是种属的超越者。

我已预期它们对我的接纳了,而以清越的啸叫频频遥致去我的倾慕。我其所以选用这种原始方式是深感于人类软语的缺铁症岂止于表意的乏力与无效,更有着病入膏肓了的拯救的无望。

这首诗不仅在精神内蕴上,即"自许是一名种属的超越者——且将证明我是种属的超越者",与《峨日朵》遥相呼应,而且其内省与反思,即"我自知有所未能,有所未及,有所未忍。默望着自由而豪强的它们远去。三十年了",也提示读者如何理解三十多年前,当诗人提笔以"快慰"二字结束《峨日朵》时的真实用心。自许而非自诩,是自我期许,也是踌躇满志,并无夸张与矫饰;但彼时的"我"已明了与隐者、修士、高天的王"不可与群、不可与共、不可与沟通的永恒遗憾",源自人的精神与肉体相分离、撕裂的永恒矛盾;但"默望"让一颗躁动的心保持不坠。

《一个青年朝觐鹰巢》未分行,与诗人收入诗集的其他类似文本一样,体现出一种"大诗歌观":"我并不贬斥分行,只是想留予分行以更多珍惜与真实感。就是说,务使压缩的文字更具情韵与诗的张力。"分行的诗是对未分行者的压缩,更具张力,也就更为隐晦。昌耀用的"张力"一词,更多指的是诗应当在有限语词中包蕴无尽意味,以少胜多,以一当十,与新批评派所用术语有差异。对后者来说,tension(张力)是extension(外延)与intension(内涵)两词去除前缀后形成的一个新词,意指诗应当是语词外延与内涵的有机统一体,不可偏废。也就是说,诗的语言既须具有丰富的联想、暗示义(内涵),也要同时具备概念的明晰性、逻辑的严整性(外延);或可简单理解为,诗是语词的词典义(指称义)与暗示义,或附着于语词之上的情感色彩的有机融合。整体来说,昌耀的诗语言古拙质朴,有较浓厚的书面语色彩,常给人以陌生、新奇乃至怪异的感受。这一方面与他渴慕成为一名"种属的超越者"的精神倾向有关,一方面得之于他对"人类软语的缺铁症岂止于表意的乏力与无效"的切身感受和批判性反思,同时与他长期生活在多种语言、文化交会、融合的西部地域有关。《峨日朵》正是昌耀早期写作中充满张力的分行的诗之一(行尾序号为著者所加,以便于分析。全书同,不另说明):

　　这是我此刻仅能征服的高度了: （1）
　　我小心翼翼探出前额, （2）
　　惊异于薄壁那边 （3）
　　朝向峨日朵之雪彷徨许久的太阳 （4）
　　正决然跃入一片引力无穷的山海。 （5）
　　石砾不时滑坡引动棕色深渊自上而下的一派嚣鸣, （6）
　　像军旅远去的喊杀声。我的指关节铆钉一般 （7）
　　楔入巨石罅隙。血滴,从脚下撕裂的鞋底渗出。 （8）
　　啊,此刻真渴望有一只雄鹰或雪豹与我为伍。 （9）
　　在锈蚀的岩壁但有一只小得可怜的蜘蛛 （10）
　　与我一同默享着这大自然赐予的 （11）
　　快慰。 （12）

第七讲 "尘埃落定，大静呈祥"

那一年，他刚满二十六岁。

有一条古老的阐释原则，伽达默尔说，要从我们有了初步理解、颇有几分把握的地方开始解读艰涩的文本。理解一首诗意味着去理解文本自身说了什么，而不是把目光仅仅停驻在诗人和他的世界上。我们把三十多年后的《一个青年朝觐鹰巢》作为这首诗的互文文本，正是为了首先大致了解它的基本意涵和情感指向：在被贬谪的劳动改造中，在社会最底层，年轻诗人渴慕精神上超拔于种属，与雄鹰、雪豹这般高天的王者为伍，却因肉体的局限而不得。他的快慰既来自对新高度的征服，也未尝不是来自人的自由意志在与肉身极限的角力中所迸发出的野性。就像《一个青年朝觐鹰巢》中所言，流寓人间的"我"在这里所见者，"仅是匿处僻壤的野性联合体——山野自由公社的自由子民。我心怀向往"。

然而，这一意涵和情感不是诗人早期创作所特有的，是他一生创作中反复出现的，渗透在许多分行的诗与不分行的文字中。《峨日朵》所描摹的情境，如燎原所言，是诗人"流放生涯中生命和精神处境最典型的象征"，但这只是从诗人经历出发对诗的内涵的揭示，我们还需要在文本内部细察一首诗的内涵与外延，是如何有机地融为一体的。

标题中的"峨日朵"，给人以语言的陌生化之感；我们将在诗人诗作中，陆续接触更多的，有异于现代汉语常规用法及其组合的语词、句法，并将由此体验诗人语言的别具一格。读过昌耀或其他西部诗人诗歌的读者，当会推测它来自诗人流放的少数民族地区语言的音译。据百度网友糖喵A1介绍，"峨日朵"是青海海北藏族自治州祁连县峨堡乡的百姓对"峨堡"一词的口语发音。峨日朵雪峰是峨堡乡境内祁连山脉中的一座或者几座小雪峰,原本没有名字。诗歌或文学语言的陌生化,并不完全是指创作者有意使用有违常规的字词或语法组合,以区别于日常用语、科学用语,似乎它与后两者壁垒森严;也是指引入外来语词,包括不同民族、文化中的语词,这些语词在其各自语境中,很可能就是日常用语。早期新诗诗人在诗中夹杂英文词汇或音译,如"X光线""Energy"或"摩登""翡冷翠""烟士披里纯"等,现在读起来似乎幼稚、可笑,在当时却是出于打破文言禁锢、使诗歌语言焕然一新的严肃意图。汉语读者,面对"峨日朵"这一藏语口语的音译词,不仅默读时感觉怪异、拗口,而且无法在字与字之间建立任何的语义联系,仿佛暗含着雪峰的圣洁、神秘。不过,标题的重心不在"峨日朵雪峰","侧"才是其中心词,仿若承载着"峨日朵雪峰"的全部重量。观光客或许有幸一睹雪峰的雄伟、壮丽,云遮雾罩,却看不到雪峰之侧正在酝酿或悄然发生的一切。我们似乎总可以看到他人波澜壮阔、慷慨激昂、卓然屹立的一生,却很可能看不到他们人生之侧的、被宏大叙事所遮蔽或芟除的细枝末节,在那里蕴藏着其生命的基因和情感的种子。而诗提醒我们不仅要看雪峰,更要去看雪峰之侧正在发生的一切;远眺雪峰的可能是诗人,但不一定是昌耀这样的诗人。诗的作用在于时刻提醒我们换一种眼光、换一个视角去看世界,看世界中的每一个人和每一样事物;也可以说,诗引导我们去看的不是抽象的世界,而是世界的局部、片段、细节,那些在概

第七讲 "尘埃落定,大静呈祥"

述、提炼中被牺牲掉的东西。就像美国诗人吉尔伯特在《超越快乐》中写道:"诗引导我们一部分一部分地/去发现一个世界,正如照片打断了连续性,/给我们时间看每样事物的独立与充足。"此外,"之侧"在其确定性中也包含有不确定性。按照前述资料,峨日朵雪峰并不是一座特定的雪峰名,也是对几座小雪峰的统称,那么,"我"奋力攀爬的只是其中的一座,由此而眺望到"山海"景象。

首句"这是我此刻仅能征服的高度了"领起以下两句四行。诸多评论者注意到此句中"此刻""仅"的多重含义。如学者、批评家黄子平认为,两个词暗示了"'我'身后已经陆续征服了的那些高度","'我'的目标与'我'的努力之间的差距","某种'先喘口气'的决定"。它们也暗示了这座雪峰——纵然是小的——的高度是"我"此刻不能征服的,这一高度经由其后"小得可怜的蚂蚁"得以反衬。这只蚂蚁也同时反衬出"我"肉身的局限——蚂蚁可以到达并生存的地方,"我"却需要耗尽所有气力。首句包含以上所有这些暗示义,是饱满的也是充满"能量"的,让甫一进入文本的阅读者瞬间感受到诗人在积聚全身力量,就像诗中的"我""此刻"正在做的。它不仅快速激活阅读者的想象和联想,也将引导阅读者把下面诗句的阅读感受聚合到一起。"此刻"经由第五行起首"正"得以呼应,又借第九行的重复得以强化。不过,"此刻"不仅仅是一个时间刻度的标识,它自然而然地引起阅读者对"此前""此后"情境的补充和联想;也不只是针对"我"当下的处境,同时针对"彷徨许久的太阳/正决然跃入一片引力无穷的山海"——"此刻"是当下,但却无疑勾连起过去(彷徨许久)与未来(决然跃入),当然也就勾连起"我"的过去(已征服的高度)与未来(即将征服的高度)。故此,"此刻"在时间上处于"之间"状态,这与"我"在此情此境中的状态——紧贴薄壁不能上攀——完全吻合。"我"在攀爬中的"之间"状态,同时与"我"欲超越种属而不得的状态完全相似。"仅"则由第十行的"但"字得到呼应,形成结构上的回环。"此刻仅"相连,预示仅仅是在此时此刻,在肉体极限的临界点,"我"体验的"快慰"是不可取代的。

  首句领出的第一句"我小心翼翼探出前额","小心翼翼"暗示"我"此刻身处的危境。燎原《昌耀评传》中写道,诗人此时被高山台地的水平线分割成"上半身"和"下半身"两部分,"只是这'上半身'的比例更小,仅仅是紧贴着'前额'的眼睛以上的部位"。结合下文对指关节和鞋底渗出血滴的细节刻画,诗人正处于"身首几近于分离的状态",因而他认为,这首诗既是诗人此时"生存处境和精神状态的象征性写照,似乎更是他一生的诗谶"。这种从语言细节到人生与诗歌的象征意味的剖析与审视,糅合评传者的感性与理性,从一个人的特殊境遇上升到观照其生命历程,是很耐人寻味的。不过,燎原文中依次使用的上半身—前额—眼睛—身首等,其各自的语义在两两对照中(如上半身与下半身、前额与眼睛、身与首)是清楚的,但彼此间存在夹缠(如上半身—前额—身,语义并非完全一致),未能在解读中显示诗作语言的清晰、连贯。诗人之所以用"探出前额"而没有使用"探出双眼"或"探出眼

第七讲 "尘埃落定，大静呈祥"

睛"，是因为他探出的是头部的一部分。额（額）为形声字，从頁，各声。古字形中，"頁"指人的头部。额字与下文"嚣鸣"之"嚣"有字形、词源上的联系（"嚣"字中部的"頁"亦指头部）。"探出"不太可能是向上的动作，倘如此，那就意味着诗人已抵近台地。最合理的解释是，诗人此时攀爬到距离台地最近的高度，向侧方探出头去观察。

从"惊异于"开始的三行，由一个长达三十五字的长句跨行形成。新诗跨行是分行方式的一种特例（对有些诗人来说则是惯例），有时是为了凑韵，但大多数时候是出于节奏的考量。出于各种原因，昌耀有反复修改诗作的习惯，尤其是在将已刊发诗作收入诗集时。《峨日朵》1962年8月2日初稿，1983年7月27日删定，初刊于《人民文学》1983年第12期，为《西北角》（三首）之一（另两首为《垦区》《家族》），共三节十六行（以下称83版）：

> 这是我此刻仅能征服的高度了：
> 我小心地探出前额，
> 惊异于薄壁那边
> 朝向峨日朵之雪彷徨许久的太阳
> 正决然跃入一片引力无穷的
> 山海。
>
> 石砾不时滑坡，
> 引动棕色深渊自上而下的一派嚣鸣，

像军旅远去的喊杀声。
我的指关节铆钉一般楔入巨石罅隙。
血滴,从撕裂的千层掌鞋底渗出。

啊,真渴望有一只雄鹰或雪豹与我为伍。
在锈蚀的岩壁,
但有一只小得可怜的蜘蛛
与我一同默享着这大自然赐予的
快慰。

公木主编《新诗鉴赏辞典》(以下简称《辞典》)中收录的这首诗出自《昌耀抒情诗集》(青海人民出版社1986年版),共十五行,仅在"啊(呵)"处另起一节(以下称86版)。张颖《昌耀年谱》介绍,该诗收入《命运之书——昌耀四十年诗作精品》(青海人民出版社1994年版)时为十四行,收入《昌耀诗文总集》(青海人民出版社2000年版)时则改为十三行。昌耀诗集中发行量最大的《昌耀的诗》(人民文学出版社1998年版)中,该诗为十二行(以下称98版)。昌耀身后出版的《昌耀诗文总集》(增编版)(作家出版社2010年版),当是依据《昌耀的诗》将它确定为十二行。我们无意于版本迁延的考证,这是另一个话题。不过,因为《辞典》的权威性及其巨大——相对于诗集——的发行量和受众面,加之部编版高中语文必修上册所选的诗,出自《昌耀抒情诗集》而并非诗人生前编订的《昌耀的诗》,我们不妨把86版与83、98版对照一下。比之83

第七讲 "尘埃落定，大静呈祥"

版，86版只是将"石砾不时滑坡"提至上一节，将前者的第一、二节合并为一节：

> 这是我此刻仅能征服的高度了：
> 我小心地探出前额，
> 惊异于薄壁那边
> 朝向峨日朵之雪彷徨许久的太阳
> 正决然跃入一片引力无穷的
> 山海。石砾不时滑坡，
> 引动棕色深渊自上而下的一派嚣鸣，
> 像军旅远去的喊杀声。
> 我的指关节铆钉一般楔入巨石罅隙。
> 血滴，从撕裂的千层掌鞋底渗出。

后一节与83版第三节完全一致。83版在诗行构形上中规中矩，每一节均有长短句交错，整体外形也比较和谐。但第一节比后两节多出一行，即单列一行的"山海"。这可能是诗人做出调整的原因之一。当然更重要的可能是，太阳的"决然跃入"与"石砾不时滑坡"是同时发生的，在"山海"之后分节，则不能凸显"此刻"的意味。也就是说，诗人虽然只是截取并定格攀爬雪峰的一个场景或片段，但在此中交织着多种景观和事件；分节后，眼见与耳闻也就被隔开。这种推测，也可以在98版于"真渴望"之前添加"此刻"得到印证。此外，除去个别字词的微调，83版和86版始于第一节第三行的长句，比

98版多出一处跨行,即"山海",并影响到此行与下一行句式的排列,显得比较零散和刻意。当然,分行与跨行本就是人为安排。如此长句所要凸显的,是"惊异"的对象,却不是一个单纯的物象,而是太阳与山海的一曲恢宏壮丽的交响:太阳决然跃入山海与之融为一体,山海也因太阳的跃入而更显波澜壮阔。如前所述,诗聚焦的是"此刻",是惊鸿一瞥,但"彷徨已久""决然",摹写的却是太阳在久久思量之后,在无法抵御的诱惑中,放弃峨日朵之雪的辉映,奔向敞开博大胸襟的山海;而我们又无法否认,这种弃绝未尝不带有让雪峰千年永存的心愿。高天王者之上,还有主宰生命的太阳,它已做出自我抉择。每一个被主宰的生命,同样需要在彷徨中,决然地做出抉择。

"石砾不时滑坡引动棕色深渊自上而下的一派嚣鸣"一句,是98版中最长的一个诗行,共二十一字。比之83、86版"石砾不时滑坡,/引动棕色深渊自上而下的一派嚣鸣"的分行处理,维持完整的长句更为妥帖。它不仅在语义上,也在构形上显示"自上而下"的状貌,更为具象也更为动感(在诗行竖排的情况下,这一点会看得更清楚)。诗不但用语义表述对象,也可通过诗行的构形来模拟对象,以求形义的统一,这是分行的诗不同于叙事文体的地方。滑坡而下的石砾不仅来自攀爬者的手部和脚部,也来自攀爬行为引发的上方和左右石砾的松动、滑落,这使得"薄壁"更显岌岌可危。深渊之所以为"棕色",既因正跃入山海的太阳的辐射,也是石砾一路滑落腾起的尘土所致。辐射的光线与腾空的尘土交融在一起,状摹出攀

第七讲 "尘埃落定,大静呈祥"

爬者命悬一线而大气不敢出的场景。"嚣鸣",是全诗除"峨日朵"之外的另一个具有陌生化色彩的语词。单独说嚣与鸣,都是汉语常用字,组合使用则比较罕见。常用的同义词有喧嚣、嚣叫、嚣音、嚣杂等。昌耀也用过"嚣闹"一词:"女孩/无视街车与都市与嚣闹与老人,/沿着波斯菊篱墙轻逐一只彩蝶/踏向亮色的天街。……"(《周末嚣闹的都市与波斯菊与女孩》,1986)嚣(囂),会意字,《说文解字》释之为"声也,气出头上。从𠕬,从頁。頁,首也"。段玉裁《说文解字注》:"声出而气随之,故从𠕬、頁会意。"诗人选择"鸣"与之组合,意在反衬大自然此刻的静穆,使得任何一点声响都显得异常清晰。"像军旅远去的喊杀声"比拟滑落的石砾渐远渐弱的声音,终至于寂灭;同时将此刻的现实与远去的历史相联系,亦暗与诗人曾经的军旅生涯相绾结,拓宽了诗的意境。

当世界复归静寂,诗人的注意力转向自身:"我的指关节铆钉一般/楔入巨石罅隙。"用铆钉类比指关节极为形象:当"我"的手指紧紧抠住巨石罅隙,指关节凸起,如楔入岩石后留下的铆钉前端的圆帽。此时,巨石的罅隙似乎不是天然形成的,而是"我"的手指楔入之后撑开的。"血滴,从脚下撕裂的鞋底渗出"则将视线转向脚部。在攀爬过程中,脚部和腿部力量帮助攀爬者找到立足点并向上登攀,手指力量则保证他能紧贴岩壁、保持平衡并做出探身动作。攀爬的艰辛与脚部所承受的巨大压力,从"撕裂的鞋底"和渗出的血滴中即可见出。相较于83、86版中的"血滴,从撕裂的千层掌鞋底渗出",98版删去"千层掌"着实令人费解。照理,若是千层掌鞋底都被撕裂,血滴都能从中渗出,攀爬的艰辛与攀爬者的执着、坚忍无须多言。从意象角度说,"鞋底"是模糊的,无所不指又无所指;"千层掌鞋底"则具体可见,是个别、特殊的,且具有西部地域风物色彩。昌耀后期做出这样的删改,很难理解。我们只能猜测,千层掌鞋底尽管具象、写实,但在语境中略带夸饰,有渲染苦难之意。这是诗人后期写作中所力戒的。

86版保留"啊,真渴望有一只雄鹰或雪豹与我为伍"处的分节,是基于全诗从写实转向直抒胸臆:叹词"啊"的用意和功能十分明显,甚至太过明显。98版在压缩诗行的同时取消分节,也有充分理由。写实与抒情在抒情诗中并无截然界线:写实中有情感的渗入,抒情则需有所附丽;况且,"啊"之后同样有写实,而且是细节描摹。合并之后,在"真渴望"前添加"此刻",明确呼应全诗首句,整体感更强。在默读或朗读中,因为紧跟"血滴,从脚下撕裂的鞋底渗出"而下,"啊"的声音不是高亢、激昂的,而是带有无力、无奈的感情色彩,却又有不甘心的倔强,亦有是否要继续攀援向上的彷徨。而在86版分节的情况下,叹词丰富的、难以言喻的情感层次,未能得到完全释放——它确实是感叹,源于"惊异";但也是叹惋,为自己未能更上一层台地;却也是叹羡,为自由自在地生活在无人企及的高度的雄鹰或雪豹。后者是诗人所谓"大山倨傲的隐者、铁石心肠的修士、高天的王"的化身,是他心向往之的另一个种属的代表。从尚不能与雄鹰或雪豹为伍中,我们并不难体会诗人心灵渴望与肉体局限之间的矛盾乃至"撕裂"状态,以及其间所历经的彷徨、苦闷、挣扎、气不

第七讲 "尘埃落定,大静呈祥"

能出。这种主旨和意蕴,古今中外伟大诗人均有表述,说不上特别的新颖。换一个视角看,伟大诗人在各自多舛命运中所洞察到的人与世界的本真存在,并无本质差异,也与我们这些读者各自的体验相吻合,因而引发共鸣。

最后三行是由一个长达三十三字的句子跨行而形成的,在诗行构形上与长句"惊异于"相类。两者均有两处跨行,此句语言推进的节奏相对要快一些。诗人以一个二字音组"快慰"收尾,在诗行中像吸铁石一般,牵引每一位读者的注意力。由此也可以理解,诗人为什么在98版会取消83、86版中"山海"的跨行:同样的二字音组在跨行后,无疑会分散读者凝聚于收尾"快慰"的注意力。这是他不希望看到的:诗人确实希望我们把全部注意力集中在"快慰"上;若此处取消"快慰"的跨行,对长句的语义传达不会有任何影响。故此,有评论者认为,"一只小得可怜的蜘蛛"的现身,暗示着诗人渴望与雄鹰或雪豹这些大自然中的强者为伍而不得,最终"再一次跌入深刻的孤独"。这种解读并不完全贴合语境,解读者的着眼点是在"但""小得可怜"的语义表达上,没有顾及诗行构形的方式,语词节奏与韵律的调适,包括字音等,同样可以传递诗人的情思,甚至可以传递语词本身无法传递的韵味。将"快慰"单列一行,正是为了将语句重心,亦即全诗情感重心,落在其上:痛快而感到安慰;此"痛快"也可通俗解释为——痛并快乐着。诚然,不能与高天王者为伍的"我"是孤独的,"一只小得可怜的蜘蛛"也是孤独的,此刻双方正默然相对;我们也无法否认此一孤独同样可以给"我"以"快慰",然而,此"快慰"不是因孤独而生，恰恰是在与同样孤独的蜘蛛的对视中，觉察到"吾道不孤"油然而生的"快慰"："默享"（人文版《昌耀的诗》似误植为"默想"）营造的是，蜘蛛本可言说却无法言说，"我"亦可言说但无以言说的情境，是为"天地有大美而无言"。

由于这三行的抒情感怀收束了全诗，我们可以从音组角度再来解读一下。以下用"｜"表示音组的间隔：

在锈蚀的｜岩壁｜但有｜一只｜小得可怜的｜蜘蛛
与我｜一同｜默享着｜这大自然｜赐予的
快慰。

三行诗杂用二、三、四和五字音组。不同字数音组的交替使用，使默读或朗读时的停顿变得微妙，节奏上摇曳多姿，不拘一格，但总体上以二字音组为主（共七处），与现代汉语多用双音词的发音习惯相契合。回溯全诗每一行收尾的音组，除去三字音组（第一行"高度了"，第十一行"赐予的"；这两个三字音组带有虚词"了""的"）和四字音组（第九行"与我为伍"），其余均为二字音组收尾。卞之琳认为，全首各行以奇数顿（音组）即三字顿或一字顿收尾占主导地位，就像旧诗的五、七言体，在白话新诗里较近于哼或吟咏的调子；若全首各行以偶数顿即二字顿收尾占主导地位，就像旧诗的四、六言体，在白话新诗里较合于说话的调子。昌耀的诗有较多跨行处理（共五处），并不能简单与旧诗类比；但也正是新诗在分行

第七讲 "尘埃落定,大静呈祥"

与跨行上的自由,使得诗人能够将大多数收尾处确定在二字音组上,也使得全诗在语言上有较浓厚的文雅、古拙色彩的同时,确保不失其说话的语调。这同样是语言张力的一种体现。从"啊"开始的抒情感怀,无疑体现的是言为心声的中国抒情诗传统;但此心声须从人生之旅一次次的攀岩中发出,也须在摒弃"人类软语的缺铁症",寻觅到属于自己的言语方式之时而发出。就《峨日朵》来说,昌耀觅得的言语方式是:亦古亦今,既雅又俗,既纵横捭阖、汪洋恣肆又心系一念、收放有度。

用"快慰"煞尾本就是快慰的,既属于"此刻"的诗人,也属于此刻正出现在我们眼前的诗,同样属于每一位会心的读者。这个词就其本身而言并不出色,甚或有些贫乏,但也唯有这个词能够传达诗人"此刻"的心声。

《峨日朵雪峰之侧》是昌耀早期的创作,他尚在向诗艺的雪线、顶峰艰难攀爬的路途中。除他本人诗集和一些地域(省域)诗选,就我所见,仅有《新诗鉴赏辞典》、郑观竹编著《现代诗三百首笺注》等收录此诗。中国新诗选,包括近几年出版的百年新诗选,不会遗漏昌耀,但选家对此诗并未表现出特别的青睐。或许昌耀可供选择的优秀之作太多。就个人趣味来说,在抒情短章中,我更欣赏他的《冰河期》(1979)、《斯人》(1985)、《呼喊的河流》(1991)等诗作。我们无须因它被选入《新诗鉴赏辞典》和语文教材,刻意拔高其艺术价值,但它确实"记录"了诗人在一段极其特殊境遇中不可磨灭的心路历程。在精心截取的特定场景中注重细节刻画,"状难写之景,如在目前；含不尽之意，见于言外"，寓无限于有限之中，偏爱陌生化的语词组合，这些技法在昌耀后来的创作中体现得更为圆熟，也更少斧凿痕迹。与此相应，解读者也不必因诗人"此刻"的特殊遭际，因诗中较为明显的身心撕裂感，而有意无意地放大精神之于个体生命的重要性。这一点，诗人后来倒是有更睿智、豁达的体悟。1996年，在为一家杂志诗辑《青海风》所写主持人语中，昌耀写道：

> 我们会是纯粹倚重精神的动物吗？那时地域的、时空距离的、民俗的……以至人种差异的外在障碍都将变得不那么重要。观照于诗，内心的深化将无限。将无限扩大人类不同母语之间的可互译性，可沟通性与审美认同。
> 但我们依然还是泥土的动物。我们虽然也力求超然独举，在高远、虚幻、淡泊、自视的无功利中玩赏物事，而更多的时候，我们仍要羁縻内中，感受物事的繁复无常与欲念之魅力。

归根结底，我们还是"泥土的动物"，我们的生存仍要受制于泥土。这是人这一种属无以逾越的屏障，是他最终无法与雄鹰或雪豹为伍的根源。如果我们对此感到失望，这种失望对诗人来说却是相当珍贵的东西，如同美籍俄裔诗人布罗茨基所言，"倘若失望不曾击溃他，就会使他成为大诗人"。诗人返回内心，观照大千世界，芸芸众生，或可说，诗人只为内心观照

第七讲 "尘埃落定，大静呈祥"

而工作。当尘埃落定，每个人所目睹和体悟的，正是攀爬者"我"从薄壁探出前额所看到的，太阳决然跃入山海的磅礴景象："大静呈祥"（《螺髻》，1992）。

第八讲
在一刹那间攫取永恒
——细读顾城

现代诗歌，泛指以现代性追求为价值取向，具有现代主义文学倾向的诗歌。新诗也被称为现代汉语诗歌（简称现代汉诗），从其内在的精神指向来看，仍属现代诗歌范畴，或有延续，或有深入，或有反拨。

现代诗歌形态多样，流派纷呈。阅读者的趣味不同，进入文本的方式也有差异。宽泛地说，古今中外都有以品评、鉴赏为主要内容的细读诗歌的方法。中国古典诗话诗论中，对于用字、声律、句法、结构等方面细致入微的推敲、咀嚼，随处可见，令人回味。不过，作为西方现代文学批评理论中的专门术语，"细读"是英美新批评派倡导的批评方法之一，对现代文学批评，特别是诗歌批评产生了重要影响。迟至20世纪80

第八讲 在一刹那间攫取永恒

年代后期,新批评理论被系统译介到国内,有意识地用细读法解读新诗,成为当时诗歌批评的一个显著特征。90年代后期以来,细读重新受到关注,特别是在学院里,被当作训练、培养学生文学批评素养、能力的基本手段。以细读为主、师生共同围绕若干新诗进行讨论的课程,也成为中文专业研究生的热门选修课。

下面,我们以顾城的《远和近》为例,运用细读的基本原则,具体看看细读是怎样进行的。然后,简要介绍细读的含义、特征,以及运用于新诗解读时存在的问题。最后,综合借鉴其他批评方法,对细读作延伸、拓展。

"细读"示例

《远和近》只有六行二十四个字:

> 你
> 一会看我
> 一会看云
>
> 我觉得
> 你看我时很远
> 你看云时很近

为便于讨论，我们先提出三个问题：第一，这首诗传达的是怎样的一种情感？诗中的"你"和"我"是怎样的一种关系？第二，"远"和"近"在诗中有怎样的意味？第三，在语境中，"云"有何意蕴？

关于第一个问题。从直感上说，这是一首表达"你"与"我"之间特殊感情的诗，两人的关系具有特定性。从建行的特征上看，全诗仅六行，其中"你"字单占一行，显然有突出、强调的意思。另外我们知道，在朗读（默读）诗歌时，单占一行的字会引起较长时间的停顿，这种停顿本身也是一种突出、强调：既突出"你"在全诗中的位置，也突出"你"在"我"心目中的地位。其次，全诗六行中，有四行是两两对应的，只在个别地方换字。这使得"你"和"我觉得"这两行，无形中形成呼应。这种呼应，既是由建行特征引发的阅读者对诗行排列的视觉感应，也是一种心理暗示：暗示"我"的一切感觉（"觉得"）是以"你"为中心的。

如果觉得上述解读比较勉强，我们可以试着重新排列一下诗行：

你一会看我
一会看云

我觉得你看我时很远
你看云时很近

很明显，重新排列诗行后，诗的表义功能没有变化，但表情功能则弱化了许多。原因在于，首先，取消单独占行后，无论从视觉还是心理上，"你"和"我觉得"的呼应关系都不复存在。其次，由于单独占行而在阅读者那里引起的对"你"，包括"我觉得"的突出、强调作用也消失了；朗读或默读时的停顿时间自然也缩短了许多。而且，从表义层说，"我觉得"其实是多余的：在语境中，肯定是"我"而不会是其他人"觉得"。假设重新排列诗行后，删去"我觉得"三个字，对表义不会有什么影响：

> 你一会看我
> 一会看云
>
> 你看我时很远
> 你看云时很近

甚至某种程度上，诗的语言更加简洁。那么，诗人为什么要强调"我觉得"？如果从文本自身着眼，除了要在诗行结构上形成呼应，诗人也借此传递"你"和"我"之间非同一般的关系。再次，"你"一会看"我"、一会看云的举动，也许是漫不经心的，没有什么微言大义，但"我"却十分在意"你"的一举一动；不仅在意，而且敏感，是从瞬间的动作和飘忽的眼神中，捕捉到"你"的隐蔽的感情信息。诗人为我们展示了两个——也是两个人的——世界：一个是"你"的。对此，诗人只是客观描摹"你"的举动,没有掺入任何"我"的主观因素。第一节中,"你"是一个独立、不受干扰的存在,行为也是自在的。另一个当然是"我"的,是"我"的心理世界,是"我"对"你"的自在世界的感受,是某种介入。"我觉得"之后凸显的是"我"的自主世界,很主观,甚至相当武断。因为不论"你"赞同还是反对,也不论"你"的看是有意还是无意的,只要"我觉得"是这样就够了。这一方面表明"我"对"你"的一点一滴的在乎,也说明"我"对自己内心感受的看重。这两个世界,一个自在,一个自主,同样的平等、独立,同样值得尊重。当然,作为这首诗的"抒情者",诗的重心是落在"我觉得"之后,从而演绎出两个彼此独立的世界之间一场无声的内心冲突。由此也进一步证明,"我觉得"无论在诗的结构还是含蕴上,都是不可或缺的。

综上分析,我们对第一个问题的解答是:《远与近》是一首表达恋情的诗,既单纯又复杂。

关于第二个问题。在分析"远"和"近"的意味之前,首先明确,它们是"我觉得"的结果,来自"我"的内心感受,也可以说是一种直觉;是**"我"赋予"你"看的举动**的。也就是说,没有"我"的"觉得","你"看"我"和看云的举动无以显现,远和近的差异更无从谈起。前面说过,诗的第一节保持了"你"的世界的独立性、自在性,没有掺入"我"的任何主观因素;而第二节则纯然是"我"对"你"的举动的主观感觉,是"我"的心理活动的呈现。所以,远和近表达的不是物理距离,而是心理距离。从物理距离说,"你"看

第八讲　在一刹那间攫取永恒

"我"是近的,"你"看"云"是远的,但从心理距离说正好相反——诗意往往是从违反常识、常理的地方开始的,是对日常生活经验的陌生化。物理距离一般来说是恒定、可以度量的,心理距离则是模糊、不可度量的。不过,这并没有超越常识、常理的范畴。关键在于,用来作远和近比较的两方是不对等的、异质的——一个是人,一个是自然物象,表面上不存在可比性,除非诗人将云拟人化。但诗中对云没有作任何修辞处理,也没有任何修饰性的界定。那么,"我"和云怎么比较?此外,为什么是云而不是其他的自然物象,成为了"我"的对立面?这个问题先提出,下面分析云的意蕴时再讨论。

远和近是心理距离,本就模糊,只可意会;诗人又加上程度副词"很",固然有音节上的考虑——将单音词变为双音词,在现代汉语中更和谐上口——却使这种心理距离变得越发模糊。但从另一个角度看,有了"很"之后,读者对"你"—"我"与"你"—云之间差距的感受,仿佛更为明晰,也仿佛更为强烈,虽然依旧无法量化。这是诗带给我们的很难言说的奇异感受。

如果结合诗的语言特点,全诗使用的是最单纯的人称代词、名词和动词,是现代汉语中最基本、最常用的词汇,几乎没有修饰,但却使用了两个副词:一个是表示时间的"一会",一个是表示程度的"很"。表示程度加深、加强的副词"很",实际上有"越来越"的含义,本身有"动"的趋向,有"绵长"的意味。它将"一会看"这种视觉上的短暂,转化为心理感觉上的绵远悠长。同时,远与近这两个词的语音与语义也有着奇妙的联系:"远"的第三声(悠长),"近"的第四声(短促),与其各自的语义非常吻合。声调与语义的协调,是汉语特有的,古典诗词中的例子很多。倘若不是出现在诗歌中,我们可能不会知觉到这种联系;正是诗歌唤醒、挽救了我们对语言、对一个一个字的敏锐感知。

结合上述两方面的分析,我们可以感受到最后两句诗有着不尽的余响:

> 我觉得
> 你看我时很远,很远,很远……
> 你看云时很近,很近,很近……

下面解读第三个问题:关于云的意蕴。

按照意象派鼻祖埃兹拉·庞德关于意象(image)的定义,即"在一刹那间呈现出来的理智与情感的复合物",云是这首诗唯一的意象。而按照艾略特的说法,云是诗人找到的抒发情感的"客观对应物":"表达情感的唯一的艺术方式便是为这个情感寻找一个客观对应物,换言之,一组物象,一个情境,一连串事件被转变成这个情感表达的公式。于是,这些诉诸感官经验的外在事物一旦出现,那个情感便立刻被呼唤出来了。"他认为"诗不是放纵感情,而是逃避感情",一方面是说诗人没有什么纯粹的个人感情或个性可言,另一方面是说,诗人不能在诗中直接宣泄感情,而要通过发现客观对应物来间接表达;直接宣泄造成情感的单一,间接表达则会引起阅读者的

第八讲 在一刹那间攫取永恒

想象和联想。意象和客观对应物这两个概念都强调物象的重要性，但后者比前者的包容性要大一些，不只是一个，而可能是一组；不只有物象，也包括情境、事件、典故等。

如果用中国传统诗学术语，云可称"诗眼"，是理解全诗的关键所在。正是在这里，诗人为我们留下联想和想象的开阔空间。我们阅读时，第一步尽可以联想形容云的状貌、习性、特征的相关词汇，然后大致分一下类。例如：飘忽不定，变幻无常；自由自在，无拘无束；洁白、纯净；宁静、高远，等等。第二步，我们需要动用更多的阅读经验，不限于诗歌的，因为云在各种文字典籍中，同时被赋予了许多文化寓意，诸如神秘、浪漫、唯美、虚无等。

回到前面提的第二个问题：为什么是云而不是其他的自然物象，成为了"我"的对立面？可以说，云和"我"是在象征意义上形成对比的：云象征着别处、梦幻的生活，"我"象征着此在、世俗的生活；云的飘逸、自由、纯洁等象征含义，会反过来暗示"我"所代表的生活是呆板、拘束、沉闷、浑浊的。因此，近与远表达的，是"你"对超越尘世之上（云在上端）的理想生活境界的渴望和追求；或者说，"你"对如此的生活境界有着一种天然、出自本能的亲近感，而对"我"则越来越疏远。

小结一下上述细读的结论：（1）诗在情感指向上：恋情——恋人（单纯而复杂）。（2）诗中远与近的意味：物理距离——心理距离（模糊而清晰）。（3）诗中云之意蕴：灵——肉（平常而非常）。因此，这首诗的主旨意涵可理解为现实与理想、实在与欲望、精神与物质的对立和冲突,即灵与肉的对立和冲突。歌德说:"每个人都有两种精神:一个沉溺在爱欲之中,/执拗地固执着这个尘面。/另一个则猛烈地要离去尘面,/向那崇高的灵的境界飞驰。"(《浮士德》)这是一种文学母题,会以各种方式出现在不同国度、不同时代的诗歌中。

但这样的理解可能失之简单,因为这一切都是"我觉得"的,不一定符合"你"的意愿。1985年,旅法艺术家,也是诗人和批评家的熊秉明,曾以萨特的存在主义哲学观念,专门分析过这首诗(《论一首朦胧诗——顾城〈远和近〉》),其中特别提到"看"是人与人之间最基本的、重要的接触方式。依据他的解释,我们再来分析一下"看云"的举动。看云实际上看的是什么?看的是内心的幻象:"你"看云——"你"看的是自己内心的幻象。那么,"我"看的是云,还是"你"?都不是,"我"看的是"你"看云的这个不经意间的举动。准确地说,"我"其实是**看"你"看云**——"我"看的也是自己内心的幻象:"你"就是"我"内心的一个幻象;因为"你"好像是"我"从前的影子,是另一个"我"。"我"对这个"我",既陌生又熟悉。毋宁说,"你"在"我"眼中和心中,是一个未曾受到尘世污染的"真人",一个生活在自己幻想世界里的人,依然保有对未来的美好憧憬,而不知世途的险恶和残忍;"你"对云的"近"(亲近)是天然、本真的,是每一个不谙世事的人在人生特定阶段都会有的诗意的梦。而我们可以体会到"我"在远与近的比照中所流露的淡淡的忧虑和不安,这既来自"你看我时"的"很远",其实更多的是来自"我"明了

"你"的这种天性、本性最终的结果,但又不忍心去戳破——所以,"我"只是静静地看,静静地想,静静地承担内心的微澜。

云这个意象极单纯、极平常,但它使一首小诗获得了极大的情感、意蕴上的张力。在阅读过程中,它实际上调动了我们两方面的经验:一是我们自己的生活经验,每个人都或多或少地有过对云的观察和感悟。一般人在两种情况下看云,一是在不谙世事或涉世不深的童年少年时代,云寄托了向往,给予了愉悦;一是进入社会之后,人只有在摆脱了世俗羁绊,有闲情逸致的时候,才会坐下来静静看云。这两种情况都说明天上的云与地上的生活是对立的、完全不同的。二是我们储备的阅读经验,即在长期阅读中积累的、对有关云的各种文化含蕴的理解。那些在经典文本中经常出现的意象,如"月""秋""蝴蝶"等等,往往携带大量的文化信息和诗性因素。后者积累的厚薄,有时直接影响我们阅读诗歌能力的深浅。

"细读"的含义、特征和局限

前已介绍,细读作为专门的批评术语,由英美新批评派提出并身体力行。它是指对文本进行详细的,甚至不惜篇幅的语义和结构的分析,而对文本外的因素不予考虑。新批评在西方现代批评理论史上,特指20世纪20到50年代英美的一个文学批判理论派别。总体上,新批评提倡一种科学化的"纯批评"（purer criticism），也被称为"客观主义批评"。这里的"纯"和"客观"，主要是指他们在批评中力排"非文学因素"，只关注文本，认为文本即本体，包含自身的全部价值和意义；而且，他们通常只研究单个文本，不问这一文本与同一作者其他文本、与不同作者同类文本之间的关系。因此，新批评式细读的特征可概括为三点：一是以文本为中心的"向心式批评"，一是只论及孤立文本、不涉文类的"个体批评"，一是以语义、结构分析为核心的语言批评。

相对于当时盛行的传记式批评、社会学批评、印象式批评等，新批评式的细读确实在文本解析上有独到的一面，尤其当运用于现代诗歌。因为诗歌不仅是一门语言的艺术，而且被视为语言艺术上的"皇冠"。现代诗歌语言的晦涩难解、歧异丛生，正好为细读提供了一展身手的大舞台。它在20世纪四五十年代美国批评理论界占统治地位不是没有原因的。但是，它的孤立、封闭的，有时近乎语言分析游戏的咬文嚼字，它的追慕客观、冷静的科学化批评的导向，在面对情感饱满、意蕴丰厚的诗歌时，弊端也十分明显，出现"过度阐释"在所难免。50年代后，受结构主义、现象学理论的冲击，新批评及其细读法作为批评流派的影响力逐渐衰退。

中国传统批评理论，非常重视诗与人之间的关系，认为诗人与其诗中的人生经验密不可分，强调诗人要通过独特个性来传达他对人生的体悟；文学欣赏则是徐复观所言"追体验"的过程，即读者在作品中要一步步地追到诗人创作时的心灵活动状态，才真正算得上是欣赏。"披文以入情""沿波讨源"以及"以意逆志"等,说的都是阅读者的欣赏要由文及人,而"文如其人"往往成为对作品的最高褒扬。因此,传统诗话、诗论虽不乏精彩的、对语言文字技巧的细心品尝,极似新批评式细读,但总体上服务、服从于对诗中的人生体验、情感思想的品味把玩,而不可能就诗论诗。鲁迅曾说:"……就诗论诗,或者可以说是无碍的罢。不过我总以为倘要论文,最好是顾及全篇,并且要顾及作者的全人,以及他所处的社会状态,这才较为确凿。要不然,是很容易近乎说梦的。"此外,由于中西语言差异很大,对现代汉语诗歌的解读不可能完全套用新批评的一整套模式;即使是有意识的借鉴,也肯定会有所变形。一如我们前面所做的,常常是将细读与诗的情感、意蕴,乃至主旨意涵的阐释结合起来。这已不是原汁原味的新批评式细读了。我们看到,20世纪80年代后期以来国内诗歌批评,凡运用新批评细读法来解读作品的,成功者莫不在一定程度上对它加以适合"国情"的改造,取其基本精神而有所转换;失败者则无不是因为僵硬照搬其批评程式,落下"故弄玄虚"的口实。

简言之,在新批评细读法的三个特征中,以文本为解读落脚点、以语言技巧的字斟句酌为解读核心这两项基本原则,值得认真吸取借鉴,可以很好地纠正或以诗人生平经历、创作体会,或以时代背景、政治运动,或仅凭个人浮光掠影的感觉为出发点和归宿点,不顾作品实际面貌而强行阐释的偏差,使文学批评回到解读文本本身,而不是相反,让文本成为批评家任意肢解的俘虏。

"细读"的延伸和拓展

在简要概括细读的含义、特征、局限之后，我们将采用传记式批评、社会-历史批评等一些行之有效的批评方法，对上述细读作延伸和拓展。

我们知道，《远和近》是顾城的代表作，除收入顾城各种诗集外，朦胧诗选本也都会选，如早期的《朦胧诗选》和最新的《新编朦胧诗选》。顾城身后增补的《顾城的诗》（由顾城父亲、诗人顾工编订），封面选用了两首诗，一首是《一代人》，一首就是《远和近》，可见它在诗人创作历程中的代表性。它最初和《在夕光里》《雨行》《泡影》《感觉》《弧线》一道，以《小诗六首》为题公开发表于《诗刊》1980年第10期（首届"青春诗会"作品专辑。熊秉明文中误作1979年10月号），并附有诗人的诗观（顾城姐姐顾乡编选的《顾城诗全集》，在《在夕光里》一诗题注中，详细说明了六首小诗的发表过程，可参阅）。诗人说道：

> 我爱美，酷爱一种纯净的美，新生的美。
> 我总是长久地凝望着露滴、孩子的眼睛、安徒生和韩美林的童话世界，深深感到一种净化的愉快。
> 我渴望进入这样一种美的艺术境界，把那里的一切，笨拙地摹画下来，献给人民，献给人类。

第八讲　在一刹那间攫取永恒

> 我生活，我写作，我寻找美并表现美，这就是我的目的。

六首诗都作于1980年6至8月间，有五首写到"两个孩子"——"我"和"你"。《泡影》与《远和近》同写于6月，显示出某种关联：

> 两个自由的水泡，
> 从梦海深处升起……
>
> 朦朦胧胧的银雾，
> 在微风中散去。
>
> 我像孩子一样，
> 紧拉住渐渐模糊的你。
>
> 徒劳地要把泡影
> 带回现实的陆地。

"我"和"你"，自由、梦海、银雾、模糊、泡影、现实、陆地这些词语（意象），都很容易让人联想到《远和近》。梦海深处、朦朦胧胧的银雾，点明的是一个童话般的梦幻世界。一旦从梦海回到现实的陆地，自由的水泡就会变成泡影，而"我"和"你"对此无能为力。梦想与现实尖锐对立，不可调和。这是孩子的世界,一个影影绰绰、渐远渐逝的世界。诗歌留驻了它。

顾城提到,《一代人》《远和近》发表后,全国近百家报刊发表了评论文章,围绕这两首极短的"笔记型小诗"展开争论,"前者获得了一些赞扬,后者受到了一些批评"。艾青《从"朦胧诗"谈起》也说到这首诗争论的情况,表示了自己的不解,也对朦胧诗提出严厉的批评。瑞典汉学家马悦然当年翻译过北岛、顾城的诗,他后来撰文说:"1983年我心里非常难过地看到我所佩服的老诗人艾青出来攻击朦胧派像北岛、顾城等年轻诗人的作品。"他认为自己选择翻译作品的原则是以文学价值为主,对两人诗作给予高度评价。顾城自己曾这样解释:

《远和近》很像摄影中的推拉镜头,利用"你"、"我"、"云"主观距离的变换,来显示人与人之间的习惯的戒惧心理和人对自然原始的亲切感。这组对比并不是毫无倾向的,它隐含着"我"对人性复归自然的愿望。

他的很多文章谈到了云。《剪接的自传》中说:"世界上有一种引人幻想的东西,叫做'云'。'云'是需要距离的;当人们真正走近它时,它就化成了'雾'……"云即是幻想,可以远观,不能近看;近看则会像雾一般消散。诗人十三岁(1969年)跟随父亲和家人离开北京时,写过一首《我的幻想》:

　　我在幻想着,
　　幻想在破灭着,

第八讲　在一刹那间攫取永恒

> 幻想总把破灭宽恕,
> 破灭却从不把幻想放过。

　　新批评式细读严格回避作者的自我阐释,"意图谬见"说反对的正是许多批评家将诗与它产生的过程相混淆,迷信作者事后对创作动因、思想情感等的解释。现代诠释学也取消了作者阐释在各种阐释中的优先权、权威性。我们自然不是完全排斥作者的阐释,我们反对的是在文学批评中,认为作者的阐释是最有说服力、最准确的观点,甚至于以之为准绳去"按图索骥"。顾城上述的"诗观"、自我阐释,可以为细读的结论提供有力的佐证。

　　前已讲到,新批评式细读主张将单个文本"孤立"看待。事实上,对诗人同一时期、同一类型或风格的文本尽可能多地了解,有助于解读者对某一首诗的判断。当然,这种判断最终要落实到那一个文本上。由此,我们不妨拓宽一下视野。

　　第一,关于"你"。顾城《小诗六首》中有五首涉及"你"和"我",可以看作爱情诗:"你"是"我"恋爱的对象。这一点《在夕光里》表达得很明确:

> 在夕光里,
> 你把嘴紧紧抿起:
> "只有一刻钟了!"
> 就是说,现在上演悲剧。

"要相隔十年，百年！"
"要相距千里，万里！"
忽然你顽皮地一笑，
暴露了真实的年纪。

"话忘了一句。"
"嗯，肯定忘了一句。"
我们始终没有想出，
太阳却已悄悄安息。

《雨行》中则写道："在缓缓飘动的夜里，/有一对双星，/似乎没有定轨，只是时远时近……"在这些诗中，"你"和"我"都被描摹成天真、纯洁、顽皮的孩子形象，互相依偎，也互相慰藉。他们对现实保持着警觉和距离，执拗于内心的向往；也可说，正是由于他们执着于幻想的姿态，才在现实中显得异常醒目和刺目。如《感觉》：

天是灰色的
路是灰色的
楼是灰色的
雨是灰色的

在一片死灰之中
走过两个孩子

第八讲 在一刹那间攫取永恒

一个鲜红
一个淡绿

爱情诗在今天不足为奇，但在当时的社会文化语境中，表达个人的、完全是两个人世界的爱情诗，又是与现实格格不入、只沉浸在自我梦幻中的这种爱情诗，无异于"异端"。这层意义，则必须综合考虑写作的时代背景和动机。

第二，关于"我觉得"。它传达的是强烈的、不可忽视的自我的声音。这个自我相对于另一个非我的"我"，即自我取消、自我毁灭的"我"。按照顾城的表述，这个"我""打碎了迫使他异化的模壳，在并没有多少花香的风中伸展着自己的躯体。他相信自己的伤疤，相信自己的大脑和神经，相信自己应做自己的主人，并且走来走去"。在一次和父亲发生的激烈争辩中，顾城说：

> 我是用我的眼睛，人的眼睛来看，来观察。
>
> 我所感觉的世界，在艺术的范畴内，要比物质的表象更真实。艺术的感觉，不是皮尺，不是光谱分析仪，更不是带镁光的镜头。
>
> 我不是在意识世界，而是在意识人，人类在世界上的存在和价值。
>
> 只有"自我"的加入，"自我"对生命异化的抗争，对世界的改造，才能产生艺术，产生浩瀚的流派，产生美的行星和银河……

故此，在诗人那里，"我觉得"同时强调的是，只有在自我的意识中，世界才存在，才是真实的；诗人有义务维护这个自我的世界。这从反面印证了这一代诗人对现实世界（十年浩劫）的"我——不——相——信"。

第九讲
一个人和他的世界
——细读韩东

　　写下《有关大雁塔》《你见过大海》，提出"诗到语言为止"革命性宣言的诗人、小说家韩东，是第三代诗歌杰出代表之一。在20世纪90年代"知识分子写作"与"民间立场"的诗学论争中，韩东与于坚等为民间写作正名，溯其源流，张扬其原创力、肉身性，被归入"口语诗人"行列。这是对他诗歌语言意味深长的误解，也是源自工具论语言观的强大惯性。韩东意欲赋予语言以本体论地位，并将写诗者定位于"绝对的形式主义者"这一边。如他所言，"写作形式就是诗歌的形式"，语言形塑一首诗，也形塑了诗人及其置身的广阔世界。

　　韩东绝非要用一种语言方式抗拒另一种，以彰显某类语言的优越；把语言分割为若干片块，如同拼图游戏的拼板，进而区分出有用的与无用的,这既不符合他的诗学观念,也不符合语言的存在状态。他对待语言的态度是严谨、苛刻的,就像在回答《韩东的诗》编者、诗人马铃薯兄弟的提问时所说:"我强调经过大脑,字词或者句子、段落都要经过一再审视,而不在于效果上的紧张或者放任,简单或是复杂。"他对修改旧作——当然是值得修改的——有某种执念,诗对他而言似乎总处于未完成状态,犹如用语言描述存在。但他的语言没有刻画的迹象,语感十分出色,几近于"意层深而语浑成"。他对事物瞬间变化的状态饶有兴趣,对把握、再现自我于此间一刹那的感受兴味盎然,意犹未尽。他无意祛除——像有些人说的——语词间沉淀的隐喻,也对创造令人啧啧称奇的意象不以为意。频繁出现在其诗中的物象,如河水、雨滴、鸟鸣、灯光(汽车尾灯)、落叶、街道、月亮、田野等,都是日常生活中环绕、包裹着我们的事物。他倾心于语言构形的能力,希图以平静、温和、节制而又弹性十足的文字,恢复日常生活粗糙,乃至毛茸茸的那种感觉。素朴、简洁、清晰的语言中,显影的是一位气定神闲、悠然自得的诗人形象。

在回忆与梦境间漂浮

从《爸爸在天上看我》(1997)开始,韩东写有多首回忆、怀念父亲的诗。《河水》回忆父亲生前夏日的一次游泳,"我"帮他照看衣物时所见的一切。不过,要等到读完全诗,阅读者

第九讲　一个人和他的世界

才发现这首诗不是通常的回忆，似是梦中所见。无须从精神分析学角度来区分回忆与梦的异同，一般来说，梦总有超现实色彩，或者会对现实进行变形、扭曲，有夸张、令人惊悚的元素。但韩东这首诗写的完全不像是梦境，而是回忆中真切的景象：

>父亲在河里沉浮
>岸边的草丛中，我负责看管他的衣服
>手表和鞋。
>离死亡还有七年
>他只是躺在河面上休息。
>那个夏日的正午
>那年夏天的每一天。
>
>路上偶尔有挑担子的农民走过
>这以后就只有河水的声音。
>有一阵父亲不见了，随波逐流漂远了
>空旷的河面被阳光照得晃眼
>我想起他说过的话
>水面发烫，但水下很凉。
>
>还有一次他一动不动
>像一截剥了皮的木头
>岸边放着他的衣服、手表和鞋。
>没有人经过

我也不在那里。

也是要读完全诗再看标题，才会觉察"河水"既是写实（父亲游泳的那条河），也是象征（流逝的时间；父亲沉浮的一生），两者契合无间。河水是韩东诗中常见物象之一；称之为物象而非意象，是它只作为景观，作为诗人目睹的事物出现在诗行，不一定包含诗人的主观情意。对诗人而言，他写的只是父亲下放时游过泳的那条河，真实存在的河水；至于在语境映照下，它是否向阅读者发散出象征或其他意味，与他没有太大关系。诗人的着眼点是存在的事物，但他也明白任何过往的事物，尤其与自己的成长密切关联者，在"回忆"中会发生细微裂变。这不是他作为写作者有意添加的，也不是他能控制的。他的任务只是如实写下来。这就是他曾说的，他并不太苦恼写不出来，他的努力也不是为了写出一两首好诗，而是"为了与诗歌结合。多半是幻觉，但这却是一个根本的幻觉，我愿意被它指引"。诗人在写作中与诗歌结合，诗歌在阅读中与有缘的读者结合，这确实是某种幻觉，但也真实无比，就像这首诗徐徐吐纳的气息。

第一节第一句显得异常稳健，是个简单的陈述句，几乎没有回忆性文字中情绪的波动，但也因"沉浮"一词显露某种漂浮中的动荡。语句的稳健感来自两个二字音顿间以三字音顿的搭配，没有任何多余字眼：

父亲 | 在河里 | 沉浮

第九讲 一个人和他的世界

甚至可以说它像河水一样澄净。它奠定全诗基调，以及在陈述中想要的效果：真实地再现，不拖泥带水。当然，如果大致了解诗人父亲的生平，"沉浮"与标题"河水"一样具有象征含义。不过在频繁使用中，这两个词的象征义近于固化，乃至融入其本义之中，阅读者是否领悟到这一层对阅读不会造成什么影响。第二行依然是如实陈述。第三行"手表和鞋"是上一行"看管他的衣服"的跨行，看似闲笔，实则与父亲身份、与其生活的时代紧密相连，所以在第三节中被复述。诗人完全可以用"看管他的衣物"一带而过。手表表明父亲的干部身份，鞋虽然未加修饰，但肯定也是一件显示身份的奢侈品。韩东的父亲方之是著名小说家，本名韩建国。1957年因与高晓声、陆文夫等人组织探求者文学社，提出"干预生活"的主张，在反"右"扩大化运动中遭受批判，被下放到苏北洪泽县劳动改造。诗人所写正是同父亲一起下放的生活场景。"离死亡还有七年"将时间定格在1972年（诗人父亲1979年10月因病去世），亦即诗人十一岁之时。由于上一句的存在，"他只是躺在河面上休息"的"休息"一词，也糅合了本义和象征义：死亡才是永久的休息，现在，父亲只是在劳作的间隙放松一下自己。"那个夏日的正午/那年夏天的每一天"在句式的重复中有句意的延展，像流向远方的河水。如果只保留前一句，则强调对那一时刻印象的深刻；延续到下一句，则说明父亲借游泳——诗人自始至终没有使用这个词——来舒缓生活带来的长久压抑。

当我们跟随诗人的思绪在"那年夏天的每一天"中越飘越远，第二节第一、二行重新返回夏日正午的这一刻，从视

觉、听觉上增强了"现场感",也透露出年少的"我"的无所事事。第三、四行写视觉:

> 有一阵父亲不见了,随波逐流漂远了
> 空旷的河面被阳光照得晃眼。

大凡夏日正午曾站立河边的人,都会感觉"空旷的河面被阳光照得晃眼"的景物描写准确又真实,不带丝毫感情色彩。视觉上说,"我"的视线追逐"随波逐流漂远了"的父亲越来越远,但又像是凝固在眼前的画面。"空旷"一词不仅仅是视觉效应,也让人感受到世界的静谧,悄无声息,仿佛偌大世界静止在这一刻。"晃眼"也不只是写正午阳光反射水面之后的强烈,而且让人神思恍惚,分不清眼前之景是真实还是虚幻的。诗中始终没有出现父亲划水的声音,他确实像在随波逐流,听任河水摆布;也确乎只是想休息一下,不再费力劳神。第五、六行转述父亲的话,"水面发烫,但水下很凉"是只有在夏日正午下过水的人才会有的切身体验,像是一句农谚。彼时懵懵懂懂的"我",还不可能理解这句看似寻常、简单却富含哲理的话,就像生活极可能是灼热与极寒的结合体。"我想起"因此有了双重指向:彼时年少的"我"想起的是父亲对河水相反相成的温度的描述,此时已活到父亲年龄的"我"想到的是生活的复杂、隐秘,是人生的冷暖自知,也是真实与虚无界限的消泯,就像诗人几乎同时写的《爱真实就像爱虚无》中所言:

第九讲 一个人和他的世界

> 我很想念他
> 但不希望他还活着
> 就像他活着时我不希望他死。
> 我们之间是一种恒定的关系。
> 我愿意我的思念是单纯的
> 近乎抽象,有其精确度。
> 在某个位置上他曾经存在,但离开了。
> 他以不在的方式仍然在那里。

如同河水的烫与凉是一种恒定关系,父与子的关系也是,一个人活着然后死去亦如此,简单到"近乎抽象",却又充满不可思议性。"他以不在的方式仍然在那里"——"不在"召唤回存在,存在又在抵抗"不在",两者相互为敌,又何尝不是唇齿相依。而《河水》一诗在此的、可能给人的感觉过于冷静的描述,不能完全归因于技法的写实或"还原"。任何描述都不可能是纯粹客观的,但从中确实看不到情感的倾向。诗行间隐约显现的是,有什么东西横亘在父子之间,仿佛两人不是一个在水中,一个在岸上,而是站在了河流的两岸。但所有推测、猜想现在变得毫无意义。

第三节首行"他一动不动",再次为诗罩上静寂的气氛,仿佛时间停止,不再流动。第二行"像一截剥了皮的木头"是全诗唯一具有修辞作用的比喻。将这一喻象用在脱光衣服的父亲身上,看似缺少尊重、敬畏,却异常准确,也影射父亲那些年的遭遇;"一动不动"因此寓意某种东西的死亡。我们正要相信，诗人是在回忆与父亲生前在一起的时光，最后却读到"没有人经过／我也不在那里"，一下子如坠五里雾中，分不清这究竟是回忆场景还是梦中景象——这不正是有类似经历的读者所拥有又无法道出的感受吗？

谢默斯·希尼认为："构成真正创新的是词语营造的既陌生又家常的感觉。每一个表达，每一个节奏，每一个韵脚都各就各位，如山坡上的石头般牢固可靠。""突然间，偶然之事成为必然之事；不可预见之事成为不可避免之事。诗中的词语仿佛总是彼此依偎，却又享有各自的独立。"诗歌唤醒的是我们对词语，也就是对他人、世界的重新感知。若说韩东诗中的词语像脱光了衣服一般赤裸、干净，他实际上恢复了词语的弹性、活力，并未阻碍而是激活了我们去理解、把握其多重意指。这种多重意指一方面来自语境对词语产生的压力，一方面源于词语在文化语境中的象征义、引申义等。回忆中的场景与梦幻中的景象就在其间漂浮不定，搅扰起阵阵无声的水花。

于真实与虚无间迂回

"词语中的田野比真实中的田野更加绿意葱葱"，葡萄牙诗人费尔南多·佩索阿曾这样说。借用他的话，在韩东诗中，词语中的河水比真实中的河水更加波光潋滟。待诗人成年后再度想起那一幕，近在咫尺又恍若隔世。《河水》句句写实，却又在最后瓦解了写实；句句准确，却又从中蒸发出虚无的水汽；

第九讲 一个人和他的世界

句句冷静,却又让人感觉情感的暗流将要漫过词语的堤坝。一行行文字像正午骄阳的一束束光,打在水面上折射而出,五彩斑斓,令人目眩。一首诗既是重新理解、认识现实的手段,也是让人与抽象、笼统的非文字世界拉开距离的方式。诗人一直在寻找,寻找消逝的时光和消失的人,寻找属于他的、充满微妙差异乃至玄机的精神领地。法国哲学家巴什拉评价波德莱尔时说,诗中的词语不做任何描述,却给予原初的存在以一切应该被描述的东西。林庚亦说:"艺术并不是生活的装饰品,而是生命的醒觉;艺术语言并不是为了更雅致,而是为了更原始,仿佛那语言的第一次的诞生。"韩东诗的语言无意间与此达成默契。

下面这首《梦中他总是活着》,同样是追思父亲的:

梦中他总是活着　　　　　　　　　　（1）
但藏了起来。　　　　　　　　　　　（2）
我们得知这个消息,出发去寻父。　　（3）
我们的母亲也活着　　　　　　　　　（4）
带领我们去了一家旅馆。　　　　　　（5）
我们上楼梯、下楼梯　　　　　　　　（6）
敲开一扇扇写了号码的门　　　　　　（7）
看见脸盆架子、窄小的床　　　　　　（8）
里面并没有父亲。　　　　　　　　　（9）
找到他的时候是我一个人　　　　　　（10）
妈妈、哥哥和我已经走散。　　　　　（11）

> 他藏得那么深，在走廊尽头　　　　　　（12）
> 一个不起眼的房间里　　　　　　　　　（13）
> 似乎连母亲都要回避。　　　　　　　　（14）
> 他藏得那么深　　　　　　　　　　　　（15）
> 因为开门的是一个年轻人　　　　　　　（16）
> 但我知道就是我父亲。　　　　　　　　（17）

第一行符合我们对逝去亲人的感受和体认：他们一直活着，活在我们的心间。这种美好心愿对每一位不愿接受亲人离世的人来说，都是一种"现实"。全诗据此可判定写的是梦境。但第二行的转折句有些出人意料：既在梦中，就无所谓"藏"；"藏了起来"似乎把我们带转回现实世界。有学者认为，韩东的诗具有多重语境，体现出多重转折。每一重转折既有语义上的，也有情感、心理上的。诗人可以在建构真实性的同时将它瓦解，或在神思缥缈之际楔入极其真实的细节。也许，借用巴什拉的"迂回"一词，更能准确描述这一发生在语言中的游戏。巴什拉认为，在存在中，一切都是迂回的，是一连串的逗留，"在想象的领域里，一个表达刚刚被提出，存在就需要另一个表达，存在就要成为另一个表达的存在"。诗人的任务是捕捉转瞬即逝的存在，如同冯至诗中所言，"把住一些把不住的事体"，这表明了存在的漂泊不定，永远在向不确定性逃逸。《河水》清晰呈现出事物存在的相互颠覆、敌对、消解，而这首诗的第三行"我们得知这个消息，出发去寻父"，让阅读者同时游走在现实与梦境之间，甚或已然分不清何者为实，何者

第九讲　一个人和他的世界

为虚:"我们"是在现实还是在梦中得知消息？"出发"之地在哪里？诗句此时徒然紧绷。如果它是一条语词的钢丝，我们和诗人一起变身为走钢丝的人。第四行则犹如紧绷的钢丝发出了咔嗒一声:"我们的母亲也活着"。这是说母亲也离世了吗？倘若"我们"与母亲已分属两个世界，她如何得知消息，又如何与"我们"一同"现身"，并"带领我们去了一家旅馆"？这是哪里的旅馆，现实世界抑或梦中世界？母亲的"现身"使这首诗有了双重梦境——梦中梦——的意味。

正当我们还在尽力厘清诗的脉络和自我感受的头绪时，第六到第九行经由"上楼梯、下楼梯"，"写了号码的门"等写实性的物象、行动，把我们再度拽回现实中来，梦境开始与现实场景对应起来——如果作为阅读者的我们有了这种心理反应，诗中的母亲已暗中出离了梦中梦，与现实中的"我们"会合到了一起。这也可看作诗中一重隐秘的迂回。其中第八行"脸盆架子、窄小的床"的细节描写，展示的是某个特定年代——可能是20世纪六七十年代——小旅馆的室内景象，因其具象而把阅读者的思绪带回遥远的记忆之中（诗人熟悉这样的小旅馆）。第十行"找到他的时候是我一个人"，将"我"从"我们"的队列中分离出来，似乎在暗示"我"与父亲之间的默契；或者说，因为"我"的性情与父亲相似，喜欢孤僻，因此了解他藏身的方式；亦可说，"我"要找到父亲的愿望更为迫切。但这一切都体现得十分微妙。诗的语言允许阅读者做出多种推测，但每一种都不十分确定；并且，上述每一种推测似乎都在暗示母亲、哥哥与父亲的生疏、隔膜，阅读者对此也无法确定。第十一行的"走散"对上述推测略有强化；它同时暗示，无论在梦境还是现实中，一家人已各自天涯。

第十二到十四行依然保持写实性，以至会让阅读者忘记了这是梦中景象。单从文本层面，很难确切解释父亲为何要"藏得那么深"，或者在潜意识里，"我"为什么认定"他藏得那么深"（它在第十五行重复出现，是全诗唯一重复的语句）。诗人实际上拒绝阅读者去阐释父亲的心理、行为，因为他认定，只有他才是了解父亲最深的；"我"与父亲心照不宣，这一点也"藏得那么深"。"回避"一词仿佛隐含着父亲的愧疚心理，因其大起大落的命运，给母亲也给家人带来深重灾难。不过如前所述，诗人并无意让我们如此解读，他只是如实描绘他的感受；他的心里或许也有一丝疑虑：为什么是自己而不是母亲发现了父亲？或许，在此借用阿根廷当代诗人迪亚娜·贝列西的话，更能表达诗人与其文本、阅读者与此文本之间发生的复杂反应："生命的美妙在于总会失败，总会失去。你爱的人会死，还有比这更大的挫败吗？但与此同时，生命的高贵和美丽也在于此。诗歌想要和瞬间合而为一，但却每每落空，因为它总是'后来'。你必须打破单纯的存在状态，经历一些什么，才能将经历落于笔端。"

现在我们来到这首诗的最后一重迂回：

> 他藏得那么深
> 因为开门的是一个年轻人
> 但我知道就是我父亲。

重复句之后,"年轻人"的称呼让我们以为是父亲听到敲门声,他打开门看到的是儿子("我")。在这层理解中,我们忽略了关联词"因为"的怪异的存在。等到我们明了"年轻人"说的是父亲,如大梦初醒,却又陷入更大迷惑。"我"在梦中找到的是年轻的父亲,早于他蒙冤之时(那时他已人过中年)。"我"知道那就是父亲,可能因为在他身上看到自己的影子,反之亦然。这也部分解释了为什么是"我"而不是其他人找到了他。由此,"他藏得那么深"获得另一重释义:不仅父亲的藏身之所很隐蔽,而且其真实面目也一直秘而不宣,甚至不为家人所知。而父亲的命运,按照我们这些"外人"的理解,似乎早在他年轻时就已决定。

这首诗的结尾与《河水》有异曲同工之妙,与其说是翻转,不如说是向时光深处奇妙的迂回,在一瞬间电光火花之后更深的沉默。若说这其中有戏剧性,也是源于存在与不存在之间的藕断丝连,被词语敲开。"我"对父亲如此熟悉,秉性相近,气味相投,又全然陌生,因为"他藏得那么深"。用英国学者萨拉·艾哈迈德的话来说,"陌生"人不是我们无法认识的人,而是我们已经认为是"陌生"的人。当诗人循着父亲在梦中留下的踪迹一路追寻,找到年轻的父亲,他找到的其实是自我的来处。

对不可思议的言说

韩东一系列怀念父亲、追思母亲的诗,都是以寻找为主题。"此情可待成追忆,只是当时已惘然。"只要他们找到了彼此,那些不可思议的东西就会变成可能。诗,按照最古老的界定之一,正是描绘可能之事的场域。

除了寻找,爱是韩东诗歌的另一个主题。基于爱的空泛、抽象、不确定性,诗人愿意思议这不可思议之物:既是寻常之爱,也是非同寻常之爱;或者说,在两者的摆动之间思议爱的本质。诗性言说,是直抵事物核心的言说,也是大道至简的言说。这是诗所企及的理想境界,也即爱的境界。在韩东看来,诗"是完美、超越的,是本质上与己无关的永恒之物",如同爱,它最终抵达的是与己无关的静美之地。

韩东有首诗题为《爱》:

> 外面在下雨,房子里安静下来。
> 如果你能爱这间房子,
> 就能爱外面空旷的街道。
> 那儿正下雨,树下没有人,
> 叶片闪着雨光。但愿你能爱那片叶子。
>
> 房子里安静下来,
> 雨水激越之时眼里的波光稳定。
> 那把椅子在墙角上已经好一会儿了,
> 你注意到它的驯服。
> 就像椅子一样的驯服吧。

第九讲　一个人和他的世界

> 甚至，你可以爱得更远些。
> 你不知他已死去多年。
> 当雨水渐止，他走到街上，
> 甚至在雨中他也不会潮湿。
> 月亮升起，照亮他如月的脸，
> 再也不可能有这样的月亮了。
>
> 雨点在外面的屋顶上跳跃，
> 欢乐的掌声响彻黑暗无边的剧场。

第一节由自然景观描写转入对爱的探讨；爱是扩展、消散，由内而外，目之所及皆可爱。它看似无所依附，但也是具体的，"但愿你能爱那片叶子"。"安静"与"空旷"暗示爱的平静如常，不受雨的干扰，而雨也应是爱的对象之一，比如叶片上闪烁的"雨光"。"雨光"这个词，看似信手拈来，实则是诗人临时自造的词语。声调上，它由下沉并上升的"雨"连接平声且绵延而去的"光"，似也喻示骚动之后的平静；"光"的语义，亦赋予雨水冲刷中的叶片以鲜明夺目的色彩。

第二节首行"房子里安静下来"是对第一节首行后一句的重复。第二行前后出现的"激越"与"稳定"，既可理解为从前者到后者的状态转换，也可理解为同时并存：在"激越"中"稳定"更趋近诗人所理解的爱的状态。"波光"一词写眼神，用的是比喻，因与雨水（水波）相绾结而显得动人。墙角的椅子是诗中比较新奇的物象。注意到不引人注目的椅子的

"你"是有爱的，更值得注意的是椅子不为长久的漠视所动，遵从内心意志而"驯服"于遭际，也是爱的一种外显。

如同第二节中"你"的目光由第一节尾行的叶子收回屋子里，第三节的视野再度由屋子里的椅子伸展出去，"更远些"的"远"也超越了目之所及，进入超现实场景中。其中的"他"可指"你"熟悉但已失去音讯多年的朋友，也可指任意的陌生的他人。他现身于街道，因其亡灵身份而不受雨水侵扰。"月亮升起"既可视为写实，也可看作超现实语境中的虚拟——古典诗词中月亮意象本就是虚实相间的——"如月的脸"是这首诗最美丽也最晦涩的地方，却也是韩东诗歌中让人唏嘘不已的"温柔的部分"。没有一个词可以概括这种美，它只存在于语词之中。我们能够知道的是，它不是这人间的美，而这轮月亮也不是我们可以仰望的夜幕中那轮月亮。月光之波柔情似水。

最后一节首行的写景打破了虚拟场景，让我们重返雨中世界。雨点的跳跃被比拟为"欢乐的掌声"，反衬出屋子里的安静。最后一行再度从写实转向虚拟：黑暗降临，另一个世界里剧场的大戏正在上演。这一欢腾的景象依然被上一节"爱得更远些"统摄，是爱的无远弗届的表征：爱下雨也爱屋子里的安静，爱空旷的街道也爱被雨水冲刷的叶子，爱这椅子的驯服也爱那不知所终的人，爱这轮虚无的月亮也爱那张如月的脸，爱激越的雨点也爱黑暗中沸腾的剧场。

韩东曾写过《读〈黑暗时期三女哲〉》一诗。该书作者、法国学者西尔维·库尔廷-德纳米认为，施泰因、阿伦特、韦

第九讲　一个人和他的世界

伊（一译薇依）这三人都为一种强烈的愿望所驱动，即"要了解一个怒气冲冲的人世间，要和这个世间和解，无论如何都要爱这个世间，爱命运，爱世界（amor fati, amor mundi）"。哲学专业出身的韩东想必深受触动，也深有同感。更早一些，他写过两首读西蒙娜·薇依的诗。薇依圣徒般的言行、修为，让后来的阅读者手心冒汗。她也是被后人误解最深的哲学家之一。曾担任薇依《重负与神恩》中文版责任编辑的韩东，应当是反复阅读过薇依著作的。他在该书中文版初版时（2003）就写下《读薇依》：

> 她对我说：应该渴望乌有
> 她对我说：应爱上爱本身
> 她不仅说说而已，心里也曾翻腾过
> 后来她平静了，也更极端了
> 她的激烈无人可比，言之凿凿
> 遗留搏斗的痕迹
> 死于饥饿，留下病床上白色的床单
> 她的纯洁和痛苦一如这件事物
> 白色的，寒冷的，谁能躺上去而不浑身颤抖？

"无论发生了什么事，至少宇宙是满盈的。"

"搏斗"——与俗世偏见的抗争——是这首诗的关键词，与之关联的"翻腾"则不仅指涉薇依在此中的不平静，也指阅读者面对她时的心境。爱，无疑是薇依的人生旋律，也是这首诗的主旨，但这是一种神圣的爱："爱上爱本身"，以至消失在乌有之中，像盐溶于水。薇依曾说："爱可看见不可见的东西。"又说："诗人通过对实在之物的专注创造出美。同样，爱的行为也如此。得知这个人又饥又渴，却确实同我一样存在着——这就足够了，其余的事情顺其自然。"她也是一位诗人，临终前一直在编选自己的诗集。

从诗性言说角度说，诗中"白色的床单"是薇依所言"实在之物"。这一日常物象简单、素朴、干净，使略显抽象的哲理言说获得具象，又让诗人得以进入对薇依死亡情境的诗意想象，也是他感悟到的薇依人格形象的终极呈现："白色的，寒冷的"，一如薇依之生，也一如薇依之死。这张空出来、洗涤后可以反复使用的白色床单，甚至可以让人嗅到阳光下田野里青草的味道。传记作家帕拉·尤格拉说，薇依"通过饿其体肤而加速了肺结核带来的死亡"。被诊断出肺结核后，本应更加注意营养和休息，但在位于伦敦的法国抵抗组织办事机构工作的薇依，拒绝食用超出国内同胞的食物配给量，并把每月食品配给票的一半寄给狱中的政治犯。至于休息就更谈不上了。当她终于倒下，她拒绝住在伦敦医院单人病房里享受特殊照顾，拒绝进食。1943年8月中旬，在她的强烈要求下，被送往英国肯特郡一所乡间疗养院。疗养院坐落于美丽的田园风光中。看着新搬进的房间，薇依说了句："多么漂亮的等死房间！"24日便离开了人世。而当日的《星期二快报》刊出的通栏标题是："法国教师在绝食自杀！"去世前八天，她给滞留在纽约的

第九讲　一个人和他的世界

父母写了最后一封信，结尾是："再会，亲爱的你们。无尽的爱。"薇依的母亲后来在这封迟到的信的信封上写道："最后的信，在宣布死讯的电报后送到。"

如果说"白色的，寒冷的，谁能躺上去而不浑身颤抖"一句，还有诗人内心情感的"翻腾"，仿若他正站在那所乡间疗养院"漂亮的等死房间"里，端详着平展如新的白色床单。五年之后他写下《西蒙娜·薇依》时，诗已脱离"哀悼体"，诗人也不再是迟到的凭吊者。在激情洋溢、从不畏惧又平静如水、安之若素的薇依形象的激发下，诗人也在变身为那棵"没有叶子的树"，体验这株"可怕的树"的形态，以及永不耗尽的向上的力量：

> 要长成一棵没有叶子的树
> 为了向上，不浪费精力
> 为了最后的果实不开花
> 为了开花而不结被动物吃掉的果子
> 不要强壮，要向上长
> 弯曲和枝杈都是毫无必要的
> 这是一棵多么可怕的树呀
> 没有鸟儿筑巢，也没有虫蚁
> 它否定了树
> 却长成了一根不朽之木

第六行"弯曲和枝杈"原作"弯曲和节疤"，最后一行"却长成了一根不朽之木"原作"却成了唯一不朽的树",收入诗集《重新做人》时做了修改,后来的《韩东的诗》《悲伤或永生:韩东四十年诗选(1982—2021)》均保留这一修改。这除了表明韩东写作上一贯审慎的态度(《读薇依》收入《重新做人》时也做了改动),也让这首诗更为纯粹、圆满,尤其是最后一句的改动。树与木的不同在于,树依然会让人联想到被风吹拂的树叶、花朵;木则让人的意念集中在树干——向上、笔直、干燥的,祛除了多余部分。如果你用手叩击,它宛若一根坚硬的骨头。"不要强壮"也就是不要粗大,不要向四周伸展(这就是为什么诗人要把原作的"节疤"改为"枝杈"),以集中所有养分向天穹的至高处求索。"强壮"为叠韵连绵词,韵母响亮。"向上生长"被精简为"向上长",成为叠韵的短语。它承接"强壮"的韵母,又因多出一韵而显得更有力量。词语的精简,不妨看作这株树的特质——祛除毫无必要之物——在构词上的外化。词语的提炼与其所指称事物的特质、词语的声音与其隽永意味,在此达到纯粹、圆满的境地。全诗除标题外没有出现薇依的名字,但处处闪现着她的身影、她的近乎纯洁的执拗。某种意义上,韩东诗中"不朽之木"的意象,可与里尔克名作《预感》中的风中之旗相媲美:

> 我像一面旗被包围在辽阔的空间。
> 我觉得风从四方吹来,我必须忍耐,
> 下面一切还没有动静:
> 门依然轻轻关闭,烟囱里还没有声音;

第九讲 一个人和他的世界

窗子都还没颤动,尘土还很重。

我认出了风暴而激动如大海。
我舒展开又跌回我自己,
又把自己抛出去,并且独个儿
置身在伟大的风暴里。 (陈敬容译)

不一样的是,韩东诗中无"我",但每一行里都隐藏着一个即将奋力跃出的新的"我"。倘若联想到里尔克喜欢把艺术家形容为在寂寞中独自生长的树,要把根深深扎进自我内心,韩东赋予薇依以树的形象,也是希望自己的写作在"否定"中"向上长"。在对薇依的赞美中,体现的是诗人自我追求的经验。

韩东提出"诗到语言为止",指向的是追求真理和绝对,这一点在他日后的写作中变得越来越清晰。这种追求如他意识到的,是追求"永恒之物",不可避免地会凌空蹈虚,因而需要强大的信念——爱一切,甚至爱虚无——才能保持住自我的定力。如同法国象征主义诗人保罗·瓦雷里所说,如果一个人不曾经历很多不同于自己的别的生命,他就不可能真正地活过自己的生命。韩东一系列对父母、友人的回忆之诗,对田野、草原的凝视,对城市街道、江水、桥梁的临摹,对邂逅的陌生人的速写,在诗行的多重迂回中,弥散的是生命之爱。

第十讲
"大诗"理想与诗人的宿命
——细读海子

海子是一个沉重话题。大概因为这种沉重,《面朝大海,春暖花开》(以下简称《面朝》)从中学语文必修教材被移到选修教材,最后消失得无影无踪。据说,教师们很难回答学生的疑问:一位如此热爱生活的诗人,怎么会走上不归之路?但是好像没有人探究,海子所热爱的究竟是怎样的一种生活,这种生活对于今天的我们又有怎样的意义。海子的好友、诗人、翻译家西川说:"一个人选择死亡也便选择了别人对其死亡文本的误读。个人命运在一个人死后依然作用于他,这是一个值得我们深思的问题。"三十多年后,依然有许多人借助他的诗歌在思考。

海子本名查海生,1964年5月出生于安徽怀宁县,自幼在农村长大。1979年，十五岁的他以安庆地区高考文科状元身份进入北京大学法律系，也从此开始文学创作生涯。毕业后先在中国政法大学校刊工作，后转到哲学教研室任教，并随学校搬迁到昌平新校址。海子开设的美学课很受学生欢迎，在谈到想象时他曾举例道："你们可以想象海鸥就是上帝的游泳裤！"1989年3月，他在河北山海关附近的一条铁轨上卧轨自杀，留下了将近二百万字的诗歌、小说、戏剧、论文。

海子当年在昌平的生活相当寂寞，也相当贫寒。有一次他走进一家小饭馆，对老板说："我给大家朗诵我的诗，你们能不能给我酒喝？"老板说："我可以给你酒喝，但你别在这儿朗诵。"海子生前，大量的诗得不到发表，便油印成册赠送友人，却被人频频抄袭见诸报刊，这令他郁闷不已。海子身后，越来越多的人喜爱他、评论他、研究他，他的诗也"顺理成章"地进入中学、大学教材。许多诗人、批评家在文章中都提到，《面朝》是各地房地产商营销时最喜欢引用的文案之一，尽管他们的房子可能离大海很遥远，但他们肯定觉得这首诗足以诱惑人们慷慨解囊。海子生前自称"物质的短暂情人"，若他九泉有知，不知作何感想。但他是不会抱怨的，因为这就是身为诗人的命运，因为这就是加缪《西西弗的神话》里说的："如果有一种个人的命运，就不会有更高的命运，或者至少可以说，只有一种被人看作是宿命的和应受到蔑视的命运。"每个人都要选择自己的人生道路，每个人的选择都应当得到尊重。我们可能不写诗，可能不想成为诗人，或者，不想成为海子那样的诗人；但面对这样的诗人，面对这样的写作，首要和基本的态度是尊重：尊重他人的选择就是尊重自我的选择，尊重他人选择死亡就是尊重我们还在坚守生命。在此，西川三十多年前的话仍然值得深思："我不想把死亡渲染得多么辉煌，我宁肯说那是件凄凉的事，其中埋藏着真正的绝望。有鉴于此，我要说，所有活着的人都应该珍惜自己的生命，这样，我们才能和时代生活中的种种黑暗、无聊、愚蠢、邪恶真正较量一番。"

这一讲重点解读海子的《重建家园》。大家都知道"诗无达诂"的说法。"达诂"指确切的训诂或解释，意思是说，每个人的生活阅历、思想修养和文化程度不同，对同一首诗往往会有不同的解释。所以，这个成语可以用来表述解释的相对性和审美的差异性。我们对诗歌所作的解读，广义上都可称为"误读"；甚至可以说，没有"误读"就没有诗歌欣赏和批评。但有两种误读需要警觉，一是望文生义，信口开河；一是拘泥于"先存之见"而不自知，也就是伽达默尔所说的，未能觉察自我的偏见，对文本的"异己性"或"他性"缺乏敏感。这两种误读反映的是同一个问题：离开语境，自说自话。因此，对同一个文本固然允许多解并存，但每一种解释都应在文本中求得验证。朱自清20世纪40年代就主张，"分析一首诗的意义，得一层层挨着剥起去，一个不留心便逗不拢来，甚至于驴头不对马嘴"。诗人、翻译家梁宗岱也曾谈道，有些批评家娴熟于阐发原理，一当引一句或一首诗作例证时，"却显出多么可怜的趣味！"原因无非是批评家的理论是"借来的"，他并不了解自己说的话或讨论的问题。学者、批评家蓝棣之也提出，"最好的解诗方法是一句一句地解，一行一行地解，一句一行都不可跳过，只有这方法可以把任何一种风格的诗解通。解诗最容易的方法就是解释它的大概意义，这是最能胡说的了，但这种胡说往往被说成是接受理论的方法，或什么'诗无达诂'"。可惜，现在肯用这种笨办法、肯下这种笨功夫的人不多。

我们下面采用最笨，也是最简单的细读法，一句句、一行行地解读。

"重建家园"与返璞归真

《重建家园》全诗如下：

> 在水上　放弃智慧
> 停止仰望长空
> 为了生存你要流下屈辱的泪水
> 来浇灌家园
>
> 生存无须洞察
> 大地自己呈现
> 用幸福也用痛苦
> 来重建家乡的屋顶
>
> 放弃沉思和智慧

如果不能带来麦粒
请对诚实的大地
保持缄默　和你那幽暗的本性

风吹炊烟
果园就在我身旁静静叫喊
"双手劳动
　　慰藉心灵"

诗题"重建家园"是个很普通的短语，日常生活中经常使用。现代诗歌一般主张诗歌语言是对日常用语、科学语言的疏离，俄国形式主义也倡导文学语言的"陌生化"。海子的诗题似乎反其道而行之。当然，诗人用它作标题，不可能是随意的。这里应该注意的是，对这三种语言形态不宜作静态理解，它们之间存在转化，尤其是前两者。最早的诗歌使用的就是人们的日常生活、劳作的语言，今天的许多日常用语也是由诗歌语言转化而来，只不过由于使用频繁，它们已不再被视作诗语了。

"重建"意味着原有家园的毁坏、丧失；没有家园的人自然不存在家园的丧失，也就谈不上"重建"问题。那么，是什么样的家园被毁坏而需要重建呢？

"家园"是这首诗的核心词语（意象）。如果把它从诗歌语境中移出，既可指物质家园，也可指精神家园——注意，当我们依凭习见做出如此分辨时，已在动用"智慧"了。不妨设想一下：在远古蛮荒时代的人的头脑里，"家园"意味着什么？会有现代人这样条件反射似的"分辨"能力吗？

有评论者将这首诗与《面朝》联系起来，认为它们表达了同一主旨，即对尘世幸福的向往和追求，并进一步指出，这首诗更为明确地传递出诗人要放弃虚无缥缈的高迈理想，回到现实的意图，"显示了对自己既往追求的一种反思和否定"。

我们首先要问的是：《面朝》是否表达了对尘世幸福的向往和追求？从它的最后两句诗，特别是从"我只愿"形成的转折意味可以看出，诗人是在衷心祝福亲人和所有的陌生人，都能在尘世间拥有各自的幸福，他依然有自己对幸福的理解；在为他人祝福的同时，他也希望他人能为他所追求的幸福而祝福。前面提到的那些房地产营销者，看中的恰恰是"面朝大海，春暖花开"的理想而非写实的成分，是诗句中营造的、犹如世外桃源般的美妙意境。这一点他们是对的。

那么，认为《重建家园》传递出诗人要回到现实的意图，除了误读《面朝》，也误读了这首诗中的"家园"二字。解诗者按照自己的先存之见或固有理解，非常"自然"地将物质家园与精神家园对立起来，进而依据下文，将"家园"理解为物质家园，而没有觉察这其中有什么问题；更没有意识到，这样的理解可能正是诗人想要打破的现代人的思维怪圈。每个人的每一种看似"自然"的想法或做法，实际上都是一种"不自然"的产物，是被现代文明／文化塑造成形的。上述解读的背后，体现的是现代人根深蒂固的二元对立思维习性。按照美国实用主义哲学家理查德·罗蒂的观点，人类的语言和文化一开始就是隐喻的，即偶然、不确定的。他让我们设想，远古人类最早是用肢体动作、表情和简单的音节、音调等进行交流，这个过程异常艰难。当这些传情达意的元素通过反复交流、磨合达到暂定的一致时，包括语言在内的本义开始形成，然后又在本义的基础上发展出新的隐喻，如此循环往复。他把这种关系形象地比喻为珊瑚礁：旧的珊瑚不断死亡，而成为新的珊瑚生存的"家园"。所以，海子诗中的"家园"不能单纯地理解成物质家园，它本身是个深刻的隐喻。它和大地、太阳、月亮等一样，属于人类使用的最基本的语词，是所有语词中的词根部分，积淀着很深的文化意蕴。我们下面分析诗歌时再具体展开。

在水上　放弃智慧

诗的首句就引发了疑问：为什么是在"水上"？为什么是放弃"智慧"？水与智慧有关联吗？

孔子云："知者乐水，仁者乐山。知者动，仁者静。知者乐，仁者寿。"钱穆注曰："水性活泼流通无滞碍，智者相似故乐之。山性安稳厚重，万物生于其中，仁者性与之合，故乐之。"可见，在中国传统文化中，水与"知（智）"确实有关系。此外，水能引起人对时光、生命的思考和探询。孔子曾在水边感叹："逝者如斯夫！不舍昼夜。"也许，没有什么比"斯"更能引起人对"逝"的感喟；逝，消逝、丧失，一去不复返。这与这首诗因为丧失家园而重建是紧密呼应的。我们同时联想到，远古人类逐水而居，水因此成为人类文明发源地的重要标识,四大文明古国皆是如此。而文明与智慧是相伴相生的。

这句也提示我们,家园的丧失与水有关系。水是生命之源,亦能给人类带来灭顶之灾。《旧约·创世记》载,耶和华造亚当之后,在东方的伊甸立了一个园子,使各样的树从地里长出来,可以悦人眼目,其上的果子好作食物,又引河水滋润它。亚当、夏娃的子孙传到挪亚一代,耶和华见人在地上的罪恶很大,便起了毁灭之心,使洪水泛滥。唯有挪亚蒙恩,受命造方舟躲避了洪水。

因此,不论从中国传统文化还是西方元典来讲,水与智慧都有紧密关联。现代人的智慧又承此而来。放弃智慧之后,是否要做一个仁者,诗人没有言明。仁者,仁厚之人,包容万物,喜与万物同在。这与诗的意旨是吻合的。

停止仰望长空

有人说,"长空"象征高迈理想、不切实际的幻想,诗人以"停止仰望"来表达对以往空想的否定,从而回归世俗生活。实际上,这一句接上句而来,表达的仍是"放弃智慧"之意。比如,楚人屈原仰望长空,在《天问》中向老天一连发出了一百七十二个问题,表现了诗人对自然、历史、社会深思熟虑后的见解、质疑。也就是说,人在仰望长空时,往往会引发深沉的理性思考,激起内心奔放热烈的情感。在海子看来,理性思考即智慧,要"放弃";奔放热烈的情感需要"停止"——这一句的重心不在"长空"这一对象,而在"停止仰望"这一动作。全句在说,即使家园的毁灭是由上天引起的(如《旧约·创世记》所描述),也不要追究、抱怨,而要平静地接受这一切。

> 为了生存你要流下屈辱的泪水
> 来浇灌家园

生存不仅意味着幸福,也意味着苦难和屈辱;生存意味着承担,既承担幸福,也承担苦难和屈辱,如诗人所言,"做一个诗人,你必须热爱人类的秘密,在神圣的黑夜中走遍大地,热爱人类的痛苦和幸福,忍受那些必须忍受的,歌唱那些应该歌唱的"。生存也意味着平静;那些意识不到"人类的秘密"的人,自然无法做到平静。

第一节中诗人表达的是,经由"放弃"而终获平静。人只有放弃智慧和沉思,直面生存,才能意识到生存即承担,"忍受那些必须忍受的,歌唱那些应该歌唱的"。因之,生存即平静。

> 生存无须洞察
> 大地自己呈现

第二节首句中,诗人为什么使用"洞察"而不使用"观察"?洞察之洞,即深远、透彻之意。洞察需要沉思和智慧;

第十讲 "大诗"理想与诗人的宿命

而生存是何面貌,大地已完全呈现,并不是人借由深沉、理性的思考,用语言可以表述的。表述往往是词不达意的。我们只须面向生存本身,回到大地,感受大地。

> 用幸福也用痛苦
> 来重建家乡的屋顶

这一节的最后一句,诗人为什么不直接说"来重建家乡(家园)"呢?这两句表述在意义上并无差异,区别在于,原诗语句重心落在"屋顶"上;若作修改,其语句重心则可能在"重建",也可能在"家乡(家园)"上。那么,诗人为什么要将阅读者的视线牵引到"屋顶"上呢?

"屋顶"自然指代的是家。甲骨文中,"家"这个字上面是"宀"(音 mián),表示与室家有关;下面是"豕",即猪。古代生产力低下,人们多在屋子里养猪,所以房子里有猪就成了人家的标志。屋顶的重要在于它能给人以庇护,因为它的功能正是用来承受的:既承受阳光雨露,也承受风暴雷电。而幸福和痛苦也都是人需要承受的。

这一节呼应了首节中对生存的感悟,再次强调生存的秘密在于承担。

> 放弃沉思和智慧

第三节一开始诗人就直截了当点明诗意,再次强调,沉思和智慧对于生存本身没有什么影响。生存类似于道，道若可道，则非常道，而道法自然。生存之道是不可言说的，沉思和智慧并不能解决生存所遇到的种种问题。这里，诗人的生存观有老庄哲学的影响，带有宿命色彩。简单地说就是不要去问，只管去做。

> 如果不能带来麦粒
> 请对诚实的大地
> 保持缄默　和你那幽暗的本性

熟悉海子诗歌的人都知道，麦粒是其诗歌的核心意象，表达着他作为农民的儿子对乡土中国的眷恋，有评论者因此称他为"中国农业社会最后一位出色的抒情诗人"。某种意义上，麦粒维持着中国社会和人民几千年的"生存"；中国长达数千年超稳定的农业社会结构形态，也在根基上影响着中国人的生存方式和思维方式。

大地是诚实的，因为它不欺瞒，使人喜也让人忧，使人生也让人亡——它按自己的道运转。

前面说过，生存之道不可言说；不可言说即缄默，也即不要沉思不要探究。语言哲学家维特根斯坦说过："一个人对于不能谈的事情就应当沉默。"又说："确实有不能讲述的东西。这是自己表明出来的；这就是神秘的东西。"这几句话的另一层意思是，语言是无力的，语言与现实亦即生存之间存在鸿沟。"保持缄默"，就是以自己的诚实回报了大地的诚实。

那么，如何理解"幽暗"在诗中的含义呢？缄默即不思不问，浑沌一体。幽暗是天地鸿蒙之初的状态，也是人未开化、未发蒙的状态。这让人联想到《庄子》所讲浑沌开七窍的故事：

> 南海之帝为儵，北海之帝为忽，中央之帝为浑沌。儵与忽时相与遇于浑沌之地，浑沌待之甚善。儵与忽谋报浑沌之德，曰："人皆有七窍以视听食息，此独无有，尝试凿之。"日凿一窍，七日而浑沌死。

幽暗是浑沌的另一种说法。按庄子的观点，人在浑沌时不思不问，是最幸福的；一旦七窍皆开，则会死去。《旧约·创世记》中夏娃在伊甸园偷吃善恶果的故事，与此类似。耶和华曾吩咐亚当、夏娃，园中的果子可以随意吃，唯善恶树上的果子不可吃，也不可摸。但在蛇的一再引诱下——

> 女人见那棵树的果子好作食物，也悦人的眼目，且是可喜爱的，能使人有智慧，就摘下果子来吃了；又给她丈夫，她丈夫也吃了。他们二人的眼睛就明亮了，才知道自己是赤身露体，便拿无花果树的叶子，为自己编作裙子。

二人吃善恶果之前，同样处于浑沌状态：没有智慧，不辨善恶，不知羞耻。但他们却因为有了智慧而受到耶和华的审判，并被逐出伊甸园。亚当所得的审判是："你必终身劳苦，才能从地里得吃的。""你必汗流满面才得糊口，/直到你归了土；/因为你是从土而出的。/你本是尘土，仍要归于尘土。"

从第一节到这一节，诗人一直在探寻的是生存的意味，亦即"人类的秘密"。在他看来，人应当回到大地，以劳苦所得的收获奉献给大地。人是大地的子孙，来自大地也将归于大地。这就是人的诚实本性。"两手空空"使诗人愧对大地（他在多首诗中反复表达过这种情绪），而对此所作的任何辩解都是一种丧失本性的堕落。海子这首诗里体现的"反智"倾向，与老庄哲学是一脉相承的。至于这首诗是否有《旧约》关于人的"原罪"意识的影响，仅凭上述分析，很难做出明确的判断。不过从我们引述的材料中，还是可以看到其中的关联。许多诗人、批评家指出，海子后期诗歌在语言、结构、寓意等方面，都受到了《新旧约全书》的启示，是他追求"大诗"理想的一种体现。海子离开人世时，随身携带四本书，其中一本是《新旧约全书》（其他三本是梭罗《瓦尔登湖》、海雅达尔《孤筏重洋》和《康拉德小说选》）。

风吹炊烟

炊烟袅袅升起，这是温情动人、素朴洁净的乡村画幅，越千年而不变。炊烟将阅读者的视线再度牵引到屋顶，定格在大地上的家园。

第十讲 "大诗"理想与诗人的宿命

> 果园就在我身旁静静叫喊
> "双手劳动
> 　　慰藉心灵"

如同炊烟一样，果园对应着家园。这同样让我们联想起《旧约·创世记》传说。最初人类居住的伊甸园，就是果园（如前所说，此果园与水、善恶皆有关）。洪水过后，挪亚做起了农夫，也是种果园（栽了一个葡萄园）。诗人赋予果园（家园）以人的灵性；大地和人一样是上天创造之物，皆有灵性。那么，什么样的人才能够听到果园的"静静叫喊"呢？贴近大地的人，和大地同呼吸共命运的人。在大地上汗流满面的劳作的人有福了。

最后两句近似格言，流传甚广。如果把它们从全诗中抽出来，可理解为：我用双手劳动，付出了努力，无论是否有收获，无论收获大小，都可以问心无愧，无怨无悔——这与流行的"只问耕耘，不问收获"的观念非常合拍，所以很容易引起共鸣。这种理解当然不错，但还需要回到文本语境中去品味。回溯全诗，这两句是说，沉思和智慧并不能揭示生存的秘密；思之弥深，失之愈远。既如此，人靠什么获得对生存的秘密、大地的本性的理解呢？靠心的体悟、顿悟。心即悟，悟是中国传统文化，特别是老庄哲学的重要概念。如前所述，生存类似于道，道是什么？《老子》说："有物混成，先天地生；寂兮寥兮，独立不改，周行而不殆，可以为天下母。吾不知其名，强字之曰道。"又说："道之为物，惟恍惟惚。"总之，道是恍惚混融的，是形而上的，不能够靠眼、耳、鼻、舌、身直接感知，不能够靠观察直接把握，靠的只能是体验。假使到物质世界去直接观察，可能会背"道"而驰。魏晋玄学家王弼《老子道德经注》说："道，视之不可见，听之不可闻，搏之不可得。如其知之，不须出户；若其不知，出愈远愈迷也。"所以道家强调排除外界的一切干扰，使内心进入虚静、安宁的状态，以直觉式的顿悟把握事物的本体。

解读至此，海子心中要重建的是一个什么样的家园，这样的家园有无可能重建，大家可能已有了自己的见解。

"大诗"理想与生存的夹缝状态

海子的诗，特别是短诗朴素异常，很少雕饰，大多朗朗上口，易于传诵。这种朴素中蕴涵与众不同的光辉，有一种直抵事物核心的力量。这既来自诗人对东西方元典文化的谙熟，也来自他对"大诗"写作的孜孜以求，如同《重建家园》所呈现的那样。

从现代汉诗的发展历程和海子所处的时代来看，他是一位有远大抱负和高迈理想的过渡型诗人。这里所谓的过渡，有以下三层含义。

首先，海子生活的时代正处于剧烈的社会转型时期，不仅诗人的生存遭遇危机，而且也遇到自我身份认同的危机。诗人身份的合理性不断受到质疑，这些质疑会连带地引起诗人的自我怀疑，诗人内心总是对既存的一切充满了怀疑。比如，做一个诗人究竟意味着什么，写诗这种行为的意义到底体现在哪里，诗是能改变现实、拯救世界还是能救赎自我，等等。这些在以前并不会作为问题，至少不会作为严重的问题而存在。在西方，不要说柏拉图时代，即使到了19世纪，英国文学家、哲学家托马斯·卡莱尔说："诗人是世界之光。"美国思想家、诗人爱默生仍然赋予诗人以"君主""帝王"的形象："诗人就是说话的人，命名的人，他代表美。……诗人不是一个被赋予了权力的人，他自有权力，使自己成为帝王。"布罗茨基认为："诗人是文明之子。"但是在海子生活的时代，特别是到了20世纪80年代末，在经历了朦胧诗热潮后，诗歌不可避免地衰落，诗人从"抒情王子"一变而为遭人戏谑的小丑。海子恰好处在一个夹缝之中：从他的理想来说，诗人虽不再是从前代神立言的人，但他坚信诗人和诗歌仍然应该独享其尊严、力量和光辉。他是他的世界里"孤独的王"。这种夹缝状态也就是后现代所讲的"之间"状态，处于这种状态的人是最尴尬，也是最痛苦的，他们要承受来自外部和自我内部的双重压力。当然，不是只有诗人才处于这样的状态，但唯有诗人对此最为敏感。某种意义上，是诗人表达了处于这种状态中的人想表达而不能表达的感受，诗人在替我们说话。海子又是在这样的压力和痛苦之中，依然坚守自己的理想和追求的少数诗人之一。

其次，海子的诗歌写作处在从"我之诗"到"人之诗"的转换时期。新诗自诞生以来，成长历程中的一条主线就是有关"小我"与"大我"之辩：或执着于书写"小我"，或希求以"小我"见"大我",或简单粗暴地以"大我"取代"小我"。就以当代诗歌的发展来看,十七年诗歌的总体态势是将"小我"与"大我"融为一体。20世纪60年代初,贵州诗人黄翔写了一首《独唱》,而在那个年代提倡"独唱"的人,无疑是异端。到了"文革",主流诗歌里基本上是"大我",那个代表政治意识形态的"我"压制、消灭了"小我"的存在。朦胧诗则重新恢复了"自我"在抒情诗中的合法地位,但他们在整体上确实存在以自我的体验来鞭挞非人的时代,呼喊出"一代人"心声的写作指向,扮演的是代言人的角色。再到第三代诗歌,更年轻的诗人普遍以拒绝做"时代的传声筒"自居,以沉醉于自我为反叛、先锋。进入新世纪后网络诗歌的兴起,强化了诗人自我情感的宣泄。那么海子呢,他一直秉持这样一种信念:消解类似于"小我"与"大我"的二元对立,返归人原始、本真的浑沌一体的状态;从诗的角度讲,就是要重建诗的家园。海子曾明确表述过他的诗歌理想,这就是人们熟悉的"大诗"理想:

> 我的诗歌理想是在中国成就一种伟大的集体的诗。我不想成为一个抒情诗人,或一位戏剧诗人,甚至不想成为一名史诗诗人,我只想融合中国的行动成就一种民族和人类的结合,诗和真理合一的大诗。

这是一种什么样的"大诗"呢?它同样是一种结合,但不是"小我"与"大我"的结合,而是"民族和人类"的结合,是将本民族的情感特色与人类的普遍情感结合起来，以打破或弥合东方与西方、传统与现代、灵魂与肉体、物质与精神等现代性的二元对立。简单地说，"大诗"理想就是"普遍诗歌"的理想，它指向人的存在，指向人的精神和心灵世界的深处。就这样的诗歌理想来说，他站在了塔顶，视线越过了众人，所以他必然是孤独的、无人喝彩的。任何一个诗人的写作都始于自我，但这仅仅是写作的开始，不是它的全部，更不是它的结局。

再次，从诗歌写作的精神指向和文本类型上来说，海子的诗处于古典诗歌与现代诗歌的"中间"状态。这种说法可能比较暧昧，却是符合实情的。一方面，古典诗歌特别是浪漫主义诗歌以情感抒发为最高原则，后者强调心灵的自由与表达的自由，不受一切清规戒律的束缚。此外，浪漫主义诗歌多取材于乡间、田野等。这些在海子的诗特别是抒情短诗中有鲜明的体现。另一方面，海子的诗借助自然的种种元素，形成了比较完整、独特的象征体系。这与象征主义诗歌又非常接近。比如瓦雷里的《石榴》、波德莱尔的《交感》等，通过对自然元素之间关系的描绘，形成一个象征世界，来映射人的本体存在。象征主义诗人在哲学观上受柏拉图"唯灵主义"的影响，认为世界可以分为现象世界和本体世界。本体世界即自我世界，现象世界本质上是自我世界的外在显现。诗人通过对可见可感的现象世界的表现，就可以象征性地表现真正的本体——自我。这个自我不是社会学意义上的自我，而是与现象世界相对的哲学意义上的自我。海子在他的绝笔《我热爱的诗人——荷尔德林》中，将抒情诗人分为两类：一类热爱生命，但他热爱的是生命中的自我，认为生命可能只是自我官能的抽搐和内分泌；另一类虽然只热爱风景，但他热爱的是景色中的灵魂，是风景中大生命的呼吸。从热爱自我进入热爱景色，将后者当成"大宇宙神秘"的一部分，就出离了第一类狭窄的抒情诗人的行列。从这段论述来看，热爱景色使海子具有浓厚的古典诗人气质，而把景色当成"大宇宙神秘"的一部分来体悟，又体现出现代诗人对象征手法的热衷。至于为什么海子会走上这样一条独特的写作道路，就需要结合他的生平来分析。概括地说，海子进入大学之前一直生活在农村，对乡村、土地有深厚情感，是一位传统情结很深的诗人。与此同时，在广泛的阅读和勤奋的写作实践中，他深感单纯的抒情已无法达到构建"大诗"的意图；而"大诗"理想，内在地要求诗人尽可能融合一切有用的诗歌元素。海子的一只脚已经迈入现代的门槛，另一只脚仍然深陷在传统文明、农业社会的泥土里。

过渡型诗人的意义和价值是不可替代的，难以复制。处于"之间"状态的诗人某种意义上是分裂的人，他们所承担的痛苦是常人难以想象的。与此同时，他们总是会为自己设定一个在常人看来无法企及的目标。就《重建家园》来说，海子秉持"绝圣弃知"的信念，渴望返归人原始、本真的浑沌一体的状态。海子为自己设定的这样一种理想追求，显然是不可能实现的。但是不要忘记，诗人的杰出之处，正在于他总是听从内心的律令或某种神秘的召唤，不可救药地去追寻那不可实现之物。萨特在评述马拉美时说，像马拉美、波德莱尔等诗人，

"他们必须是不可救药的,必须心甘情愿不可救药,必须终生披麻戴孝"。德国社会学家马克斯·韦伯则断言:"如果我们不是反复追求不可能的东西,那么我们也无法实现看起来可能的东西。"作为农民之子亦即"人之子"的海子,正是以他"重建家园"、重建诗歌理想的矢志不渝的信念,而不是结果,长久停驻在我们的视野里。

第十一讲
凝视与凝神中的世界
——细读余笑忠

　　同样出生于20世纪60年代的余笑忠，是一位信奉"诗就是诗"的诗人，又是一位坚执"诗不仅仅是诗"的诗人。就前者而言，多数时候，他笃信"让文本说话吧"，便沉默不语；就后者来说，他从不怀疑诗即人，写诗或成为诗人是人的一种伦理抉择，尤其在今天这个看似有无数条道路摆在面前，因而每一只抬起的脚都惶恐不安、犹疑不决的时代。换个角度看，"诗就是诗"这一既古老又现代的命题，本身即是关于何为诗的一种伦理判断。它会越过各个时代关于诗的苦心孤诣的界定，指向诗之外的历史场景，指向那些站在历史场景中的人，当然也指向它自己。

　　出现在人们面前的这位早生华发的诗人是一个生动的矛

盾体，来自这一时代又冷眼旁观它，有时也会情不自禁地以自己的温暖之躯，拥抱冰冻、坚硬的大地。在诗中，他的声音和形象是和善、谦逊的，有如现实中的这个人；有时又是尖锐、锋利的，如同一把冰镐。与同时代诗人一样，语言与现实的关系这一诗学基本问题，必须被写作者重新审视。即便不能说这一问题在当下比在其他时代更为复杂、更加棘手，至少，对问题认知上的差异导致了不同的诗思路径和言说方式，并转而作用于现实，作用于现实中的阅读者。余笑忠不一定赞同加缪所言，"绝对的写实可能是艺术唯一的神"，不过，他的写实，或者说，他在文本中表露的视觉、动作细节上的才华，总是令人叹赏。虽然未经求证，他或许同意以下说法：文学和诗中的形象永远是第一位的；象征、隐喻是次要的，甚至无足轻重。或许应该这样说，诗人专注于以细节凸显形象，把其中是否隐含有更复杂意蕴的任务，留给被形象吸引而来的阅读者。

凝神中的专注与用心

我们先以余笑忠广受赞誉也屡被解读的《凝神》（2009）为例，探察语言与现实，亦即卡尔维诺所言的文字世界与非文字世界如何发生关系，诗人又如何以细节描摹达至客观写实的艺术效果，以及这种效果如何作用于阅读。

这一刻我想起我的母亲，我想起年轻的她

把我放进摇篮里

那是劳作的间隙
她轻轻摇晃我,她一遍遍哼着我的奶名

我看到
我的母亲对着那些兴冲冲地喊她出去的人
又是摇头,又是摆手

面对这首诗常见的疑问是:一个还躺在摇篮里的婴儿,如何"看到"并记住年轻母亲当年的一举一动?有评论者因此断定它具有超现实的奇幻色彩,称赞诗人有一双灵视之眼。这是很有见地的。不过还是有个疑问:评论者何以如此确定诗中出现的八个"我",从头到尾都是一模一样的"我"?暂且不论第三节首行"我看到"之"我",与第一节第二行"把我放进摇篮里"之"我",是否是完全一样的"我",诗歌的奇妙之处正在于,它可以让不可能变为可能。因为这是一个艺术世界,不是现实世界的翻版,尽管它来源于也立足于现实世界。当然,我们不会以"诗不讲逻辑"来含混地为此辩护——诗或许不讲理性逻辑,但有自己的语言逻辑,因此需要深入文本细察。

不少习惯于快速浏览的阅读者,会忽视首行"这一刻"的含义:它指的是一个特定时刻,即诗题的"凝神"。何谓凝神?精神凝定不浮散。一个人在这样一个特定时刻和特定状态

第十一讲　凝视与凝神中的世界

下,会不会"看到"在平常时刻所看不见的东西,并产生有异于常规的感受呢?阅读经验告诉我们,那些在凝神时刻产生的诗,无论古今,往往是天赐之作,无法复制。更重要的是,当阅读者首肯这首诗以白描方式呈现场景、事件中的细节,从而晕染客观写实效果时,或许会忘了,这其实是具有现实主义风格作品的艺术技巧所致——它并不是现实本身。罗兰·巴特认为,现实主义的写作策略"充满了书写制作术中最绚丽多姿的记号",它"仍是一套高超的修饰、剪辑、删改和涂抹技巧"。如若阅读者信以为真,把诗中描写的情景真的当作出自婴儿的视角,恰好证明诗人高明的艺术诡计的得逞,尽管他可能并不追求现实主义。在卡尔维诺看来,存在一个文字世界和另一个非文字世界,文学说白了就是用语言去处理现实,因此必然是虚构的。虚构之所以必需,是因为文学模拟、再现或表现——这些都属于不同文学观念支配下不同的文学技巧——非文字世界,不是为了与现实世界分毫不差,而是为了创造一个世界,一个"可能的世界"。在此意义上,卡尔维诺说,伟大作家"传达给我们的,与其说是获得了真实的经历,不如说是接近这种经历的感觉"。这种"感觉"在诗中比在其他文体中更强烈也更集中,更魅惑人也更激荡人心。也正是在此意义上,我们或许能够理解余笑忠所坚执的"诗就是诗"这一信念的含义:一首诗就是一个"可能的世界",来自语言文字的虚构所赋予的力量。在《凝神》中,他把他接近"真实的经历"的那种刻骨铭心的感觉传递给我们,以便让我们学会在愈发纷扰喧嚣、动荡不宁的世界中"凝神"。这不是对阅读者的

"告诫"——如同他另一首诗的题目——而是自我警觉与约束，但这种感觉会传递给会心的阅读者，让人也变得警醒、自律起来。

回到前面提出的关于"我"的问题。如果把全诗视为一个完整结构，起句"这一刻"指的是"凝神"时刻，一种入定状态。在入定中，记忆最深处的东西浮出意识的水面。由此，诗中接踵而至的"我"，既可以不假思索地看作同一个"我"，也并非完全如此。分散于字里行间的"我"，实际上处于既分裂又聚合的状态：首节第一行三个"我"，指的是成年的"我"（借用一下叙事学术语，叫"叙述自我"，即当时当刻正在诉说往事的"我"）；首节第二行到第二节中的"我"，则是记忆深处婴儿时期的"我"（叙事学叫"经验自我"，即回忆中的过去的"我"）。任何一首以第一人称回忆往事的诗，包括散文，都会出现当下的"我"和过去的"我"的交迭。但《凝神》很有意思的地方，在于第三节首行"我看到"：

> 我看到
> 我的母亲对着那些兴冲冲地喊她出去的人
> 又是摇头，又是摆手

这个"我"，聚合了成年和婴儿的"我"的双重视线——这正是诗人要以标题"凝神"强调的特殊时刻中的特异状态，无法以日常逻辑去要求。这就是艺术真实对生活真实的

第十一讲 凝视与凝神中的世界

超越。由此可以推测,诗人很可能是在现实生活中目睹了某位年轻的母亲正在照看摇篮里的婴儿,勾起了他对往事的回忆。

比起那些直奔"象征"、攫取"主题"的解读,在余笑忠的诗歌面前,或许应当更多关注文本的语言构成及其节奏、韵律。在直观和直觉上,《凝神》这首诗经由分行、跨行处理,呈现出语句长短交错,且长句与短句对比异常鲜明的视觉外观。第三节最长的句子"我的母亲对着那些兴冲冲地喊她出去的人"有十八字;如果算上跨行,即上一行的"我看到",共计二十一字。短句则只有四字。特别是我们不可能不注意到,这个十八字句式,与尾行"又是摇头,又是摆手"的四字重复句式之间,形成强烈对比。这只可能是诗人有意为之,他要求阅读者注意。因而,很自然地我们会问:如此之短的句子,想要表明(母亲的)什么?

尽管句子长的长、短的短,而且长短的比例有点失常,但总体上我们感觉,长句是诗的压舱石。经由句中逗点的隔开,以及跨行(第一节一、二行和第三节一、二行)形成的较长诗行,与未经隔断、没有跨行的长句,再加上短句,共同造就全诗既摇曳生姿,又趋向舒缓的节奏,仿佛令阅读者回想起婴儿时,躺在摇篮中被母亲轻轻摇晃的遥远又温暖的情景。尽管理智告诉每一位阅读者,这不可能,然而,诗是理智的产儿,还是情感的胎生?那么,诗人为什么要精心安排如此舒缓、令人舒适的节奏呢?这就要回到诗所描写的场景:"她轻轻摇晃我,她一遍遍哼着我的奶名"——这首诗需要一种与母亲"轻轻摇晃""哼着奶名"相适应的节奏,所以不可能是快速、急促的,但也不能是毫无变化、一味的缓慢,那恐怕只会让阅读者昏昏欲睡。

如果这样的解读还不能令人信服,不妨再回到文本中去仔细察看一番。首节两句,可否更改为:

这一刻我想起我的母亲
把我放进摇篮里

从语义表达上说,并无影响,只不过由于我们读过全诗知道了原貌,感觉上有些突兀;但你也可能察觉出节奏上有点不对劲:删除"我想起年轻的她",诗行推进的速度明显加快;而加上这半句,目的是要让节奏舒缓下来,再使用跨行("把我放进摇篮里")就非常自然,否则,上下行的"转折"会非常剧烈。此其一。其二,加上这半句,同时显示出"我"逐渐进入"凝神"的过程,因为它不可能是一蹴而就的。故此,加上后半句,一方面是出于整体节奏的考虑,一方面是呼应诗题,也就开启了后面梦幻般、超现实的场景。在现代诗,尤其是精短的抒情诗中,暗示某种事物或状态渐次变化的过程,是诗人写作才能的重要体现,也是我们在阅读中需要认真体察的。诗人往往在一个句子,甚至一个词语、意象中浓缩一个过程。在这首诗中,显示凝神的过程之所以重要,是因为唯有凝神,你才能在你婴儿的记忆里,唤醒年轻母亲完整而真实的影像;源于凝神,母亲才会在劳作的间隙,向那些兴冲冲喊她出去的

第十一讲　凝视与凝神中的世界

人，"又是摇头，又是摆手"；正因凝神，诗人才得以超越那些赞颂母爱的千篇一律、浮皮潦草的诗文，让阅读者得以进入某个超现实场景。其三，"我想起年轻的她"中的"年轻"一词具有某种反射效应，表明"我"不再年轻，可能已为人父。不妨假设，很可能是已为人父的诗人在现实世界中目睹相似场景，故借婴儿之眼、之耳在文字世界中予以"复现"。还有一点与全诗结构相关，即"年轻"一词与第三节"那些兴冲冲地喊她出去的人"之间，有着巧妙的、不易察觉的呼应关系：那些人很可能也是年轻的，是母亲的好友或闺蜜。在"劳作的间隙"，一定是碰到很好玩的事情，他们才会"兴冲冲"地来叫母亲。母亲的拒绝在她看来是自然而然的，但在此时此刻的"我"——哪一个"我"？婴儿的"我"，已为人父的"我"，还是两者视角在虚构世界里的奇异融合？——看来，却意味深长，发人深省。

现在让我们回到结尾两行长短对比如此鲜明的诗句。两个四字句，凸显出"摇头""摆手"的动作细节——捕捉特定场景中人物的动作细节，是余笑忠诗歌写作手法的特点之一——节奏上也遽然提速，显示的是年轻母亲的果断和决绝。如前所述，母亲的伙伴们一定是有充分的理由才会喊她一同出去，但母亲没有丝毫犹豫和动摇：她只是在做身为母亲该做的事。这与年龄无关。故此，若用伟大、崇高、牺牲、奉献、无私这些"大词"或"圣词"，去概括这首诗里的"年轻的她"，会显得空洞；何况，无论我们再追加多少这样的词汇，都不足以表达我们对母爱的感恩的万分之一。每一首诗都有它对生活的观察和描写，都有其特定的人与事、特殊的场景和氛围，也有其特有的节奏和韵律。我们可以通过节奏、韵律的安排，进入对诗的情感、韵味的体察。这样，也就能够从诗中的超现实场景，再度返回我们每个人的日常生活，进而生发出如此的感慨：像年轻母亲那样的专注与用心，正从当下时代，从年轻父母身上，也从我们每个人身上，一点点地流失。为此，这个世界上的很多诱惑，需要我们像这位年轻的母亲一样，毫不犹豫地"摇头""摆手"；需要我们在人生的每一阶段，面对自己所承担的责任，"凝神"。

西蒙娜·薇依说："唯有专注——这种专注如此盈满，以至'我'消失了——取自于我。剥夺我称作'我'的那种东西的注意的光芒，把它转向不可思议之物上。"《凝神》是一首典型的"有我之诗"。对诗人来说，没有"我"，则专注、用心无从谈起；只有"我"，却会让人看不见日常生活里无处不在的"不可思议之物"。17世纪法国著名画家家族勒南兄弟说："让自我死，做伟大事，成就高贵，超越几乎所有人都在其中的苟活的鄙俗。"另一位更为大家熟悉的梵高，深受这段话的震撼。他在信中说："如果一个人能一直悄悄地爱着那确实值得去爱的，而不要在一些没有价值，空洞而且无聊的事情上浪费他的爱，他就能渐渐地受到启发，因而变得更强壮。"诗人不仅仅是在讴歌、赞美年轻的母亲——每个人的母亲都值得这样的讴歌、赞美，也都超出了如此的讴歌、赞美——也是在反思：我们有没有在对专注、用心的持守中，让自我消失，把注意力转到世界的"不可思议之物"上。

第十一讲　凝视与凝神中的世界

凝视中的反思与内省

　　读过《凝神》后可以发现，诗人特别喜欢也非常擅长将目光锁定在日常生活具体的场景上，捕捉其中人与物的细节，尤其是人的动作细节，以及能够体现其表情、心情的细节。许多以日常生活为题材的诗人所缺乏的，不只是置身于生活的凝视能力与写作中的凝神定力，还有对语言的敏感度。如果"诗即人"这个命题成立，那么，"诗人即语言人"也就顺理成章。德国哲学家卡西尔有个著名论断："人是符号的动物。"诗人尤其如此。但诗歌文本中的符号不仅仅是符号本身，它们映射的是诗人的所见、所感、所思，也关联着你我的生活。

　　连续数年的新学年，在面向中文专业新生的文本解读课堂上，我都会和学生一起讨论余笑忠的另一首短诗《春游》（2014），了解他们的阅读方式和存在的问题。学生们不会知道"余笑忠"是谁，这消除了来自作者背景信息的"干扰"；他们也不大可能读过这首诗，这保证了阅读的新鲜感和讨论的即时性。我习惯用课件逐行展示这首诗，希望学生在一行行跳跃着出现的文字中意识到，每个文本无论短长，都是由一个个字词、语句连贯而成。我们需要阅读中的"降速"，有时是"制动"，让自己的注意力集中在文本上，在字词、语句的衔接、转换中，在上下文的关联、呼应中，去获得对文本的整体感悟：

盲女也会触景生情
我看到她站在油菜花前
被他人引导着，触摸了油菜花

她触摸的同时有过深呼吸
她触摸之后，那些花颤抖着
重新回到枝头

她再也没有触摸
近在咫尺的花。又久久
不肯离去

  诗题"春游"，像极了语文老师给还是小学生的我们布置的作文或周记的题目，不仅平淡无奇，毫无"诗意"，也不带一点感情色彩，没有任何主旨的暗示。春游的体验当然人人都有，是每年春天到来时，人们都会乐此不疲的休闲、消遣活动。这个标题太平常，太没有特点，以至于我们不能不生出疑问：诗人为什么要用这样一个标题？

  几乎在每年的讨论中，当问到学生对第一行哪个字词印象最深时，不同课堂的他们都像商量好了似的，异口同声地回答："盲。"一开始这有点出乎我的意料，随着一届届学生给出相同的回答，也就见怪不怪了。学生们脱口而出的回答可能是基于对某种差异的敏感：这首诗写的是盲女，与"我们"不同的人。但是不用等到读完全诗，就可以意识到，这种盲女

第十一讲　凝视与凝神中的世界

与"我们"之间所谓的差异，很可能正是诗人要"纠正"的："也"字已提示了这一点。在没有铺垫的情况下，首行（句）出现"也"实际上是比较突兀而扎眼的，只有个别学生注意到了它。联系诗题，诗人在说，我们春游，盲女也会（要）春游，在这一点上本没有什么不同。然而，似乎被平抑下去的差异，旋即被"触景生情"再度挑起：盲女与"我们"毕竟不同。阅读者的注意力如果没有被"触景生情"之"触"抓住，是因为作为几乎被用滥的成语，它的含义早已固化。对我们这些生理器官健全的人来说，成语中的这个"触"指的是触动、感动，即人的心怀、情怀由景物感发，与手的动作毫无关系。但是对于这位盲女，触景之"触"意味着什么？随着诗行的推进，第三行出现"触摸"一词，为盲女的"触景"作出诠释。这既出乎我们的意料，又完全在情理之中。那么，成语中的"触"是否一开始就与人手的触摸有关呢？当然，诗人不是要我们去作汉字溯源，他希望我们在这个字上停下来；面对盲女，面对她再自然不过的触摸油菜花的举动，诗人希望我们换一双眼睛看世界、看他人。盲女是"被他人引导着"，我们这些视力正常者，是否同样需要被他人引导？

与《凝神》一样，《春游》首节第二行出现"我看到"，抒情者"我"占据观察者的位置。这是余笑忠抒情诗中抒情者喜欢也习惯自居的位置，表明他的诗出自观察，而不是凭空的想象；想象另一种生活并不是他的特长，而往往是在看似庸常的生活中发现它的不一样。当然，在盲女"触景生情"的语境中，"我看到"揭示了在约定俗成中，在无意识深处，我们早已把"触景生情"之"触"当作看/见/观的同义词。而盲女的举动不能不让我们反思，我们是否已然丧失"触摸"美好事物的能力，而只是将之"视"为一个又一个点缀贫乏时代贫瘠生活的景观？第二节顺承"我看到"，描写抒情者观察到的景象："她触摸的同时有过深呼吸"。我们这些游历过油菜花海的人又如何呢？有人可能会触摸，有人不会；有人触摸之后可能有"深呼吸"，有人则保持着常态。（对于出生在江汉平原，伴随着无处不在的油菜花长大的我来说，闻见浓郁的油菜花气味就会有不适感。）也就是说，我们之中的每个人也是有差异的，正像诗中的"我""他人"与盲女有差异；把"我们"视为一个坚不可破、高度一致的统一体，并在"我们"与盲女之间画出一道界线，只是出于积习、成见的幻觉。诗中更有意味的地方出现在很可能被忽略的场景中：

她触摸之后，那些花颤抖着
重新回到枝头

让我们回想一下：如果我们也伸出手触摸了油菜花，那些花会"颤抖着/重新回到枝头"吗？因此，这一看似极其平常、司空见惯的细节描写中，暗含着诗人的意图：盲女此刻"被他人引导着"，而诗人也在"引导"阅读者移位到花这边来，从花的位置来感受，而不是把它仅仅当作被观察的客体——油菜花不会像我们这样区分盲目者和明目者，因为无论是谁的手充满好奇与感激地触摸它，它都会"颤抖着/重新回到枝头"。

第十一讲　凝视与凝神中的世界　　　229

在花的眼里，所有人，包括偶然出现的引导者和被引导者，都是在春游，都是在赏景。它毫无分辨之心。它令人肃然起敬。

第三节若按抒情诗的常规写法，会进入抒情或显志。对一首只有九行的诗来说，这样做也是水到渠成的。不过如同我们看到的，第三节依然是写实。"久久/不肯离去"固然蕴含抒情意味，也可理解为出自"我"的观察和描述，如同前两节。"我"始终是一位旁观者，是叙事而不是抒情的主导者；"我"相信只要如实记录所看到的一切，读者自会"触景生情"。借用叙事学术语，可以把"我"看作一位外聚焦叙事人。倘若把最后一节视为抒情，似乎有点意尽语竭，疲软无力。诗人以写实保持了短诗风格的统一，但他也确如诗中的"我"一样，因触及眼前之景，而在"久久"处不小心溢出了情感，却极为克制。顾随说，诗人须有"诗心"，具备诗心的条件有二：一要恬静，一要宽裕，"这样写出作品才能活泼泼的。感觉敏锐故能使诗心活泼泼的，而又必须恬静、宽裕，才能'心'转'物'成诗"。为什么要"心"转"物"呢？诗人固然需要情感，无"心"不成诗；但既用文字表现，就需要修辞，故必须理智。"抒情的泛滥"不是指摘情感的过多过量，指的是诗人没有明了文字修辞的重要。文字修辞最终形成文本统一、和谐的风格。

并不是说只有盲女出现在春游人群中，才能让人更深地意识到，我们与他人既有差异，又是相同的；对与己不同的他人的尊重，是对自我最大的尊重。只不过，诚实而谦卑的写作，总是来自诗人的日常生活体验。诗人供职的单位与武汉一所盲校建立了帮扶关系。有一年春天,他和同事带领盲校学生到郊外春游,目睹了这一场景。如此说来,这首诗几近"绝对的写实"。中国诗歌传统是融情于景,情景交融,所谓"一切景语皆情语",景物的重要性无须赘言。但是,诗人并没有简单地将景物——油菜花——当成个人情感的载体或介质,后者同样有血有肉,有感知,有善心。毋宁说,此处的景物更接近现代意义上的景观,杂糅各种元素,我们和他人存在于其中。而诗人恰好借助于"看到",让他的同类亦即我们这些明目者,重新去看日常生活中为我们熟视无睹的东西。就像我的学生作为文学阅读者,暂时还没有学会自觉地把目光转移到盲女身上,用她的方式"触景生情";也还没有领悟到,不妨把自己移位到花的那一边,作为其中一瓣观察川流不息的人群,而不再拘囿于自我固化的视域,蜷缩在方寸的囚笼之中,安之若素。而且,与我好为人师的习惯不同,被盲女的举动和那些花的颤抖感染、打动的诗人,只是静静地观察,并努力呈现他的目之所及。他向外的凝视其实是一种内敛的扫描。他拥有另一双眼睛。之后,他将像盲女那般伸出手去,触摸迎迓他的那些金黄脸庞。

回到这首诗的题目,"春游"可否替换为"盲女"呢?讨论过全诗之后,学生们都会给出否定的回答。这个看似平淡无奇的题目,正是为了说明人人皆有爱美之心,人人都希望从春天的景色中汲取勃勃生机,这个"人人"包括你、我、他或她。诗作为一种文学文体,可以说在差异中诞生;但诗无须刻意凸显差异。好诗实际上游弋在相同与差异之间晦暗不明的

第十一讲　凝视与凝神中的世界

地带。我们确实与盲女有差异，就像我们彼此之间有差异一样。如若改题为"盲女"，则会突出她的"与众不同"，这是诗人要尽力消解掉的——不是消解差异，差异本就存在，而是消解对差异的刻意强调，以致将他人作为"另类"而投以特别关注的目光。

"每个人都在无声地喊叫，以让人用其他方式阅读自己。"（西蒙娜·薇依）诗人亦不例外。若想达成这一目标，诗人先要身体力行，用其他方式阅读他人，那既与自己不同又相同的人。幸运的是，诗正是用"其他方式"——不同于常人的，有别于小说、散文的方式——在观察、书写为成见、偏见所缠绕的世界。在诗人广为流传的《二月一日，晨起观雪》（2015）中，盲女再度现身。与《春游》不同，这首诗起笔于沉思默想；与前者相同，它仍然立足于"看到"：一些人——不止于盲人——确实看不见他们生活世界的真实模样，更多的人则不愿意承认这一事实；他们看到的只是他们愿意看到的那个世界，一个被自我成见所遮蔽的世界。如同《凝神》，诗人并不是在告诫他人，而是在反躬自省：

不要向沉默的人探问
何以沉默的缘由

早起的人看到清静的雪
昨夜，雪兀自下着，不声不响

盲人在盲人的世界里
我们在暗处而他们在明处

我后悔曾拉一个会唱歌的盲女合影
她的顺从，有如雪
落在艰深的大海上
我本该只向她躬身行礼

诗题借鉴了相当一部分古典诗歌的拟题方式，预示了它的纪实特征：由"观"引发的思与想。与《春游》相似，起句带有总括性质，"沉默"由此成为全诗的抒情基调，贴合了雪落无声的天地之景。谁在沉默呢？又因何沉默呢？很难不把"清静的雪"，"兀自下着，不声不响"的雪，与前一首和这一首中的盲女联系在一起；但由雪的意象可能激发出的怜悯，应当像雪花一样即刻消融。

　　第二节看似回到写实，写眼前之景，但"兀自""不声不响"既回应上一行"清静"，也继续向上呼应"沉默"。雪无所谓"清静"与否，这是诗人的移情作用。移情的妙处，按朱光潜的意见，是物我情趣的"往复回旋"："美感经验中的移情作用不但是由我及物的，同时也是由物及我的；它不仅把我的性格和情感移注于物，同时也是把物的姿态吸收于我。所谓美感经验，其实不过是在聚精会神之中，我的情趣和物的情趣往复回旋而已。"在聚精会神中，兀自下着的雪也把它的情趣投射在"我"身上，使"我"沉默。第三节

第十一讲 凝视与凝神中的世界

回复到沉思：这个世界有"我们"，也有盲人。从写雪转向盲人，进而定格在盲女，跳跃性非常大，不过其内在的联系是沉默，是不声不响。实际上，类似第三节这样的箴言或警句，由于其自身意义的显赫，极易破坏抒情诗的气场，画蛇添足而成为败笔。但我们在此并无这样的感觉，一方面是因为雪的光芒的映照弱化了诗句的理性色彩；另一方面，"我们在暗处而他们在明处"在表义上平白而熨帖，似有说不清道不尽的隽永意味。"暗处"出自盲人的视线，"明处"则源于"我们"的目光，因此，这世界至少是由双重视线交织而成。

这首诗最精彩之处出现在最后一节。诗人回到他所熟悉和擅长的写实技法，把盲人具体化为又一位盲女。我曾推测这一场景可能截取自诗人在这座城市的大排档——比如声名远播的吉庆街——宵夜的经历，那里常见盲女为谋生活而让食客付费点歌。"我"的后悔在于，"我"不假思索、习以为常地拉着自己感兴趣的人合影，却压根没去想盲女对合影的感受，那可能是对她的伤害。但更大的后悔是，她并没有婉拒。作为实景同时作为喻象的雪，再度出现在诗行里。它已脱去了最初在观雪者"我"眼里的耀眼光芒，呈现出单薄、虚弱、微不足道的本色。天空中飘落而下的每一片雪都各不相同，就像这地上的每一个人。它们终将走向相同的结局，只不过有些雪花因为偶然，因为看不见的命运之手的摆布，落进了"艰深的大海"——"艰深"并不是大海的过错。而谁又不是在"艰深的大海上"讨生活呢，谁又不是常常无言以对呢——

不要向沉默的人探问
何以沉默的缘由

诗人曾在诗集《接梦话·代后记》中说:"何谓寻找生命真谛？不可神化自我，不可矮化自我，当然首先是不可让别人践踏自我。"他既是站在自我的立场，又同时站在触摸油菜花和会唱歌的盲女的立场上在说话；他正在竭力化解"我"与他者之间的障碍，以诗的方式。

许多年以后，在一次聊天中和诗人说起这首诗，他告诉我一个真实的故事：

那是2013年中秋节前夕，他和同事们到盲校参加公益活动。活动现场，诗人登台朗读了一首诗，送给同台会唱歌的盲校女孩吴迪。此前一年，诗人曾在比赛现场听过她的演唱，并为此写过一首诗。这一次朗读结束后，吴迪走上前对他说："我认得你的声音。"诗人特别高兴，便邀请她合影。吴迪笑着问了一句："我们也合影啊？"

诗人说，他一直记得她的看似平淡的这一问。"那女孩——现在是成人了，不过没有联系——当时的一句话我一辈子都不会忘记呀。'晨起观雪'那首诗就是因为看到茫茫一片雪景，想起盲人的世界，和她的那句话了。"

第十二讲
声音、气韵与结构
——细读张执浩

有人把诗人张执浩称为"中国诗坛最正常的诗人",看起来是个既出人意料又不同寻常的判断。这一判断其实不是针对他写了什么,主要是指他的诗给人留下平和、温情、饱满的印象,能打动人心,触碰灵魂。他曾说,诗歌不是写出来的,而是"活出来的",如同杯子里的水满溢出来的。我喜欢这个比喻。而更多的写作者是在往杯子里加水,并美其名曰"充实"——一位写作者若要靠文学来充实人生,那他的文字又靠什么获得丰沛力量呢?文字不是你手里的拐杖,支撑你走下去。你踉跄时,文字在晃动;你扑倒时,文字被尘灰呛到;你攀岩时,文字是你手抓脚蹬的岩石,直到你把自己的影子刻进岩石。日常生活不是诗,但其中有诗,你需要一个庞大而强健的胃，去容纳、消化、吸收其中的悲欢离合。

情感的转换与结构的简约

《如果根茎能说话》（以下简称《根茎》）是一首深情缅怀母亲的诗：

> 如果根茎能说话
> 它会先说黑暗，再说光明
> 它会告诉你：黑暗中没有国家
> 光明中不分你我
> 这里是潮湿的，那里干燥
> 蚯蚓穿过一座孤坟大概需要半生
> 而蚂蚁爬上树顶只是为了一片叶芽
> 如果根茎能说话
> 它会说地下比地上好
> 死去的母亲仍然活着
> 今年她十一岁了
> 十一年来我只见过一次她
> 如果根茎继续说
> 它会说到我小时候曾坐在树下
> 拿一把铲子，对着地球
> 轻轻地挖

它的情感、主旨都非常明确和显赫，无须讨论。每个人都会经历失去至亲的时刻，尽管无法接受，或者希望这一时刻尽可能地晚到。每个有切身经历的人，其悲恸之情是共通的，也会在思念之中重返记忆之路。不过，诗人作为写作者，需要通过语言文字表达——毋宁说是转换——那难以言传的一切。从诗人一面说，语言与情感是共同体，尽管他会遭遇并要克服言意矛盾；从阅读者一面说，他面对的只是定形的文本，只能借助文字符号来揣摩诗人的意图，或者按照自己的方式解读，基于这些文字符号已脱离写作者而独立存在。

毋庸讳言，表达相同情感、主旨的诗我们读过很多，但能打动人心的诗篇并不多见。这首诗首先引起我们注意的是诗人使用的一个重复句式，并且出现在标题；你也可以认为这首诗其实没有标题，只是选取了诗的第一句（行），如同一些古典诗词。这个句式在诗中出现三次，很自然地将全诗分成三部分：从"如果根茎能说话"到"如果根茎继续说"，在诗行向前亦是向下的推进中，诗人从此时此刻的一个点——可能是母亲的忌日——倒退着回到童年时光。

这个重复句式起于假设，令人联想到古典诗歌中同样的用法。比如《诗经·郑风·褰裳》：

  子惠思我，褰裳涉溱。子不我思，岂无他人？狂童之狂也且！

  子惠思我，褰裳涉洧。子不我思，岂无他士？狂童之狂也且！

大意是说，你要是心里有我，就赶快涉过溱水洧河来见我。你要是心里没有我，还有别人等着呢。你这个傻瓜里的大傻瓜啊！《褰裳》虽是爱情诗，出自女子口吻，与《根茎》完全不同，但同样使用假设句式，并以重复方式构成两章，以强化情感的宣泄。这种假设句式形成古典诗歌中的呼告手法，即把不在眼前的人和事，当作在眼前一样倾诉。在《根茎》中，深埋于地下的根茎与抒情者"我"无法谋面，但在"我"的想象中，它在独自向"我"报告地下的情形和它的感触，带着抚慰人的语气："地下比地上好"。

如果根茎能说话，它将说些什么？这会引起阅读者的好奇，根茎也由此成为全诗的核心意象。尽管它不是逝去母亲的替身，代她开口说话，但两者之间存在隐喻关系：根茎埋藏在地下，有如母亲；根茎在继续生长，如同母亲；根茎支撑起一棵树的营养，仿若活着的母亲。相对比较难以理解的六、七两行，同样要从隐喻角度去理解：

蚯蚓穿过一座孤坟大概需要半生
而蚂蚁爬上树顶只是为了一片叶芽

蚯蚓耗费半生穿过孤坟，蚂蚁拼尽全力爬上树顶，都只是为生存的本能所驱使，并不见得是在追逐宏伟理想和远大目标，很难用值与不值来判断。它们是芸芸众生中平凡的你我的真实写照，母亲也曾在其中。

多年来，我和历届中文专业学生在课堂上讨论过这首诗。

第十二讲　声音、气韵与结构

学生完全理解诗人为什么说"死去的母亲仍然活着/今年她十一岁了",也推测他是在梦中与母亲相见(也有一些学生说,是在葬礼上见了母亲最后一面),至于为什么"十一年来我只见过一次她",单看这一首诗,就有些不得其解。这就需要诗外材料来参证。我很早就听诗人讲过一件事。母亲身患癌症病重的时候,他把母亲从荆门乡下接到武汉来治疗。母亲的身体日渐消瘦,他每次都背着越来越轻的母亲,一步一步地进出医院和家门。直到有一天,背上的母亲侧过头附在他耳边轻声说:"儿啊,你对我这么好,我死了,你怕是梦不见我了。我不想来吓你。"——母亲信守了诺言,十一年来都没有走进儿子的梦里。她怕儿子担惊受怕,怕儿子以为她在阳间还有什么事情放不下,或者,让儿子以为她有什么托付而又不肯说出而忐忑不安。母亲去世后的第十八年,诗人又写下《咏春调》,提及这一细节:

> 我母亲从来没有穿过花衣服
> 这是不是意味着
> 她从来就没有快乐过?
> 春天来了,但是最后一个春天
> 我背着她从医院回家
> 在屋后的小路上
> 她曾附在我耳边幽幽地说道:
> "儿啊,我死后一定不让你梦到我
> 免得你害怕。我很知足,我很幸福。"

十八年来，每当冬去春来
我都会想起那天下午
我背着不幸的母亲走
在开满鲜花的路上
一边走一边哭

恐怕没有人愿意在脑海中浮现这样的场景：边听边哭的儿子，背着病入膏肓的母亲，走在开满鲜花的路上。春天来了，对不同的人的意味却如此截然不同。有心的阅读者，还可以在诗人的随笔《为什么我梦不见你》中找到相同的答案。它同时与《咏春调》，也与《根茎》形成互文关系：

　　十多年过去了，母亲，我现在要向你供认一件事情，一桩只有在夜深人静的晚上才会悄悄发生、反复上演的事情，一个成年男人羞于启口的行为：十多年来，每次当我想你的时候，都会在入睡前，将双手慢慢从身体两侧移至胸口，以这种扪心自问的姿势进入梦乡。我清楚这样做的目的，无非是想再见你一次，哪怕是你已如鬼魅闪现、午夜魍魉。然而，你从来不肯给我一次机会，因为你生前就有言在先："我不会让你梦见我的，我怕吓着你。"

　　说这话的时候，我正背着你那被癌细胞折磨得奄奄一息的身躯，从阴凉的人民医院里出来。记忆中，这是我在人世间第一次这样背着你，如同在我小时候你无数次

第十二讲 声音、气韵与结构

这样背过我一般。你俯在我的耳边，幽幽地呢喃道："儿啊，你真好……"那也是这样一个春天，街道两旁的梧桐、银杏、香樟树正绽放出嫩绿；那也是个明晃晃的中午，我和你的影子重叠在大地上，我有健步如飞的力气，但却故意走得很慢；那也是我在人世间记住的离你最近的一次，我第一次留意你的呼吸，第一次嗅到了你的气味，第一次感觉到"母亲"并不仅仅是一个称谓……我肯定是泪流满面地在街道上趔趄，但我不会承认我在哭，而事实上，我是在笑着这样安慰你："……没事的，妈，你一定能长命百岁！"

诗人不同的文本，包括不同文体文本之间，相互映射也相互参证，形成一个更大的文本群语境。解读一首诗的目的，不一定是为了找到一个确凿无疑的答案，很可能它并不存在；关键在寻找的过程，这个过程就是尽可能扩大阅读视域，不再随意地下结论。阅诗、阅文如此，阅人、阅世何尝不是如此。一首好诗带给我们的绝不仅仅是诗。

作为一首缅怀、哀悼之诗，《根茎》写得很安详、沉静，风平浪静中也并无暗潮涌动。这一方面是因为诗人让根茎开口说话，避开直抒胸臆，另一方面与结构的简单、气息的流畅有关。全诗以"如果根茎能说话"为标识分为三部分，总体上是从抽象的抒情向具象的描画渐进。说第一部分比较抽象，原因在于诗人借根茎的观察来抒发人生的感慨："黑暗中没有国家／光明中不分你我"。在光明中活着的人有这样那样的差异，也有无数的人为了证明或显示与他人的不同而操劳一生,到头来都只拥有一个名字:亡灵。诗人可能会说,活着的人,尽情享受属于你的光明就好了。蚯蚓、蚂蚁两个意象在某种程度上减弱了这一部分的抽象性,但因隐喻手法而稍显晦涩。第二部分则出现悼亡的对象。"十一岁"这个精确的数字勾连起生死两端:死亡不过是生命的轮回。也正是因为这个年龄的存在,第三部分转向描摹"我"的童年场景,就不会给人以突兀之感,而且聚焦在"坐在树下/拿一把铲子,对着地球/轻轻地挖"的细节上,极具画面感。孩提时代的我们得知地球是圆形的时候,往往大吃一惊;也很可能幻想过用铲子挖通地球,看看另一面的世界是什么样的。此情此景中的"我"则希望用同样的方式,挖到地底,与久违的母亲相见。

　　从诗行来看,三部分的行数依次为七、五、四。在渐次的减少中,诗意却愈发明朗,甚至散发出童真童趣的气息。收尾句"对着地球/轻轻地挖"的跨行也因此会引起注意,尤其是"轻轻"与"挖"两个词的语义和音调的粘连。由"挖"字回转头去再看全诗,会发现它有不规整的脚韵,即"话""家""芽""话""下""挖"。所押脚韵是"a",音韵上属开口呼,很难说有什么特别用意,只是让人感到带有孩童般的稚气,仿佛根茎真的能开口说话,母亲真的只有十一岁,而"我"也真的穿梭回了孩提时代。不过,全诗在情感抒发与声音形成的调质上,处于一种来回摇摆的状态:从语义及其负载的情感来说,是沉痛、怅惘、忧伤的;从脚韵来说,是平淡、坦然、顺其自然的。就好比座钟钟摆的两个点,诗在意义/情感与脚韵之间循环往复；两点之间既相互映衬，也具有某种相互消解的效果。从声音与意义融合的角度说，收尾处的"轻轻"一词，淡化了这首悼亡诗可能会激发出的悲伤情绪；而"挖"字的平声，则让已趋淡化的悲伤，终归平静。

流动的气韵与身体的诗学

2017年，张执浩诗集《高原上的野花》出版，随后获得鲁迅文学奖。诗集颇为用心地采用"倒叙"的编排方式，以当年的新作打头，结束于1990年为他带来初次荣誉的《糖纸》。他说，这样做的好处在于"它能让我清楚地看见自己的出处和走势，好比站在空中打探一棵树，每一根枝叶何去何从，我都心知肚明"。实际上还不止于此，如《根茎》所写，他也曾钻入地下打探根茎的状态，并祈望它开口说话，告诉他地下的生活是怎样的一种生活。只有明了自己的出处和走势，既可攀缘而上又能蛰伏地下，才能积攒起足够的力量对付生活这个"庞然大物"，坦然接受命运的安排。

位居诗集第一首的《写诗是……》，好像是诗人对三十多年写作生涯的一次小结，又表明他如今要"脱口而出，目击成诗"的信念：

> 写诗是干一件你从来没有干过的活
> 工具是现成的，以前你都见过

> 写诗是小儿初见棺木，他不知道
> 这么笨拙的木头有什么用
> 女孩子们在大榕树下荡秋千
> 女人们把毛线缠绕在两膝之间
> 写诗是你一个人爬上了跷跷板
> 那一端坐着一个看不见的大家伙
> 写诗是囚犯放风的时间到了
> 天地一窟窿，烈日当头照
> 写诗是五岁那年我随哥哥去抓乌龟
> 他用一根铁钩从泥洞里掏出了一团蛇
> 至今还记得我的尖叫声
> 写诗是记忆里的尖叫和回忆时的心跳

跷跷板另一头那个"看不见的大家伙"，正是生活，或者叫命运。命运在生活中具象呈现，而生活的每一步冥冥之中都被命运指挥：它们是连体婴儿，共用一个心脏。写诗的人从生活的牢笼里被放出来，旋即发现自己进入另一种牢笼——"窟窿"或者如烈焰般燃烧的光的栅栏。因此需要一步步退回到身体感官，建构身体的诗学，将自己与诗重新安放在跷跷板上。

不过我最喜欢的，是诗集中的第二首诗《被词语找到的人》，它曾获得在深圳颁发的"2017年度十大好诗"奖。第一眼就感觉它不是回忆之诗，而是面向未来，也就是迎向最终命运的诗，但起笔于现在的"我"：

第十二讲　声音、气韵与结构

平静找上门来了
并不叩门，径直走近我
对我说：你很平静
慵懒找上门来了
带着一张灰色的毛毯
挨我坐下，将毛毯一角
轻轻搭在我的膝盖上
健忘找上门来了
推开门的时候光亮中
有一串灰尘仆仆的影子
让我用浑浊的眼睛辨认它们
让我这样反复呢喃：你好啊
慈祥从我递出去的手掌开始
慢慢扩展到了我的眼神和笑容里
我融化在了这个人的体内
仿佛是在看一部默片
大厅里只有胶片的转动声
当镜头转向寂寥的旷野
悲伤找上门来了
幸存者爬过弹坑，铁丝网和水潭
回到被尸体填满的掩体中
没有人见识过他的悔恨
但我曾在凌晨时分咬着被角抽泣
为我们不可避免的命运

为这些曾经以为遥不可及的词语
一个一个找上门来
填满了我
替代了我

就像坐在老电影院里,我喜欢诗里生活的胶片转动起来的那种沙沙声,也喜欢似乎朝向我的"你好啊"这声问候里的沙哑声,以及双眼浑浊、两鬓斑白、满脸慈祥的那个人,诗人。诗中,现在的"我"终于明白,一个人的成长是逐渐萎缩的过程,一个人的写作也终将凝结为一粒粒骨殖:词语。与《写诗是……》相似,这首诗也可以看作以诗喻诗,具有"元诗"意味。诗人就是被词语找到的人,也是被词语写下、被词语围困的人。然而,许多写诗的人囿于自身的牢笼,尚未领悟到也未走入写作者的这一特定情境。他们随意搬弄词语,扭曲词语,甚至以为可以消灭词语的意义,或者是其中的隐喻。也许他们还不明白,每个词语里都有深渊,它们的身后都拖曳着长长的时间的影子。那些司空见惯的词语会让人在某一刻哑口无言,感觉它们早已潜伏在命运的褶皱里。接受不可避免的命运,屈从时光履带的碾压,似乎是每一位知天命者不约而同的选择。

张执浩的诗歌魅力,很大一部分来自他独有的声音、调质。在这首诗中,那是一种绵软而略显颓唐的声音,一种让阅读者不由自主地去想象他的面庞、个性、品味,乃至举手投足的韵律,不可替代,难以模仿。它穿越岁月而来。他的诗中绝无刺耳之音,也并无有意识地"做"出来的平和、冲澹。如同他常常漫步在武昌司门口的江滩,见江水一如既往平静地穿越长江大桥桥底而去,水面下汹涌澎湃的力量,只有那些识水性的人才能洞穿。

诗歌文本首先是一系列声音的组合,其次才是意义的浮现,以及从中折射出的日常性光亮。没有哪一种艺术不是来源并依赖于日常现实,但也没有一位艺术家是纯粹意义上的写实主义者。这与艺术家变形处理日常现实的力度、程度的大小、深浅无关,要紧的是如卡夫卡所言,写作风格的形成不应出于艺术技法的需要,而是源自生命内在的冲动。"我头脑中的一个广阔无垠的天地",卡夫卡曾在日记中写下了这句话。传记作家彼得-安德烈·阿尔特说:"生活中的素材对于卡夫卡来说只有经文字的媒介才能获得意义:目光和手势,观察和反映,梦幻和阅读体验,强烈的情感如痛苦、厌恶、憎恨、热爱和恐惧……它们移入写作的规章之中并在那里获得它们自己的清晰形象。生活和文学在一场无止境的对话中连在一起。"而卡夫卡同样是一位诗人。

《被词语找到的人》是一首衰老之诗,也是一首同情之诗——因衰老的人生而同情世上的一切。加缪在手记中说:"衰老就是从激情变成同情。"激情是不甘心,往往演变为挑衅,偶尔也变为诅咒;同情则是因为深刻了解自我与他者,而获得的平心静气。激情是瞬间的爆发,同情是绵长持久的宽容与宽恕:宽容异己,宽恕自我的罪愆。

诗的起句"平静找上门来了",仿若老友相会,也好像在

"我"的意料之中,因为它"并不叩门,径直走近我"。语句重音不在"平静",也不在"找",而是语助词"了"。这个没有音调的轻声字,完美诠释了"平静"的含义。如同我们将要读到的,作为第一个找到"我"的词语,"平静"将会把它的含义辐射到随后的"慵懒""健忘""慈祥""悲伤"之上,并构成全篇的底色。也因此,在这些词语之后反复出现的"了",让每一个重复的句式带有了下坠的、逐渐消逝的音调,一次次晕染已知老之将至的"我"的垂暮心态。

待到慵懒找来,诗人展示出赋有形于无形的能力,又显得非常自然。"灰色的毛毯"既是写实,以增强其真实感("一张灰色的毛毯"若改为"一张毛毯",其语言效果和可信度将大打折扣),同时,"灰色"与"慵懒",与老年心境暗相契合。"将毛毯一角/轻轻搭在我的膝盖上"的动作细节,堪称对日常生活"绝对的写实"。"挨我坐下"的言外之意是,"我"此刻正慵懒地瘫坐在松软的沙发上。

诗人对健忘到来情形的描述极具影像性,为之后描摹慈祥所使用的"默片""胶片的转动声""镜头"等物象的出场做了预设。"推开门的时候光亮中/有一串灰尘仆仆的影子"同样是细节描写,活画出平静、慵懒的老人,在偶尔透射进来的光亮中才能看到的漂浮、游动的细微尘粒。"浑浊的眼睛"与"反复呢喃",则加深了我们对衰老者形象的感知。特别要留意的是,"你好啊"同样使用无实义的语助词"啊",却比之前、之后短促的语助词"了",有了声音上不自觉的延长,犹如这位瘫坐在沙发上的衰老者的人生,看似还未到尽头,但也会戛

第十二讲　声音、气韵与结构

然而止。"啊"字在声音上的延宕,导引出下一行慈祥的"慢慢扩展":

> 慈祥从我递出去的手掌开始
> 慢慢扩展到了我的眼神和笑容里

诗所特有的声音与意味的融合,在此几近完美地实现。

说到第四个词语"慈祥"时,诗人不再采用"找上门来"的复沓句式,而是"从我递出去的手掌开始":"找上门来"与"递出去"构成一种反向运动。也就是说,平静、慵懒、健忘并不是"我"一开始就拥有的品性,但慈祥从未离开过"我",因为"我"的眼神、笑容一如既往,从未改变。而"我"递出去的手掌,也依然给握手的人以绵软之感,让人安心也让人宽心。"这个人的体内"实际上是自我的体内,是对自我的认知。"默片"则表明慈祥无须言语,往往只是出自一个眼神、一抹微笑或一个手势。它们是一个人由内而外的情感、德行的自然生发。

"当镜头转向寂寥的旷野",诗人借这一句将诗的镜头由自我的方寸天地,转向历史场景中的他者:牺牲者与幸存者在灾难频仍的世界里共存,互为背景,如同我们正在经历的现实:

> 幸存者爬过弹坑,铁丝网和水潭
> 回到被尸体填满的掩体中

>　　没有人见识过他的悔恨
>　　但我曾在凌晨时分咬着被角抽泣

像一幅画中画，我们在此同样目睹了诗的镜头的转换：从幸存者、战场、掩体到"我"、床、被子；"我"的"凌晨时分"反射出战场上幸存者所处的至暗时刻。"我"无疑把自己归入幸存者中的一员，虽然没有经历过战争的烽火，与尸体为伴，但写作何尝不是另一种意义上的战场，词语与人、词语与词语间搏杀的硝烟经久不息。或许，写作这种行为无法与战争的残酷相提并论，但一路走来、幸免于难的写作者，现在决定放弃令人厌倦的搏斗，而选择同情与宽恕。在这一部分，借用法国女性主义作家埃莱娜·西苏的说法，诗人从个人的潜意识场景走向历史场景，与未曾经历的生活，未曾谋面的牺牲者、幸存者产生共情。尽管这一宏大场景之后，诗人描摹了"我"咬着被角抽泣的画面，但"我"旋即汇入"我们"之中：

>　　为我们不可避免的命运
>　　为这些曾经以为遥不可及的词语
>　　一个一个找上门来

他可能意识到，被词语"替代""填满"的"我"，已成为众多这样的人中的一个，而不再像年轻时那样，一心想要把自己从人群中超拔出去，获得某种虚幻的自信和优越。

尽管使用了相同句式来结构诗篇，不过，诗人对五个词语描述的分量是渐次增强的：描述"平静"有三行，"慵懒"是四行，"健忘"和"慈祥"均为五行，"悲伤"则有十一行，状若金字塔，作为其基座的是"悲伤"。但这种悲伤同样呈现平静的底色，诗人对战场上幸存者的描画仅限于陈述，而"我"的抽泣也是无声的。结尾的两个四字句"填满了我""替代了我"，充满了被动的无奈，似乎没有任何挣扎、转圜的余地。

卡夫卡在日记中，曾说自己一直怀抱这样的愿望："获得一种生活观（并且——这自然是必然联系着的——能够经由书面形式使别人信服它），它令生活保持其自然的艰难沉浮，但同时让人同样清晰地认识到生活是一种虚无、一场梦、一种飘荡。"张执浩也许没有那么颓唐那么无助。他也许会赞同卡夫卡的另一番话，亦即对尘世的希望应予以致命的打击，唯有如此，人才能从真正的希望中让自己得救。也许被词语"替代""填满"的"我"，将在词语中复活，并着手让消逝的人与事在文本中一个又一个苏醒过来，让他们开口说话。"被词语找到的人"不仅仅指诗人，但在今日世界，我们唯有把对词语保持忠诚的信心和信念，托付给诗人，以免于世界陷入更多的不幸。

第十三讲
那"孤单地悬着"的,是什么?
——细读剑男

读诗无须带有先入为主之见;相反,好的诗歌往往能够突破阅读者的成见,更新他的视野,使他能够转换视角或方式,体悟似乎很熟悉的情感和经验,获得新的启示。这是阅读快感的来源之一。阅读中值得注意的是,最好不要用抽象、笼统,亦即现成的"主题"去试图概括乃至"驯服"一首诗。一般来说,好诗的独特性在于它是诗人个人情感和经验的瞬间呈现,而且总是出之以具象而非思辨;但它的独特性也在于,它唤醒了阅读者相似的感受,好像是他自己曾经历过的,以至于他会说:"对啊,真是这样。但我以前怎么没有注意到呢。"

剑男的《山雨欲来》(2009),就是这样一首能够唤醒很多阅读者相似的情感和经验的诗:

第十三讲 那"孤单地悬着"的,是什么? 253

我行走在丘陵,两座山之间有什么　　　　　(1)
孤单地悬着?天慢慢暗下来　　　　　　　　(2)
接着又是哪里来的光晕辉映着它们的肩膀?　(3)
那些匍匐在它脚下的村庄卑微地　　　　　　(4)
点起幽暗的灯火,生命压得多么低　　　　　(5)
像黄昏的宁静压住的,快喘不过气　　　　　(6)
又像早前的一阵乌云,笼住人生惯有的灰暗　(7)
但好在天已慢慢升高,透出如黎明的光亮　　(8)
这么多年,这是我第一次看见被孤寂压低的村庄(9)
第一次看见它的屈辱,在被雨水　　　　　　(10)
洗涮之前有着黎明的模样　　　　　　　　　(11)

读完这首诗,我们可以向它提出一些问题,以便引导自己逐步进入文本内部,去品味在词语与词语、句子与句子衔接、碰撞之间生发的复杂情愫,尽量避免用"乡愁"或"游子情怀"这样大而无当的说法。因为这种"合并同类项"式的解读并未触及"这一首"诗的实质,而每个人的情感很难被完全归并;归并事实上是一种简化行为,可能阻碍我们与诗之间生成富有意味的对话。比如,这首诗的标题"山雨欲来"有何寓意?它与你所理解的整首诗的情感内涵、艺术特征有何关联?如果请你选择一个词(可从诗中选,也可自选)总括对这首诗的感受,你会选择哪一个?为什么?全诗在语言上,诸如用词、声音、节奏、语气等让你印象最深的一点是什么?为什么?假设这首诗的确传达的是某种乡愁,抒情者的视角是怎样的?

"我"可能是一个什么样的人？

古典诗歌传统与现代诗歌手法的兼容并蓄

诗题"山雨欲来"取自晚唐诗人许浑《咸阳城西楼晚眺》（亦作《咸阳城东楼》）："溪云初起日沉阁，山雨欲来风满楼。"是大家非常熟悉的诗句。诗人截取出来用作标题，一方面暗示这首诗氤氲的古典氛围与意境，以吻合他对故土念兹在兹的古意与古风、中国人的一种素朴情怀；另一方面，它与诗篇的起句一道，为全诗设置了悬念，也奠定了抒情基调：沉闷的，压抑的，甚或如诗中所言，"快喘不过气"。更重要的是，"欲来"是山雨将来未来，是事物的一种"之间"状态——要特别注意诗人受惠于古典诗歌所截取的事物的"之间"状态，它也是现代诗人所青睐和善于捕捉、定格的事物状态。在这首诗里，它与起句的"悬着"，与诗人描摹的幽暗与光亮、近乎绝望的情绪与永不放弃希望的信念，与抒情者的位置和身份，都有着暗中呼应。景色在变幻，诗人和我们的情绪也在变幻，在摇摆，如风吹动满山的枝叶在摇晃。不过，"风雨欲来"之"欲"，与白居易《问刘十九》中的"晚来天欲雪"之"欲"，词义完全相同，也是描画事物的"之间"状态，但意味却又有很大差异：后者在将雪未雪之时有所待，既是对新酿的酒，也是对知心老友；而在《山雨欲来》这个标题中，更多传达的是抒情者目睹这一场景时的焦虑、担忧。

第十三讲 那"孤单地悬着"的,是什么?

两座山之间,究竟是什么"孤单地悬着"呢?是被集结的乌云逐渐遮蔽的惨淡夕阳?是"我"对故土最后贪恋的目光?是古老的山谷村庄,以及世居于此的父老乡亲被外面的世界所"悬置",还是集结完毕的一大团乌云,天空已无法拽住它坠落的欲望?抑或"我"的一颗始终没有落地生根的心,在空空如也的胸腔里?"悬着"这一实一虚两个词,从一开始就制造了这首诗的压抑,一种似乎没有任何实质性压迫的压抑,却远超实际存在的、可以去面对和解决的压抑。如前所述,它也与诗题一道制造了悬念。这一悬念看似被诗尾的"黎明"所终结,但远非我们想象的那么简单。这个悬念,也不妨理解为"我"对故土父老乡亲的"悬着的念想",它在特定情境——山雨欲来之时一个人行走在丘陵——中被激发,让他意识到他其实从未放下或忘却;也正是这一特定情境,给了他重新观察、感受、认识故土的真实存在的契机。

诗的开篇便使用跨行手法,将一个完整句子截成两行:

> 我行走在丘陵,两座山之间有什么
> 孤单地悬着?

它也可以处理成这样:

> 我行走在丘陵,两座山之间有什么孤单地
> 悬着?

如此一来，诗句的重心便落在"悬着"上。比较之下，原诗更凸显"孤单"，与后文的"孤寂"相呼应，不仅指山谷中的村庄被外面世界所悬置，也指涉抒情者离开（返回）故土时只身一人的情形。同时，开篇的景物描写也呈现出古典诗歌传统手法：借景抒情，情景交融，尽管景物描写中有某种象征意味，正如许浑的诗所展示的那样。然而，虽然这首诗从题目、起句到情感的基本指向，都让人感受到古典诗歌的抒情传统，但使用的是典型的西化长句。除了第一、二行，五、六行与收尾的第十、十一行之间的跨行都显示了这一点，此外还有像"接着又是哪里来的光晕辉映着它们的肩膀"这样十八字的长句。诗人频繁使用现代诗中描摹人与物的情状的词语："孤单"（现代诗人描绘现代人处境的主题词之一），"光晕"（令人想到本雅明，"灵晕"的近义词），"卑微"（"贱民"或"底层人"的自我身份认同），"幽暗"与"灰暗"（现代人的生存境遇与深层意识状态），"孤寂"（卡夫卡式"灰色的寒鸦"的蜷缩之姿），"屈辱"（与之前"匍匐"暗相呼应的、小人物手足并行的虫豸状态，一如卡夫卡《变形记》的主人公）。当然，散布在诗行间的，还有"匍匐""村庄""灯火""黄昏""宁静""乌云""黎明"这样一些在古老汉语里使用着的、具有文化寓意的词语，只是其寓意不断被"洗涮"、稀释。如果说，"孤单"被"孤寂"所深化，"匍匐"被"卑微"和"屈辱"所诠释，"幽暗"被"灰暗"所接续，那么，"黎明"只能被"黎明"所证实——除了"村庄"这一地点名词，"黎明"是全诗重复使用的另一个词语。诗人并没有像前面所做的那样，使用一个同

第十三讲 那"孤单地悬着"的，是什么？

义词或近义词来强化它的象征含义。他看似吝啬，其实是别无选择，也显示出一种斩钉截铁的态度：唯有"黎明"需要被唤醒，以便唤醒我们内心残存的"光亮"，犹如在乌云的围剿中坠落的夕阳。也正像每个人的人生，你承受阳光和雨露，也必须承担荒谬与痛苦；你同时要领受黑暗与光明、屈辱与幸福、自卑与自尊之间的搏杀，以及不得不深陷其中的孤寂、迷惘、落寞与喟叹。

该选择哪个词来表达我们对这首诗的感触呢？这时我们会发现抉择的艰难：孤单或孤寂？幽暗或灰暗？卑微或屈辱？或许有人顺着诗行而下，发现"好在天已慢慢升高，透出如黎明的光亮"，尤其是收尾句"第一次看见它的屈辱，在被雨水／洗涮之前有着黎明的模样"，因此拈出"希望"或"光明"一词，认为现实世界虽然令人绝望，但希望永存，光明永在。阅读者的这一愿望是良好的，是以己度人的自然结果，也似乎让诗的主题或情感得到"升华"。这是诗歌阅读中常见的方式。不过我们需要再度返回文本，细察诗人的表述："如黎明的光亮"，中心词是"光亮"，"如"表明"黎明"只是一个具象的类比。作为全诗收尾的"有着黎明的模样"，中心词同样不是"黎明"，而是"模样"，亦即只是约略具有"黎明"的样子：那不是黎明，只是看起来像黎明，或者像黎明时刻透射的光亮。这种光亮会是垂死者的回光返照吗？让我们重新把这一类比放回到结尾的三行中：

这么多年，这是我第一次看见被孤寂压低的村庄

> 第一次看见它的屈辱，在被雨水
> 洗涮之前有着黎明的模样

诗人不避重复地连续使用"第一次看见"，令人不由自主联想到苏轼的诗句："不识庐山真面目，只缘身在此山中。"换言之，对于这个自己出生、成长、熟悉得不能再熟悉的村庄，诗人之所以有了新的发现，是因为他已走出了村庄，走向了更为广阔、斑斓的世界。现在，诗人在再度返回或离开（"我行走在丘陵"）之时，在山雨欲来之际，突然对这座山谷间的村庄有了全新的观察和感悟。这是以前流连于村庄的他不可能"看见"的。"屈辱"来自"孤寂"，源于历史、地理环境等因素，村庄仿佛是一个被遗忘的世界，它对外面的世界似乎也漠不关心。"屈辱"的感受只可能来自一个闯荡了世界、变换了视野的人；一辈子没有走出过村庄的人不会认为他是在屈辱中讨生活，很可能认定这就是生活本身，是必须接受和忍耐的。在诗人眼里，纵然自生自灭的生活因孤寂而显示出屈辱的一面，它仍然有着无法忽视和泯灭的亮色。这一亮色从第三行"光晕"，到第五行"灯火"，再到第八行"光亮"，直至最后一行"黎明的模样"，纵贯全诗，"辉映"全篇。而"洗涮"这个词之所以引人注意，是因为诗人没有使用常见的"洗刷"。这一方面是对普通话的偏离，带有方言俚语色彩，让阅读者头脑里出现村庄里的人民在饭后用竹刷洗刷铁锅的场景；另一方面，"洗涮"一词特有的音质，既贴合雨水冲洗万物的响声，也让诗句平添了几分生动乃至些许欢欣。

第十三讲 那"孤单地悬着"的，是什么？

即便如此，也不能肯定我们已经说清了诗人想要表达的情愫，在偶然的一瞥中，有太多的难以倾诉。但再偶然的生命也是生命，也有它的坚忍，它的"不可摧毁性"（哈罗德·布鲁姆）。我们不妨换一种方式展示这首诗：

> 我行走在丘陵，两座山之间有什么
> **孤单**地悬着？天慢慢暗下来
> 接着又是哪里来的光晕辉映着它们的<u>肩膀</u>？
> 那些**匍匐**在它脚下的村庄**卑微**地
> 点起**幽暗**的灯火，生命压得多么低
> 像**黄昏**的宁静压住的，快喘不过气
> 又像早前的一阵乌云，笼住人生惯有的**灰暗**
> 但好在天已慢慢升高，透出如黎明的<u>光亮</u>
> 这么多年，这是我第一次看见被**孤寂**压低的<u>村庄</u>
> 第一次看见它的**屈辱**，在被雨水
> 洗涮之前有着黎明的<u>模样</u>

不难发现，用黑体字标识出来的词语，在语义、情感指向上都趋向一致。它们播撒在诗行间，借用本雅明的术语，就像词语"星**丛**"，却极其晦暗，前后相继地为这首诗笼罩上山雨欲来的沉闷、压抑，乃至令人"喘不过气"。奇怪的是，这首诗居然有脚韵——现代诗不押脚韵几乎成了惯例——我们用下画线标识。更奇特的是，它押的是"ang"韵，习惯上称为江阳辙，多见于传统戏曲。脚韵很响亮，但很稀少，仅有四处。可

以把这些黑体词语想象为山雨欲来前,笼罩在两座山间,笼罩在山间村庄人民头顶的团团乌云;而那些响亮、昂扬的脚韵,则像是穿透云层的一缕缕光亮,稀少但无比珍贵,值得用心呵护。所以,这首诗在给人沉重压抑感的同时,确实也给了人希望、光明,如黎明一般,但却是微弱、有限的。顺带值得思考、与脚韵相关的问题:为什么这首诗会用传统戏曲中非常老套的韵部?这与全诗的抒情方法、书写对象及其营造的意境,有关联吗?

  在声调上,这首诗是低沉的,也是昂扬的,是"压低"了的,也是破空而去的,更像是诗人在离开而不是返回村庄时,于最后的一瞥中剪不断、理还乱的心绪的折射。当然,我们考察一首诗的声调,不会止于脚韵,毕竟大多数新诗并不押韵,诗人们也不会为了凑韵而"以韵害义"。在古典诗歌中,我们熟知叠音词、连绵词造成的音韵效果,也了解行间韵(句中韵)的存在及其作用,需要的只是调动自身储存的文学知识与阅读经验,根据新诗文本的具体情况,加以灵活运用。《山雨欲来》在整体音调上是很舒服的,有一种说不清道不明的韵味。除了脚韵的平常又特别,我们会发现诗中较多地使用了叠韵连绵词,如"匍匐""卑微""宁静""光亮""屈辱",也有双声连绵词如"黄昏"。此外,它也有行间韵,如起首三行:

  我行走在丘陵,两座山之间有什么
  孤单地悬着?天慢慢暗下来
  接着又是哪里来的光晕辉映着它们的肩膀?

第一行"山"与"间"的"an"韵，延续到第二行的"单""悬""慢慢""暗"，再跨到第三行的"肩"，默读或诵读时会感觉气息特别和谐、流畅。这不可能是诗人的有意为之，只能说他有十分出色的语感。

乡村与城市"之间"的漫游者

作为出生于20世纪60年代诗人中的一员，剑男的诗见证着这一代人的爱和恨，包容了他们的乡村与城市经验，他们的孤寂、彷徨、挣扎、痛苦，他们的隐忍、坚执、悲悯与温暖。

在临近知天命之年，剑男发现了幕阜山，他的故乡，开始把写作的视野聚焦于此。这个小说家们习惯称之为"邮票般大小的故土"，诗人们喜欢命名为"精神家园"的地方，只是绵延于湘、鄂、赣三省交界处罗霄山脉的一座主峰，一个不断被时间风化但依然缓慢、倔强生长的地方；一个属于无数人的故乡，现在被一个人拥抱入怀，反复吟唱。他的吟唱里有自我的悲悯，也有人世的温馨；有命运的捉摸不定，也有说不清道不明的莫大欢欣。在诗人舒缓、令人踏实的语调中，有着沉潜、令人感叹的力量，如同《山雨欲来》展示的那样。

说"发现"，是因为只有当诗人把幕阜山一次次地从视线中、怀念里挪移到纸上，把他内心种种复杂、沉郁的情感一遍遍地写进分行的文字里，它才从诗人的身后走到他面前，由模糊逐渐变得清晰。或者这样来理解，诗人聚焦于幕阜山，使之显影于文字,并不是出于写作的需要,而是生活的必需:写作不是生活的延续,而是生活的见证,在见证中成为它自己。就像卡夫卡所言:"从我心里把我整个惶恐不安的情状全部写出来,并且像它从我的内心深处出来那样,把它写进纸的深处去,或者把它这样写下来:把所写的东西不折不扣地引进我的内心里去。这不是艺术上的要求。"

  诗人对幕阜山的"发现",是从《山雨欲来》开始的。这无关乎对诗人首次书写幕阜山时间的考证,而是在这首诗中,在诗人偶然的一瞥中——现代诗往往来自诗人偶然的一瞥,最初是即兴式的印象,随即这金箔式的碎片被反复锻打,延展成形——幕阜山和隐居其间的人民,获得他们最初雕像般的轮廓,并形成诗人其后一系列诗作的声调;这种声调反过来又让雕像渐渐凸显,直至最细微处的纹理和褶皱也被刻画。同时,这首诗奠定了诗人的抒情视点:返乡的游子对故乡的返身凝视。他不得不一次次返回——从城市返回故乡,从故乡返回城市。他不是波德莱尔意义上的"浪荡子"或歌德意义上的"漫游者",是古典意义上的羁旅还乡者,却身披大城市的雾霾与酸雨。与这一代的许多诗人一样,他是寓居城市的异乡客,但是,诗人对故乡的吟唱不可避免地包含双重丧失:对作为第二故乡的城市的丧失,这无足轻重;对生他养他的故土的丧失,这是他十分在意的,所以想用吟唱来挽回。然而,他不知疲倦的吟唱正表明后一种丧失的加剧:每一次吟唱都渗透着对即将丧失的焦虑;挽回这样一种写作行为,体现的恰恰是丧失的已然发生。由此,返回的身体力行,在许多时刻都显

第十三讲 那"孤单地悬着"的,是什么? 263

得那么徒劳无力。诗人对"邮票般大小的故土"的青睐并非像常人所理解的,是对"精神家园"的呼唤或回归,而是如同美国批评理论家萨义德所说,这种呼唤或回归已包含家园的丧失,以及对家园的爱的丧失;在对家园的回望中飘散的,是灰飞烟灭的爱。

但诗人没有那么绝望,至少他并不一定认为诗诞生于绝望之境,是触底的反弹。诗人也没有抵抗绝望的念头,如同加缪所深刻体悟的:"克服?但痛苦就是这样,一种从无人能超越的东西。"或许诗不是抵抗的产物,也不是所谓"如实"呈现;诗呈现的是诗人所看到的那一面,有着无尽的压抑和苦难,但也有着一抹从压抑、苦难中发散的亮色,如同前面的解读所揭示的。可以判定,这亮色并非诗人出于善良的本性,或是基于某种写作意图而添加上去的;诗人的最大善意体现在,让事物自身的存在,让其原有面貌,在词语中被召唤出来。

那个在两山之间"孤单地悬着"的村庄(孤悬的夕阳可看作它的隐喻),比辽阔平原田畴间的村庄,更能隐喻一个与世隔绝、落落寡合,却又有着顽强生命力和感召力的世界。底层人生存之艰难,不分地域、种族或其他,但也许会在荒山野岭中讨生活的人的身上,得到凸显和放大,却屡屡被猎奇者的抒情歌谣所过滤。长满不为人知却为山居者所熟悉的植物与鲜花,出没飞禽与走兽的山峦与深涧,那个原始亦是原初的世界,也更像是丑陋不堪、疲惫麻木的城市的反面镜像。不过如前所述,对诗人而言,这不是出于抒情艺术的需要,而是生命历程的回溯,是每一位诗人在生命的某个节点上都会感受到的

"倒着走"。然而，不是每一位诗人都懂得手中的笔最终会伸回去，或者，有一个可以让笔伸回去的地方。若干年后，在《青草湖的春天》（2016）中，诗人再次写到幕阜山下这座村庄的"卑贱与低微"，也写到"我们的爱和恨"：

> 碧绿的青草，春天的倾向
> 这虚弱的泛美，幕阜山下沉寂的焚烧
> 一群水鸭如果也有飞翔的欲望
> 是不是意味着一座贫穷的村庄也收回了
> 它的卑贱与低微，是不是意味着
> 那个贫穷的少年也有权利
> 爱邻村那个多病的少女
> 爱青草湖有一条道路也通向山外
> 爱老瓦山也有一块土
> 埋着他心中秘密的种子
> 一座深山中的湖泊也有自己的春天
> 也有生、老、病、死、苦
> 你看我们的爱和恨有多么门当户对
> 春天刚过，荒草就覆盖了它通往山外的唯一道路

春天漫山遍野的青草虽是平常景象，但在幕阜山下，这"虚弱的泛美"也是"沉寂的焚烧"，像绿色的火焰舔舐一切。生命的欲望在涌动，爱的种子也在贫穷少年的心中萌芽。他的爱不是"虚弱的泛爱"，是有所寄托的。然而，诗人对少年"心中

第十三讲　那"孤单地悬着"的，是什么？

秘密的种子"的发现，并不能驱逐或取代他对一代代人循环往复的命运的恨，就像青草会衰败成荒草，"沉寂的焚烧"也终由欲望的象征变为现实烧荒的写照。诗人仿佛在说，爱幕阜山就要爱它的一切，包括梦想中的飞翔、渴盼中的爱情，也包括生、老、病、死、苦。

剑男的幕阜山系列诗作，代表着20世纪60年代出生的写作者共有的抒情立场与姿态，即他们是在城市与乡村之间游弋的夹缝中的生存者，是乡音未改的城市里的厌世者，也是乡音犹存但已无法适应乡村生活的流浪者。乡村与城市并置、交织或对峙是其诗歌基本的抒情结构，而离开城市去发现乡村是他们人过中年之后的写作路径。这一代人的生活经历大致相当：出生于"文革"爆发前后，在七八十年代之交（第一次走出乡村）到县城中学住读，在80年代中期考入大学而（第一次）走入县城之外的大城市，从此过上城里人的生活。若说剑男有何特别，是他当初一口佶屈聱牙的湖北通城方言，使他无法与同窗沟通与交流；他最初的挫败感和随之而来的自卑感与孤寂感，埋藏在他日后成为诗人所依赖的语言里。而这种语言并没有唤醒如同今日这般对幕阜山的眷念，毋宁说是某种对出生地的羞耻感，近似梦魇。剑男和这一代大多数诗人一样，在大学开始写诗，经由校园诗社、诗歌大赛和校园内外诗歌同人的交往，而不是在大学文学课堂上，自我完成了现代诗的启蒙和洗礼，奠定了诗是语言的艺术的观念。

最近十多年来，幕阜山牢牢占据诗人生活和写作的牵挂中心。这一方面与诗人父亲早逝，母亲年事已高，体弱多病，他必须在故乡和工作地之间来回奔波有关,也与他开始有了生命进入倒计时的感觉相连。在夹缝中游走的诗人,开始挣脱前辈和同辈诗人写作中乡村/城市二元对立的集体无意识,将身体和心灵投向了故乡。此时,乡村不再是作为揭开城市假面的符号而存在,它是如此具体琐细,如此生动活泼,以至于像是突然涌现在诗人笔下的。甚至连"故乡""故土"这样含混的词语在诗作中也不复存在。他只记得幕阜山,认得那里的老老少少,识得漫山的花花草草,晓得山间每条密林小径……岁月催人老,你无法抗拒,但可以在回首中品味、领悟生活的未尽意义。剑男解读博尔赫斯诗歌时的感慨,也表明了他这一时期的心境和追求:

> 也许一个人到了开始总结自己一生的时候,一切都变得清晰而简单起来,这种看似简单的方式其实更准确地表达了他对土地、人生及爱情的深深洞悉。当一个人到了垂暮,当时光筛去众多的扬尘及飞絮,我相信只有土地是和一个人的血脉相连的,只有那么几个人将在他心中留下永恒的、不可磨灭的印记,也只有爱情令他进入更加恬淡的回味之中——拥有曾经终生渴望的宁静。

他也曾在《诗歌是如此让人迷离》中,解读米沃什的《草地》,认为后者的诗歌隐藏一个贯穿始终的主题,即时间与拯救。现在,在对幕阜山的回忆与发现中,时间与拯救也上升为他自己的诗歌主题。在解读文章中,剑男说:

第十三讲　那"孤单地悬着"的，是什么？

是的，当一个人从纷繁复杂的异乡回到故乡，故乡是不需要辨别的，故乡就是我们与生俱来的深切记忆。一个人回到故乡，他就是回到母亲的怀抱，他就可以宠辱皆忘，直至消失在与故乡无边的融入中。与物欲横流、人情淡漠的他乡相比，只有故乡才是我们皓首单衣仍不忘返回的最后归宿。只有故乡，才能让一个游子在他的怀中快乐地哭泣。

而米沃什在《草地》（张曙光译）中写道：

> 这是河畔的草地，葱郁，在干草收割前，
> 一个六月阳光里的美好日子。
> 我搜寻着它，找到了它，认出了它。
> 青草和花朵生长在我熟悉的地方。
> 眼皮半闭着，我承受着光。
> 气味贮藏着我，所有的认识停止。
> 突然我感到我在消失并快乐地哭泣。

内心充满幽暗与灰暗的这位诗人也像米沃什一样，曾"承受着光"，眷念着光，并且在山雨欲来的村庄身上发现了"如黎明的光亮"；他仿佛也正"消失"在所熟悉的地方。这是他的幸运和荣耀，如同清风掠过树梢，落叶铺满幕阜山的条条密径，每一片落叶都是一个歪歪斜斜、深深浅浅的足印，层层叠叠、明明灭灭地铺向远方。

第十四讲
口头叙事传统与小如针尖的美学
——细读雷平阳

诗人、批评家霍俊明写有《雷平阳词典》,厚达约六百页,可见对其人其诗的喜爱。按英文字母和音序,词典第一条是诗人、作家"阿来"。阿来文中曾这样描述雷平阳:"云南昭通人氏。面黑、心善,怀仁义之心,却常以土匪形象示人,终日流连于茶林酒池……"这有《世说新语》的写人笔法。我曾在朋友聚会上见过几次雷平阳,面黑的他话不多,平静,我亦不善言辞,故没有机会听到他讲故事。但霍俊明曾当着他的面说,他是当下诗人中最会讲"中国故事"的。同样与他是莫逆之交的诗人、资深编辑沉河,对某一年在衡山的民间诗人聚会上,雷平阳通宵达旦给众人讲云南故事,记忆犹新。雷平阳的一些诗曾引起极大的争议,包括我们将要解读的两首"讲故事"的诗。现在他的精力更多地投入散文写作，穿行于云南的崇山峻岭，常常消失于中断的通信讯号中。

叙事性诗的浓缩与展开

先来看《存文学讲的故事》：

张天寿，一个乡下放映员
他养了只八哥。在夜晚人声鼎沸的
哈尼族山寨，只要影片一停
八哥就会对着扩音器
喊上一声："莫乱，换片啦！"
张天寿和他的八哥
走遍了莽莽苍苍的哀牢山
八哥总在前面飞，碰到人，就说
"今晚放电影，张天寿来啦！"
有时，山上雾大，八哥撞到树上
"边边，"张天寿就会在后面
喊着八哥的名字说，"雾大，慢点飞。"
八哥对影片的名字倒背如流
边飞边喊《地道战》《红灯记》
《沙家浜》……似人非人的口音
顺着山脊，传得很远。主仆俩

也藉此在阴冷的山中，为自己壮胆
有一天，走在八哥后面的张天寿
一脚踏空，与放映机一起
落入了万丈深渊，他在空中
大叫边边，可八哥一声也没听见
先期到达哈尼寨的八哥
在村口等了很久，一直没见到张天寿
只好往回飞。大雾缝合了窟窿
山谷严密得大风也难横穿……
之后的很多年，哈尼山的小道上
一直有一只八哥在飞去飞来
它总是逢人就问："你可见到张天寿？"
问一个死人的下落，一些人
不寒而栗，一些人向它眨白眼

这首诗的叙事性非常明显，甚至可视为微型叙事诗。我们在细读艾青《大堰河——我的保姆》时提及，将叙事性与抒情性对立是阅读新诗时的误区之一，也是对"抒情"的刻板理解。当然，如前所述，具有叙事性功能的抒情诗毕竟不同于叙事诗。叙事诗的主题比较明确，可以当作诗化散文或小说（郭小川的长篇叙事诗《一个和八个》曾被改编为电影）；叙事性诗的主旨则是发散、多维的。两类诗都有叙事，也都有对事件的选择、剪裁。在叙事性诗中，浓缩与展开的矛盾、冲突更为集中、强烈，处理上稍有不慎，便会寡淡如水；但一味浓缩，就像把酒精当成美酒，也难以下咽——在矛盾中达成"内在的平衡"，正是新批评派用反讽术语所欲概括的。从这个意义上说，叙事性诗都内含反讽，也都在考验诗人语言技艺上的平衡、协调能力。

可以从不同角度解读这首诗。从社会历史角度，可以看出它再现的是十年动乱期间的社会图景。这从人物身份（乡下放映员）、所放映的片名中即可见出。它同时再现了特殊历史时期，哀牢山百姓日常生活（文娱生活）的片段。从现今流行的生态主义美学角度，可以体会诗中人与动物的和谐相处，乃至生死相依，不离不弃，感动于动物的人性或灵性；反之，人与人之间的冷漠则让人心寒：

> 之后的很多年，哈尼山的小道上
> 一直有一只八哥在飞去飞来
> 它总是逢人就问："你可见到张天寿？"
> 问一个死人的下落，一些人
> 不寒而栗，一些人向它眨白眼

当然，那些对八哥的问话感觉"不寒而栗""向它眨白眼"的人，可能只是出于对非正常死亡的忌讳，或只是希望亡灵不再受到打扰。从新批评派的角度，它体现了现代诗反讽的基本特征："言在此而意在彼"。不少反感理论说辞的诗人认为，他只需关心"言在此"，有无"彼"、有多少"彼"，与己无关。但一首好诗总是会超越"此"，这种超越又离不开诗人对"此"

的生动、可感的描绘：诗的具象性与抽象性、特殊性与普遍性在"此"获得某种奇妙的、只可意会不可言传的平衡。新批评派理论家克林思·布鲁克斯认为，反讽是现代诗歌的结构原则。他说：

> 诗人并不是选定抽象的主题，然后用具体的细节去修饰它。相反，他必须建立细节，依靠细节，通过细节的具体化而获得他所能获得的一般意义。意义必须从特殊性产生；它必须不是武断地强加在特殊性上面的。

这段话很容易让人再度想到威廉·卡洛斯·威廉斯的诗学名言"No idea but in things"（要事实，不要理念），而做到这一点的前提是"从细节处着手"。新批评派先驱、英国美学家T. E. 休姆的箴言则是，诗歌语言必须"具体到可以把帽子挂在上面"。雷平阳的这首诗从头至尾都是"具体的细节"，人与物与事的特殊性更不必多言，甚至可以把略微透出一丝主题意义的收尾两句，看作白描。沉河认为，这首诗"写得让人'不寒而栗'"，诗人"不仅把它写真了，更把它写实了，'实情'的'实'。实在的情感，这种情感恰恰是当代中国诗歌中最缺少的"。倘若说写实是强调"及物"的当代诗人的普遍追求，叙事性诗能更好地实现它，也就能更有力地纠正以往抒情诗中"矫情、畸情、无情"（沉河）的泛滥。布鲁克斯的如下论述，则不仅揭示出现代诗歌一般性特征，也从侧面说明了叙事性诗的基本效果：

第十四讲　口头叙事传统与小如针尖的美学

> 一首诗像一出小小的戏。总效果是从一出戏的全部因素产生的；一首好诗，就像一出好戏，是没有浪费的动作和多余的部分的。

"小小的戏"是个类比，说明诗与戏有相通之处：在前者，各种必要因素的搭配将产生戏剧性效果。这种效果是人们谈论叙事性诗时都会提及的，包括戏剧性处境、插入语（人物独白或对话）、用典等。

恐怕没有人会否认，雷平阳的这首诗是人生大舞台上一出小小的、令人"不寒而栗"的戏，而且，"没有浪费的动作和多余的部分"。我们展开讨论一下这首诗的"总效果"，即它的反讽是怎样产生的。

与常规抒情诗不同，叙事性诗总会涉及一个基本矛盾：事与情。这个基本矛盾赋予叙事性诗以反讽意味，也考验着诗人的艺术功力。将情隐含在事之中，不直接表达，是这类诗的写作常态；哪怕像这首诗，讲述者自始至终没有露面，也算不上特色。我们注意到，诗人在转述存文学讲的故事。存文学并非虚构人物，是哈尼族作家，曾任昆明文学院院长，2022年11月因病去世。听闻噩耗后，雷平阳写下随笔《冬眠四题》，称他身上保存着"云南南方山地赤子的本色"，并说："也许有人读过二十年前我写的那首诗歌，名字叫《存文学讲的故事》，值此存文学去世四天之后这个有着红月亮的晚上，我将这首诗歌重抄一次。"雷平阳重抄旧作的行为，不是自恋，是深情的缅怀。不过，这一行为似乎在证实这首诗的真实性，来源于生活也表现着既往的生活,是"绝对的写实"。存文学讲的可能是他亲见的,也可能是听别人讲述的。这种合理的推测提醒我们留意诗中涉及的多重问题。

首先,口耳相传是诗(文学)的古老传统,自然也是民间传统。这一传统在哀牢山区、在哈尼山寨土壤深厚,代代相传,绵延至今。这首诗唤醒了这一传统,让阅读者感觉特别亲切;喜爱这首诗的人也会向其他人"转述"它。其次,一个故事在口耳相传中,既有眼见为实的真实性,也会不同程度地在其间"添枝加叶",融入符合故事语境的想象或虚拟。比如这首诗中,不慎一脚踏空而落入万丈深渊的张天寿,"……他在空中／大叫边边,可八哥一声也没听见",即是出于想象的再造,因为讲述者不可能出现在现场。再次,当诗人转述存文学讲的故事时,必须尽力保留讲述者的口吻、语调:"张天寿,一个乡下放映员／他养了只八哥",开篇两行是典型的口头叙事方式,仿佛原封不动地保留了转述者的口吻、语调,增之一字则长,减之一字则短。但诗毕竟是写作行为的产物,由诗人取舍、组织,经他的"口"说出来。对诗人而言,这种"去我"的艰难,在"大雾缝合了窟窿／山谷严密得大风也难横穿……"的景物描写中,还可隐约窥见——很难说这是转述者的原样描绘,但诗人处理得很好。

因此,这首诗要处理的不只是事与情的基本矛盾,还有传统与当代、真实与想象、自我与他人多种因素的调谐。诗人采用转述方式,最大限度保留故事的原汁原味的同时,也最大限度地与故事拉开距离,实现"言于此"的目的。如果我们经

第十四讲　口头叙事传统与小如针尖的美学　　275

由诗人的提醒,意识到诗的口头叙事的民间传统,就会注意到,这首诗除了尽力保留日常生活的口语色彩,包括插入的张天寿的话语和八哥的仿真"人话",还有其特有的节奏、韵律:全诗有较为规整的脚韵,并且一韵到底,依次为"员"、"片"("换片啦"后有口语色彩的"啦",属轻声字,重音仍在"片"上)、"山"、"面"、"胆"、"见"、"穿"和最后的"眼"。如此这般,我们便不会再纠缠于叙事性与抒情性、口语诗与书面诗之争,就像我们难以在传统与现代、历史与现实之间画出一道明确的界线。

口头叙事传统与旁观者身份

　　雷平阳曾说:"重拾诗歌叙事,是对人类伟大诗歌传统的致敬,是诗歌的魂兮归来。"他也曾问:"还有什么文体比诗歌的叙事更古老,更有力量?"这是出自具有切身写作体验者的切中肯綮之问,发人深省。好的诗歌不是让人接受既定事实,哪怕它是确凿无疑的,而是向一切既定事实发出质疑。不过,正像不能将"抒情诗"概念固化一样——叙事性正是冲击这一固化的有效手段——我们也不能将"叙事性"固化为一种模式。同样具备叙事性,同样是回忆之诗,《存文学讲的故事》明显不同于《大堰河——我的保姆》。除了体量上差异很大,艾青的诗运用常规抒情诗的第一人称"我",可以直接视为诗人本人(现代诗歌中的"我"不一定都能等同于诗人本人,也可能只是"抒情代理人",或者是诗人的"人格面具",如T. S. 艾略特的诗)。故此,诗中的叙事、抒情完全由抒情主体"我"掌控,其叙事性一面不易受到特别的注意,本在情理之中。而雷平阳的诗是转述他人讲的故事,不仅诗人本人,就连转述者也不在故事之中。易言之,诗人/抒情者完全是以旁观者身份在讲述、描写,没有介入事件、场景之中。这并不是雷平阳写作中的特例。他的另一首《杀狗的过程》,让很多初读者震惊不已,以至不忍再读、再想:

这应该是杀狗的
唯一方式。今天早上十点二十五分
在金鼎山农贸市场三单元
靠南的最后一个铺面前的空地上
一条狗依偎在主人的脚边,它抬着头
望着繁忙的交易区。偶尔,伸出
长长的舌头,舔一下主人的裤管
主人也用手抚摸着它的头
仿佛在为远行的孩子理顺衣领
可是,这温暖的场景并没有持续多久
主人将它的头揽进怀里
一张长长的刀叶就送进了
它的脖子。它叫着,脖子上
像系上了一条红领巾,迅速地
蹿到了店铺旁的柴堆里……

第十四讲　口头叙事传统与小如针尖的美学　　277

主人向它招了招手，它又爬了回来
继续依偎在主人的脚边，身体
有些抖。主人又摸了摸它的头
仿佛为受伤的孩子，清洗疤痕
但是，这也是一瞬而逝的温情
主人的刀，再一次戳进了它的脖子
力道和位置，与前次毫无区别
它叫着，脖子上像插上了
一杆红颜色的小旗子，力不从心地
蹿到了店铺旁的柴堆里
主人向它招了招手，它又爬了回来
——如此重复了五次，它才死在
爬向主人的路上。它的血迹
让它体味到了消亡的魔力
十一点二十分，主人开始叫卖
因为等待，许多围观的人
还在谈论着它一次比一次减少
的抖，和它那痉挛的脊背
说它像一个回家奔丧的游子

这首诗写得过于逼真、血腥，在令人过目不忘的同时也让人难以置信，以至于有批评家认为，"现实生活中没有这种杀狗的方式，更没有这样的狗和主人"。我们与这位批评家一样宁愿相信这是诗人的虚构、诗性的"曲笔"，但这并不意味着现实世界的荒谬、残酷压根不存在。诗的血腥气味令人难以忍受，甚至想捂鼻遮眼，但更加让人不堪忍受的是其中萦绕不散、挥之不去的某种寓意；甚至不能以寓意视之，就在"现实"这个词中。德国当代艺术家安瑟姆·基弗说："人这种动物是极其恶的，是有可能极其恶的。直到今天，我们都体验到这一点。我们总是一而再、再而三地被震惊。文化还会继续，文明还会继续，人类错误一极的深渊依然存在。"法国现代诗人保罗·艾吕雅则说："有另一个世界，但它就在这个世界中。"雷平阳诗中的叙说确实过于残暴，超过普通人能够忍受的极限，因其强烈的"异己性"而让一些阅读者深感不适，乃至排斥，也是很正常的。但是总有诗人、诗歌，在触探人类情感忍耐力的极限处。

《杀狗的过程》乍看起来写的是"另一个世界"，其实就是"这个世界"。从第二行到第三行精确的时间、地点上看，诗人（观察者）确实目睹了农贸市场里一家铺面的主人，杀死他的狗并叫卖的全过程。时间是十点二十五分到十一点二十分，将近一个小时。地点上，诗人仅仅保留"在金鼎山农贸市场"也是完全可以的，然而实际的描述是逐渐定位到一个不可能走错也无法混淆的点上：

在金鼎山农贸市场三单元
靠南的最后一个铺面前的空地上

仿佛他要死死盯住、牢牢记住这里发生的一切，以及残留其上的模糊血迹。把"抒情者"用在这首诗里显然不合适，用"叙事人"的说法可能更令人心安。这个叙事人从头至尾在场,却自始至终没有现身。这种叙事视角类似现代小说中的外聚焦,叙事人只写他看到、听到的,无任何情感表露,冷静得让读者最终再也无法冷静下去。倘若这首诗中确有冰冷的怒火,这怒火喷射向谁?狗主人?忠贞不贰的狗?悠闲等待买狗肉的顾客或纯粹的看客?叙事人为什么说"这应该是杀狗的/唯一方式",因为符合狗的奴才般忠诚的习性?为什么围观者说它"像一个回家奔丧的游子",会令读到的人脊背发凉?这首叙事性诗可视为寓言诗,借此喻彼。寓言,按照美国学者艾布拉姆斯的看法,是借助人物、情节、场景的描写,构成完整的"字面",表现另一层相关的人物、意念和事件,因此需要加以解释。但解释权在阅读者。单就诗中令人触目惊心的狗对主人的依赖关系来说,在寓言意义上,西蒙娜·薇依一句简单的话,有着无穷重量:"……世界上我最不期望发生在自己身上的事情就是——顺从。"

  从本书解读的有限诗作中,可以看到新诗诗人在抒情诗叙事性上不同的处理方式:有的尽力还原特定人物和事件、场景,并不掩饰"我"的情感表露,如艾青;有的在特定事件、场景中融入情感,如剑男;有的则取旁观姿态,如雷平阳。在抒情与叙事的分寸、平衡上,同一位诗人在不同写作阶段也会有变化。他们可以凭借自己的经验自由地处理,不可能事先就有比例的调配。我们只需注意和了解,叙事性将传统意义上单纯的抒情,带向人物、事件、场景的再现,带向坚实有力的细节表现,同时也让诗中之情变得更复杂、隐晦。

小如针尖的美学

在追忆存文学的文字中,雷平阳回想起多年前存文学跟他讲过的返乡时的一个场景:"到了院门口,我得脱掉鞋袜,赤着脚,踩着土,口里大声喊着妈妈,然后才走到妈妈的面前去。"哈尼族人将崇拜祖先视作宗教,探望母亲一如朝圣的情景,给诗人留下深刻印象,也使他对"赤子"的含义多了一层理解。

雷平阳的长诗《祭父帖》写得荡气回肠,感人至深,其中也写到母亲:

> 我的母亲,在这守灵之夜,在这他人世的最后一夜
> 风湿病,走路像个瘸子,但一直在灵堂和厨房之间
> 忙个不停。不是忙着做什么,是想忙,不敢停下
> 相依为命的人,冤家,债主,体内的毒素
> 说没就没了,多小的世界呀,转身就是脸对脸

由此可以明白,在他的抒情短诗《背着母亲上高山》中,"我"为什么会有这样的举动,这样的举动对母亲、对"我"有怎样的意味:

> 背着母亲上高山,让她看看

第十四讲　口头叙事传统与小如针尖的美学

　　她困顿了一生的地盘。真的，那只是
　　一块弹丸之地，在几株白杨树之间
　　河是小河，路是小路，屋是小屋
　　命是小命。我是她的小儿子，小如虚空
　　像一张蚂蚁的脸，承受不了最小的闪电
　　我们站在高山之巅，顺着天空往下看
　　母亲没找到她刚栽下的那些青菜
　　我的焦虑则布满了白杨之外的空间
　　没有边际的小，扩散着，像古老的时光
　　一次次排练的恩怨，恒久而简单

　　"我"背着母亲上高山也像是一次朝圣，但看清的只是"她困顿了一生的地盘"，"一块弹丸之地"。"站在高山之巅，顺着天空往下看"给予母子俩不同寻常的视角，有回首来时路的隐喻，但其意味对俩人并不相同。"高山之巅"与其说暗示母亲已走到人生的至高处，毋宁说她正走向生命旅程的终点；"顺着天空"既道出山巅之高，大地辽阔，也隐约透露出顺应天命的意思，就像一个人无法选择自己的出身，母亲在这里度过操劳的一生似乎是命定的。她终将回到天空，继续俯视大地上的一切。

　　整首诗语言上让阅读者即刻感受到的，是"小"字的接踵而至：

　　河是小河，路是小路，屋是小屋

> 命是小命。我是她的小儿子，小如虚空
> 像一张蚂蚁的脸，承受不了最小的闪电

这当然不会是"我"的初次观感和领悟，"我"不可能是第一次、也不可能是最后一次站在山之巅。它只是一次确认："真的"。而且，没有其他更合适的字词来取代"小"的意味。人是万物中的一员，对万物之小的感悟，很自然地返身弹射到人命之小。这同样是命定的。而由于"我"是母亲的小儿子，一脉相传，"我"的感怀又折射到母亲身上：不仅是"我"，而且母亲也有"一张蚂蚁的脸，承受不了最小的闪电"。母亲的焦虑来自没有找到她刚刚栽下的那些青菜，她系之念之的是最微小的日常劳作；"我"的焦虑则在于，尽管把眼界尽力从弹丸之地、被圈定的界域扩散出去，发现的仍然是"没有边际的小"，一个衔接一个，奔赴看不见的远方。结尾"像古老的时光／一次次排练的恩怨，恒久而简单"是全诗比较虚化的句子，正如一个个具体而微的"小"，消失在说不清道不明的虚空之中。从细节描绘到某种理念的浮现，诗行的这种推进，本身已呈现出诗人由观察到感悟再到思绪飞扬的过程。命运如戏，再多的恩怨也微不足道，也会消失在时光尽头，开始另一场循环。

古往今来，写父母的文字浩如烟海。雷平阳说："在很多人笔底，再卑贱的父母都会被写成神的儿女，我的不是，因为我想让文字承载它理应承载的命运，让同样卑贱的汉字露出一根根贱骨头。"他的文字承载的是每个具体的人的命运，

第十四讲　口头叙事传统与小如针尖的美学

是"小命",卑微中有不可褫夺的尊严,也有无尽的屈辱。"卑贱的汉字"指的是远离标准语,脱去虚空、华丽修辞,径直指名道姓的汉字。《存文学讲的故事》里的张天寿,《杀狗的过程》里作为某类人的寓言形象而出现的狗,写的都是诗人眼中的"小命",蝼蚁之命。诗人对万物之"小"有特别的偏爱,而且这种偏爱也在不断缩小,直到如针尖一般。比如他的《亲人》:

> 我只爱我寄宿的云南,因为其他省
> 我都不爱;我只爱云南的昭通市
> 因为其他市我都不爱;我只爱昭通市的土城乡
> 因为其他乡我都不爱……
> 我的爱狭隘、偏执,像针尖上的蜂蜜
> 假如有一天我再不能继续下去
> 我会只爱我的亲人——这逐渐缩小的过程
> 耗尽了我的青春和悲悯

诗人抒发的是对故乡、对亲人的"狭隘、偏执"的爱,结构简单,用的是"只爱……因为"的因果句迭加;"只爱"的范围不断缩小,情感逐渐向内凝聚到一个点,自我形象步步凸显,几近痴狂。"像针尖上的蜂蜜"可谓神来之笔,不仅因为这个喻象本身写出了爱到"极致"的感觉,也中和了单调的陈述句式过强的逻辑性。针尖上的那一滴蜂蜜不仅弥足珍贵,而且,凡是品尝过浓缩了的、甜到极致的蜂蜜的人,都会有苦涩的感觉——这就是收尾句"这逐渐缩小的过程/耗尽了我的青春和悲悯"所暗含的，需要我们去品味的。

简言之，在叙事性诗中，叙事人往往取冷眼旁观的姿态，着力于事件、场景中的细节，具有很强的现场感。诗人曾自述发生在生活现场的事件，"有许多内含了暴烈的史诗性结构和残酷的诗歌美学，以及我们一直在追问的世界的真相和我们不堪一击的命运"。以叙事展示暴烈、残酷，目的是为了让现场"之外"更多的人目睹并记住，以最大限度减少暴力、残酷的发生。在精短抒情诗中，当然也有生活细节的逼真再现，不过更多的是言语细节，也就是关注言语的表现力，如"像一张蚂蚁的脸，承受不了最小的闪电"，以及"像针尖上的蜂蜜"。这些言语细节不像叙事性诗所具有的反讽的张力，更像是给了阅读者"温柔的一击"。可作为另一个例证的，是《山中》：

> 一个人走在梵净山中
> 听到不止一种鸟儿，在密林间
> 自己喊着自己的名字
> 路经一片开得正好的乔木杜鹃丛
> 我也大叫了一声自己的名字
> 确定四周无人
> 又才压低嗓门，回答："我在这儿呢！"

第十五讲
把外部世界融入内心生活中
——细读胡弦

知乎上有则评论认为，胡弦的诗"语言的深度超过了思想的深度"。姑且不论评论者将语言与思想对立是否恰当，抒情诗的基本功能，从来都不是追求思想。何况，思想的深度如何确定？是否因阅读者而异？当然，我们并不否认诗可以传达思想，也不排除阅读者从诗中领悟了思想；但写作者若以此为目标，将会导致诗体的解体。这正是西方象征主义诗歌中出现"纯诗说"的缘由。在瓦雷里那里，"纯诗"强调的是诗体的不可替代性，并不是着眼于诗与现实的关系。不过，这位知乎用户提出的"语言的深度"问题值得探讨。尽管对什么才是具有"深度"的语言会引发争议，诗说到底是语言的最高艺术。我们暂时不妨把有"深度"的语言，理解为有较丰富的意涵或韵味的语言。通俗地说，它不是一望即知或一眼就看到底的。如此一来，有语言深度的诗，不可避免地与现代诗歌的晦涩问题关联在一起。

意象的蜕变与语言的深度

传统意义上，胡弦的《琥珀里的昆虫》（以下简称《琥珀》）可归类为咏物诗，从古至今拥有无以计数的写作者和阅读者：

> 它懂得了观察，以其之后的岁月。
> 当初的慌乱、恐惧，一种慢慢凝固的东西吸走了它们，
> 甚至吸走了它的死，使它看上去栩栩如生。
> "你几乎是活的，"它对自己说，"除了
> 不能动，不能一点点老去，一切都和从前一样。"
> 它奇怪自己仍有新的想法，并谨慎地
> 把这些想法放在心底以免被吸走因为
> 它身体周围那绝对的平静不能
> 存放任何想法。
> 光把它的影子投到外面的世界如同投放某种欲望。
> 它的复眼知道无数欲望比如
> 总有一把梯子被放到它不能动的脚爪下。
> 那梯子明亮、几乎不可见，缓缓移动并把这

第十五讲　把外部世界融入内心生活中

漫长的静止理解为一个瞬间。

这种类型的诗本身没有什么特别之处。胡弦的特点在于,他意识到面对一个引起自己、同样可能引起他人兴趣的观察对象,他的所思所想须经语言呈现出来。就像诗人张执浩所说:"写诗是干一件你从来没有干过的活／工具是现成的,以前你都见过"。诗人用的工具就是语言。用语言呈现思、想看起来是"正确的废话",但诗人正是与语言博弈的人。这是他们的处境,也是他们的困境。现代诗人的感受也许更深,并不完全是因为词汇量的急剧增长,而是在进入现代社会之后,人的感受和经验既是全新的,也是复杂的。卡尔维诺说,当各种美学理论号称诗来源于灵感,是"某种直觉的、直接的、真正的、全部的、谁也不知道会如何跳出来的东西"的时候,这些理论却在一个关键问题上集体缄默,亦即所有这些东西"如何才能够成为落在纸上的作品"。平庸写作者的逻辑是:我有了思、想,需要用语言来表现它们——前者先于语言而出现。这是一种古老的、未经慎思的写作观念。成熟的现代写作者认为:人的思、想与语言共生,但语言会捣乱,甚至会"造反"——用现成的工具,亦即具有公共性、规范性的语言,去呈现一个人希望呈现的,独属于他的思、想,何其艰难。写作者由此感受到他无从控制语言,甚至常常被它所"填满""替代",如同张执浩诗中所言,但又没有人甘愿如此。现代诗歌的张力就在这里。尽管困难重重,但正如里尔克诗中所言,在工作和耐心中,"某些严肃的和真实的已经在创造,/仿佛带着稀有的事物从远方来到"(《1906年以来的画像》)。而胡弦有诗云:"你得把自己献给危险。"(《蟋蟀》)

　　那么,诗人如何进入琥珀内部,化身为那只昆虫,以它的复眼观察,以它的触须探触那近似无形又无以穿透的屏障,以它翕动的嘴唇,言说古老又新鲜如初的欲望?解读者无从回答。不过,优秀诗人都具备一种相同的能力:不仅能够如福楼拜教诲莫泊桑那样,去凝视一棵树一团火焰,直至看出这棵树这团火焰与其他树、火焰的不同,而且,可以化身为这棵树这团火焰,兀自生长,纵情燃烧。

　　下面我们尝试从创作过程角度,梳理一首诗成形的过程,看看诗人的所思所想如何由语言来"定格"。

　　——首先,诗人在展览馆或标本馆里看到了琥珀。他开始仔细观察琥珀里的昆虫,以他的感觉摄取对象的形貌,形成**第一个**"**意象**"。这个"意象"是西方现代心理学术语,即"意识中的象",并非中国传统诗学所言意象,即主观情感与客观物象的统一体。

　　——"意识中的象"逐渐沉淀为观察者记忆中的残片,是为**第二个意象**。它已经观察者记忆的筛选,无论其记忆时间的长短。

　　——诗人提取以意象方式存在的记忆中的残片,诉诸文字,形成文本中的**语象**(verbal icon),即"文字构成的图像"(a picture made out of words)。有鉴于意象这个术语在使用中的混乱不堪,新批评派主张以语象取而代之。他们把滥用意象术语的批评称为"懒批评"。

——阅读者经由文本中的语象在自我头脑中生成意象。这是经由阅读者加工创造的**第三个意象**。

简言之,在诗人那里,从观察到写作,其间经过多重意象转换;而经由文字符号固定下来的语象,能否在阅读者头脑中复原写作者意图呈现的思、想,仍是个未知数。诗人一再感受到的写作的困境,正在于此。当然这仍然是常识。而关于写作的另一个常识是,好的诗人大都拥有相似的情怀和对语言的认知;平庸的诗人各有各的不同,且以不同为炫耀人前的资本。

有写作经验的人都会明了,写这类传统的咏物诗,包括纪游诗,本身就是对写作者的挑战。除了上述语言困境,他还要考虑如何去突破类型诗的常规,当然依然是在语言层面上。胡弦一提笔就直接移位到被观察者那一边:

> 它懂得了观察,以其之后的岁月。

"它懂得了",而不是"我看见了"或"我感觉到了"。这一没有任何铺垫的笔法表明,琥珀里的昆虫是以独立的主体,而不是被观察的客体现身:它一直活着。当诗人凝望着它,它也对视着他;他如此强烈地感受到它被封存已久的倾诉欲望,好似有一股强大的气流,使纹丝不动的琥珀内部膨胀起来。现实里的观察者已被取代,抒情者完全隐形,但昆虫的所思所想无不折射出观察者的形象和欲望。

这种反客为主的翻转，同样体现在语句的倒装上：正常的语句应当是"以其之后的岁月，它懂得了观察"。倒装之后，原来的时间状语变成补语，一方面凸显和强调据有主语位置的"它"，另一方面，阅读者感觉全句的重心落在补语中的"岁月"。显然，这不是以人寿计算的十年百年，而是百万年乃至千万年（据报道，世界上最古老的琥珀化石，其年龄在 9 900 万年左右）。这个略显空洞的常用词现在有了不一样的沉甸甸的意味。

  当初的慌乱、恐惧，一种慢慢凝固的东西吸走了它们，
  甚至吸走了它的死，使它看上去栩栩如生。

隐形的抒情者无从知道，当初被偶然滴落的松脂包裹的昆虫的具体情形，那实在是一个太过遥远的世界。不过以己度"虫"，想必在那命定的一瞬间，它有过慌乱、恐惧，有过困惑、挣扎。"慢慢凝固"显示出岁月的威力和耐心。"栩栩如生"这个成语常被用来评价咏物诗、纪游诗，赞赏诗人的描写生动可感，活灵活现。而在这里，它以反讽方式与死亡相连：并不是昆虫以其死亡换取了新生——它还是当初的它，没有丝毫变化——而是凝固的时间终止了它趋向死亡的演化，使它如其所是，始终如一。正像它的自言自语：

  "你几乎是活的，"它对自己说，"除了
  不能动，不能一点点老去，一切都和从前一样。"

第十五讲 把外部世界融入内心生活中

从"吸走了它的死",到"栩栩如生",再到"几乎是活的",每一个语义传达都被紧跟着的另一个所诠释,但又相互抵消:"栩栩如生"并不是生,"几乎是活的"也不是真的活的,但它的死确实被吸走。被吸走的确实不止这些,也包括生与死这样决然对立的概念及其明显的界线。这不由得让人联想到庄子《齐物论》中说的"方生方死,方死方生;方可方不可,方不可方可",以及清代纳兰性德词中的"非生非死,此生良苦"。

有学者认为,现代诗歌的基本写作模式是"借意",其核心是借由描绘外在世界来反映诗人的内心世界,形成一种投射。可以把《琥珀》中的下列诗句看作这种模式的间接表述:

  光把它的影子投到外面的世界如同投放某种欲望。

只不过,胡弦是借助外物而向内收敛,收敛至内心的一个点。由此也可确认这首诗浓厚的象征主义色彩。但在胡弦手中,这是被修正过的象征主义,也就是完全隐去自我,却又处处让人感觉到自我的存在。平庸的写作者在这类诗的写作中,表现出能够发现、把握对象特质,并获得"启示"的自信;优秀的写作者面对观察对象却一脸惶恐,察觉自己正在被一个僭越了客体位置的主体牢牢掌控,乃至被"吸走"。写作中的胡弦,真的知道自己内心所要的那个"点"在哪里吗?他有明晰的写作动机吗?在被禁锢于琥珀里的昆虫面前,他感受到了巨大压力,一种被掏空的感觉——

>它身体周围那绝对的平静不能
>存放任何想法。

诗以如下方式收尾确实很令人惊艳，包括梯子意象的玄妙——

>它的复眼知道无数欲望比如
>总有一把梯子被放到它不能动的脚爪下。
>那梯子明亮、几乎不可见，缓缓移动并把这
>漫长的静止理解为一个瞬间。

语境中，不妨把这把"明亮、几乎不可见，缓缓移动"的梯子，理解为百千万年前缓缓滴落的松脂。现在，诗人找到了一个可以呈现其思、想的精确语象：梯子本是供昆虫离开此境的，但转瞬变成黏附、包裹它的透明牢笼。它因此变得更加纯粹，也更加真实。

诗的语言正是这把虚幻的梯子：在缓缓流动中凝固"一个瞬间"。某种意义上，诗人也正如琥珀里的昆虫，在与语言的博弈中若无专注与耐心，便会沦为语言的牺牲品而不自知。

梯子这一语象，在胡弦的《空楼梯》中成为唯一的语象。这首诗是人们讨论较多的一首，被诗人用作一部诗集的集名：

>静置太久，它迷失在
>对自己的研究中。

第十五讲　把外部世界融入内心生活中

……一块块
把自己从深渊中搭上来。在某个
台阶，遇到遗忘中未被理解的东西，以及
潜伏的冲动……
——它镇定地把自己放平。

吱嘎声——
隐蔽的空隙产生语言，但不
解释什么。在灰尘奢侈的宁静中

折转身。
——答案并没有出现，它只是
在困惑中稍作
停顿，试着用一段忘掉另一段，或者
把自己重新丢回过去。

"在它连绵的阴影中不可能
有所发现。一阶与另一阶那么相像，
根本无法用来叙述生活。而且
它那么喜欢转折，使它一直无法完整地
看见自己。"

后来它显然意识到
自己必将在某个阶梯

消失,但仍拒绝做出改变。固执的片段
延续,并不断抽出新的知觉。

"……沿着自己走下去,仍是
陌生的,包括往事背面的光,以及
从茫然中递来的扶手。"

它与《琥珀》同属咏物诗;也与后者完全一样,诗人首节起笔凸显的是空楼梯迷失于"自己的研究":它不是凝视者的观察对象,而是拥有自己的精神意识和思维活动。但它又是凝视者的观察对象,只有借由他的思、想,才能赋予其"迷失"与"研究"的情感、意识状态。第二节,凝视者进入它的意识深处,化身为它而回忆——由破折号导入——搭建起自己的过程。这其实是凝视者自我意识的"他化",可理解为凝视者对自我写作构建过程的反思。"镇定地把自己放平"意味着,诗人要以镇定去面对、处理"深渊""遗忘""冲动"可能造成的困境;化解所有矛盾、冲突的方式是"放平"。第三节的"吱嘎声"叠印着梯子和凝视者双重主体的影子,既可理解为是梯子搭建自己时发出的,也可以理解为人(凝视者)踩上去后发出的。不过从后两行看,更偏向于凝视者的意识活动,并因之呈现出"元诗"意味:诗的语言穿行在事物缝隙之间,是为了借助缝隙来确定事物的形象;诗应当在"奢侈的宁静"中召唤"伟大的风暴"(里尔克《预感》)。第四节起始句"折转身"同样叠合双重主体的影像,但与上节不同,更偏重于

第十五讲 把外部世界融入内心生活中

"它"——这也是诗篇结构的"折转"。第五节的插入语是诗人的习惯手法,以之形成潜在对话,但发声者具有不确定性,不像《琥珀》中插入的"它对自己说"。无论发声者是谁,在强调"转折"——与之前"折转身"相呼应——的同时,此节接续了第三节的"元诗"意味,也就是以诗论诗:"一阶与另一阶""叙述生活""转折"等,都可以看作诗行的隐喻——分行的诗就是一阶阶的阶梯。诗的困窘在于,既不能用语言搭成的阶梯叙述无序的生活,在不断的"转折"——变向的实验或探索——中也"无法完整地/看见自己"。这已触及维特根斯坦意义上的"梯子"论,亦即作为语言艺术的诗歌(供人使用的"梯子")与生活(达到的目标)之间的复杂关系,也关涉现代诗歌写作的核心观念。第六节回到梯子的主体意识中,仍然借此来反观诗的写作。"自己必将在某个阶梯/消失",意指在达到某个目标后,梯子必然被抛弃。它显然不甘于这样的命运,因此继续"转折"——变幻成不连贯的、无法再以"楼梯"命名的"片段",以期从中获得"新的知觉"。最后一节再次使用插入语,其中的"自己"既可是楼梯,也可是凝视者,亦可是其他旁观者,不同主体的声音在此交织,或者说,其中隐含着来自不同主体的不同音轨。"从茫然中递来的扶手"此刻显得比空楼梯更为具象,但也更加虚幻:从哪里的,谁的"茫然中"?

维特根斯坦曾说,任何靠梯子才能达到的东西,都不能引起他的兴趣。而人一旦达到某种东西,梯子就必须扔掉。胡弦是否受到这一语言命题的影响不得而知,不过,上述细读确定了这是一首"元诗",即以诗的方式来言说诗。霍俊明也是在"元诗"意义上,在经验贫乏时代的语境中,肯定这首诗体现出诗人对写作窘境的思考和自救。不妨说,空楼梯是无用之诗的深度隐喻:它是空的,无人走动;它不抵达任何东西,以致会脱离作为阶梯应有的秩序和形态而化为"片段",且不思改变,依然不屈不挠地"转折",向着一片空无。胡弦对于诗——犹如阶梯——能否完整地叙述、表达生活、思想、情感、意识、感觉等"目标",持有深刻的怀疑,因此才对片段/碎片更为偏爱,就像他在许多诗篇中所表达的:

> ……心中
> 残存的片段,在连缀生活的片面性,以及
> 某个存在、却始终无法被讲述的整体。
> (《夹在书里的一片树叶》)

> ——许多年了,我仍是这样的一个过客:
> 比起完整的东西,我更相信碎片。怀揣
> 一颗反复出发的心,我敲过所有事物的门。
> (《嘉峪关外》)

诗无用,但披满灰尘的诗仍在。诗人殚精竭虑的应当是一首诗的存在,而不是诗所欲达到的东西。

第十五讲　把外部世界融入内心生活中

现代诗歌场域中的"物诗"及其蜕变

诸多诗人、批评家留意到胡弦的诗过于内敛沉潜,"注意情感表达时的隐藏和控制,不易为人察觉",与卞之琳的写作个性相通(罗振亚);认为他把内心看作小宇宙,"试图表现大宇宙中的万事万物"(叶橹)。缘起于象征主义的现代诗歌,其总体特征是"向内转"。它不是像浪漫主义诗歌那般,以不可遏制的情感推动物象的旋转,以致物象被吞噬;也不像古典主义诗歌那样借景抒情、情景交融,景物成为情感的寓托而丧失其独立性。胡弦的诗可以放在晚近现代诗的场域中审视,后者已逐渐脱离早期象征主义诗歌写作模式,即以外在实体来映射诗人不可把捉、无法定形的内心世界——诗中的外物依然服从于诗人内心世界的要求,有被取消独立生命的危险。胡弦相当一部分经由一个意象去把握"心灵波涛"的抒情诗,可称为里尔克式的"物诗"。我们已在《琥珀》《空楼梯》中感受到这一点,下面再以他对一首诗的修改为例,看看诗人如何艰难地与语言博弈。

《卵石小径》最早发表于期刊上,配有诗人创作谈和诗人、批评家张德明的短评。收入诗集《空楼梯》时,改题为《卵石》,做了很大改动;改后的诗亦收入诗集《定风波》。诗人出版诗集时订正旧作实属正常,不过通常限于个别字词或语句的推敲与完善。胡弦大幅度更改这首诗,既体现了严谨的写作态度,也可以让我们窥见诗的成形过程和诗人的旨趣所在:诗是独白与对话的交织,是自语与"他语"的共时呈现;诗不仅是个人情感思想的表达,也是在视域转换之中对世界、他人的体察与理解。所有这一切,都需要在打磨、调适语言的过程中臻于"完成"。

《卵石小径》原诗版本如下(黑体部分为后来有修改的地方):

在盲人心中,那是黑暗的　　　　　　　(1)
另一个版本:一种有无限耐心的恶　　　(2)
在音乐里经营它的集中营:　　　　　　(3)
当流水温柔的舔舐　　　　　　　　　　(4)
如同戴手套的刽子手有教养的抚摸,　　(5)
看住自己是如此困难。　　　　　　　　(6)
尖锐棱角消失的时候,你的躯体　　　　(7)
试图变成一只眼……　　　　　　　　　(8)
但又能如何?就像所有的恶　　　　　　(9)
都自信满满,不会在乎你看见了什么,　(10)
而且,被冲刷所掌控的秩序里,　　　　(11)
能显影的,看上去都成立。　　　　　　(12)
如同品味快感,如同　　　　　　　　　(13)
在对毁灭不紧不慢的玩味中已建立起　　(14)
某种乐趣,**那看似**　　　　　　　　　(15)
从身体表面滑过的喧响,一直在留意　(16)
你**内部**更深、更隐秘的东西。　　　　(17)

第十五讲　把外部世界融入内心生活中

> 你在不断失去，世界的面目却由此　　　（18）
> 变得清晰。但又能如何？岁月　　　　　（19）
> 　只静观，从不说出万物需要视线的原因。（20）
> 当你出现在这条小径上，没有　　　　　（21）
> 　属于你的风景。踩着　　　　　　　　（22）
> 　密集眼珠散步的人不会留意　　　　　（23）
> 你的恐惧，不理解你们黑黝黝的光，　　（24）
> 　和为什么要紧紧挤在一起。　　　　　（25）

张德明认为"卵石小径"是"组合型的意象"，诗人以之"传达自我对宇宙人生的细微体察与深切觉识，从而说出蓄积在心灵中的生命痛感与灵魂挣扎"。它显示了诗人向内开掘的可能性，"窥探到人类生存的孱弱，领悟到卑微的个体在外物强大的力量面前，总是处于'受虐'的残酷境地"。诗人在创作谈中则确认诗的核心意象是卵石，小径是与之遭遇的方式，是核心意象的一个延伸。但正如下文显示的，改写的诗虽然保留小径意象，诗人却将诗题改为"卵石"，目的似乎是为了凸显这个核心意象：原来的组合型意象为偏正式短语，"卵石"修饰"小径"，有违他的意图；或者说，实际的语言效果偏离了其意图：他希望阅读者凝视"卵石"而非"小径"。原诗中泛指的"这条小径"，被修改为"公园的小径"，虽说两者同属偏正式短语，但后者语义的重心却发生了奇妙的翻转，阅读者的注意力会不自觉地落在"公园"上：它是公众休闲漫步、养生健体的场所。由此，"密集的眼珠"的意象更令人惊悚，令人不由自主地停下散漫的脚步。诗人将原诗首句、也是领句的"在盲人心中"删除，并不难理解：这首诗并非书写特定人群心中的黑暗，而是众人眼里的光天化日下的黑暗。我们需再次回味属于修饰语、也属于"附属"意象的"公园"的含蕴——那里存在尚未被眼亮心明者所觉察的黑暗，存在化身为"光洁""快感"的黑暗。有意思的是，诗人并未把首句改为"在我们心中"，而是直接以"——"取代，宛如一把锋利的黑暗之剑倏然刺进一片祥和的光明之中；这个破折号同时表明，诗是以写作者的心灵独白开场的。

然而，更引人注目的修改出现在诗的主体部分。这些修改远不止于对个别字词、语句或分行、跨行的精雕细琢、分寸拿捏，而是涉及声调——这里指不同声部的出现与交织，而非指音调的高低——与结构的调整。删削诗题中的"小径"之后，诗人要考虑的是，在凝视、书写单一意象时，如何避免因笔触的过于集中而可能造成的单调感、无层次感。来看修改后的文本：

卵　石

独白1 ｛
——那是关于黑暗的　　　　　　　　　（1）
另一个版本：一种有无限耐心的恶，　　（2）
在音乐里经营它的集中营：　　　　　　（3）
当流水温柔的舔舐　　　　　　　　　　（4）
如同戴手套的刽子手有教养的抚摸，　　（5）
看住自己是如此困难。　　　　　　　　（6）

第十五讲　把外部世界融入内心生活中

对话1 ｛你在不断失去，先是坚硬棱角，　　　（7）
　　　 接着是光洁、日渐顺从的躯体。　　　（8）

他语 ｛如同品味快感，如同　　　　　　　　（9）
　　　 在对毁灭不紧不慢的玩味中已建立起　（10）
　　　 某种乐趣，滑过你　　　　　　　　　（11）
　　　 体表的喧响，一直在留意　　　　　　（12）
　　　 你心底更深、更隐秘的东西。　　　　（13）

对话2 ｛直到你变得很小，被铺在公园的小径上，（14）
　　　 经过的脚，像踩着密集的眼珠……　　（15）
　　　 但没有谁深究你看见过什么。岁月　　（16）

独白2 ｛只静观，不说恐惧，也从不说出　　　（17）
　　　 万物需要视力的原因。　　　　　　　（18）

　　首先，如前所述，首句（领句）的删除凸显卵石意象在抒情主体内心的回响：由对盲人内心感受的揣摩一变而为独白（自语）。在无任何背景之下，"黑暗"意象的突然涌现为全诗奠定了基调：低沉、向下的——平声的"黑"字后是短促的去声"暗"，声调陡降，仿佛一盏微弱的灯刹那间灭掉（原诗中因有"盲人"的限定，"盲人"—"黑暗"呈对应关系，阅读者的注意力不会如此集中在"黑暗"上）。第七行现身的"你"提示阅读者，抒情主体已从独白进入与卵石的对话。尽管在原诗中，前六行也可视为独白，第七行的"你"（"你的躯体"）亦可看作进入对话，但这一切都是"在盲人心中"，亦即抒情主体是依附于盲人的"视野"和感受在说话，因此独白与对话的色彩和分界，并不像现在这样清晰、明确。原诗从第七行（"尖锐棱角消失的时候……"）到第十二行（"……看上去都成立"）被整体删除，极大地弱化了在貌似对话中出现的议论性或论辩性言辞。也因此，对原诗最大的改动出现在此处标识为"他语"的部分（第九至十三行）及其后，几近于重写。所谓"他语"是指，抒情主体从与"你"（卵石）的对话场景中，移位到流水一边，从流水的视角描述其"温柔的舔舐"及其享受："品味快感"，"建立起某种乐趣"，"留意你心底更深、更隐秘的东西"。抒情主体此时更像旁观者，冷静洞察到流水在与卵石的亲密无间中所隐藏的"有无限耐心的恶"，一种"快感""玩味"和"乐趣"。世间无所不在、无时不在的恶，从作恶者角度说，的确与后三者密切相连，是他们乐此不疲的动因。从第十四行"直到你变得很小"开始，抒情主体再次进入对话，凝视被移位到新环境里的"你"；"没有谁深究"的表述只可能出自抒情主体，是对"你"的处境的感同身受。第十六、十七行"岁月／只静观……"的跨行，则从"对话2"转回到独白，而且将"你"置于更广阔无垠的"岁月"的视域中。尾行的"视力"不仅指卵石"密集的眼珠"，同时关涉抒情主体的凝视：眼珠不该被踩踏，凝视不应被取消；万物在凝视，万物亦在相互凝视。相较于原诗结尾，此处抒情主体的"视力"不仅从卵石的具象上跳脱到"岁月""万物"的宏大视域中，而且更为凝练也更为内敛。

整体上看，改写后的诗，一方面在声调上交织着多种声部，呈现更为复杂的视角变化；另一方面，结构上改变了原

第十五讲　把外部世界融入内心生活中

诗的独白与对话相混合的手法，更有层次的变化。同时，改写后的诗显示出结构上的循环、对称状态，即：独白1——对话1——"他语"——对话2——独白2。这种状态似乎可以无限循环下去。这是否在暗示恶的循环往复，以及卵石失去自我的恐惧永无止息呢？

现代汉诗史上，除了卞之琳，深受里尔克影响的还有冯至。胡弦的写作与后者亦有相通之处，但在语言方式和结构上更形复杂。胡弦曾坦承迷恋过里尔克和博尔赫斯。相比之下，博尔赫斯对他的影响主要体现在视时间为"迷宫"的观念和历史循环论，而里尔克的影响几乎从写作观念到凝视物象再到语言技艺。里尔克从罗丹那里所得的教诲，"应当工作，只要工作。还要有耐心"，经由冯至、卞之琳的实践，传递到胡弦身上。我们在他对《卵石小径》的修改中已有深切体验，而这绝非特例。德国传记作家汉斯·埃贡·霍尔特胡森说，"工作"之于里尔克意味着，"放弃如无缰之马的感情陶醉，最大限度地浓缩素材，使轮廓固定化，将注意力毫无保留地凝聚在形式不断提高的要求上"。另一位传记作家拉尔夫·弗里德曼说，"描写出内心的景观，排除'外界对应'，或者把外部世界融入内心生活中"，是里尔克为自己定下的目标。这同样是胡弦为自己所设定的目标，是他对自己诗歌写作的伦理要求。因此，当胡弦指出"从某种意义上来说，所有诗歌都是外部事物对一颗'诗心'的回应"的时候，我们除了要注意"所有"这种不给自己留退路的全称方式，更应当了解，他实际上已经离开了主张诗歌是一颗"诗心"对外部事物的回应的众多写作者,独自上路,与先贤对话。或许,胡弦的写作及其耐心修改予人启示的关键之处在于,经由外在实体去描绘内心景观,并不是——至少不完全是——为了获得"抒情诗"名分下的另一种效果,即客观冷静或不动声色,乃至"放逐自我"——像20世纪90年代以来诸多诗人所宣称的那样——以让物象获得醒目效应,而是为了无限抵近物象的真实。这种真实并不天然地存在于物象,而是存在于诗人的内心,要靠他以"内视"去发现——存在于外物的真实,由此转换为诗人感触到的真实性,并被传递给用心的阅读者。霍尔特胡森说:

> 倘要理解"中年"里尔克的精神世界,那么就必须将"永远工作"这种热情和冷静兼而有之的伦理观放在"物"这一观念一起加以考察。两者的结合产生了第三个概念:"真实"。艺术品应该"真实"到能与万物并存的地步。这样,艺术家就提出了一个要求:除了促成真实外,还要探究真实性,为世界的真实性作保。如此看来,世界不再是不容置疑地存在着,它的真实性必须通过斗争才能获得,必须天天守护才能安然无恙。

因此可以理解,胡弦提出诗人要做个"凶悍的挖掘者",指向的是如何发现并守护万物的"真实","被理解的生活,远比正朝前滚动的生活重要。让自己待在前者中,成为一个亲密的知情者,就能保持感受的敏锐性"。为此,诗人作为万物的忠实聆听者,需要让自我消失在万物中。

结语
细读之后

让我们回到引言中特里·伊格尔顿的话,细读的问题"不是你如何死扣文本,而是你在这么做的时候究竟在寻找什么"。也就是说,无论怎样理解细读,也不管采用何种方法,需要探究的是细读者想要达到的目的是什么。

接受美学否定文本有"原意",认为它的意义是阅读者赋予的。不仅不同的阅读者赋予同一文本的意义可能不一样,一个人在人生不同的阶段,对同一文本意义的理解、阐释也会不一样。甚至在不同的阅读环境里,阅读者对文本意涵的体会也会有差异。二战末期,盟军对德国一些城市展开轰炸,莱比锡也在其中。其时,伽达默尔执教于莱比锡大学,他回忆道:"在中心城区的差不多所有建筑都被摧毁(1943年12月4日)

的约十天之后,我在一个尚保持完好然而没有供暖、灯光和玻璃窗的房子里继续我对［里尔克］第三哀歌的阐释。学生们在那里（当然,也没有这一切）,每个人都裹着厚厚的衣服,手里拿着蜡烛。"此情此景中师生们所理解的《杜依诺哀歌》,显然有更深长也更复杂的意味:"看哪,我们并不像花朵一样仅仅／只爱一年;我们爱的时候,无从追忆的汁液／上升到我们的手臂……"

倘若细读不是以追索文本"原意"为鹄的,细读者如何确定他正走进语言符号深不可测的空间,而不是在自说自话中远离它?又如何断定自己确实"理解"了它而没有误入歧途?批评理论家又是以什么为衡量,确认某种"误读"是"创造性"的而不是乱扯一通?

首先要注意的是语言符号的方向性。接受美学否认文本"原意",目的在提升、放大接受者在文学生产中的地位和作用,却忽视了语言符号有其语义指向,尽管并不稳定。换句话说,语言符号对所要表述的"意义"有自己的规约,不能随意去理解。卞之琳在《"不如归去"谈》中谈到,偶读芦焚先生文章,其中提及他以为布谷的叫声是"光棍扛锄",历来文人写的却是"不如归去"。由此引发卞先生的一连串联想:李广田先生的家乡人觉得是"光光多锄",卞先生自己的家乡人听成"花（方言音ho）好稻好",田间农人听见的却是"割麦插禾",加之各类书籍记载,不一而足。（生在江汉平原的我,小时候听布谷的叫声是"豌豆八古",纯粹是模仿声音的游戏。）卞先生感慨,听音的有别不在耳朵,在生活环境。我们这里想说的是，无论哪个地区的人，生活在何种环境，听到的声音有多大差异，终归听的是布谷鸟的叫声——它的叫声"规定"了人们识别声音的方向。借用一下现代语言学术语，能指（布谷鸟声）是确定的，所指（人的理解）却会有很大的不同。

美国心理学家威廉·詹姆斯在《心理学原理》中说："人类语言中有很大的部分只是思想内方向的符号。"文学语言是形象的语言，看重的是方向性而非确指性，后者是非文学语言的特征。文学语言既是明确的，指示了阅读者想象、联想的方向，又是模糊的，容许阅读者在其中发挥各自的创造力。本书曾引用策兰札记中的"那是春天，树木飞向它们的鸟"，这一句已在阅读者头脑中勾画出一幅生动的画面，且为"春天"的语境所限制。树木、鸟虽说是意象，却是有弹性的，阅读者可以在其中融入自我经验，使之转化为个人记忆的一部分。不仅如此，在变异的语句结构中，细读者仿佛真的看到拔地而起的树，正在迎向空中盘旋的鸟，与它们一同嬉戏玩耍。树木给人以"飞"的感觉不是由于树干，而是春风中枝叶不由自主地摇曳、翻飞，传递出难以言传的欢欣，被凝神关注它的人所感应。细读者应当成为像诗人一样的凝神关注者：他凝神于字词、语句，真切听到了这棵树在追逐鸟的过程中发出的哗啦啦的响声，如此悦耳、动听。因此，文本允许并鼓励阅读者发挥创造性想象，激活身心感受，读出个人心得，但不能偏离语言符号的方向性。确定性与不确定性相互交融，彼此激发，从中诞生出一个全新的世界，这是文学，尤其是诗歌语言的特性，也就是谢默斯·希尼所言："一些作品让我们感到释然与凝聚；

它们在文学与心灵的地面上辟出新的空间,并在我们每次重读时继续给予触及地基的满足和释放能量的兴奋。"

其次是培养对话意识。诗歌是诗人与万物、自我、其他写作者,也是与潜在读者对话的结果。没有一首诗是纯粹"自我"的而不与他者发生关联。简·赫斯菲尔德认为:"每个诗人都用自己的语言,诗歌的基本内容并不来自自我,而是来自世界,来自事物,只有当我们全心全意并且无私地关注它们的时候,事物才会用自己的语言和智慧向我们说话。"阅读者需要进入诗歌的对话场域,向他人敞开自己。从阅读角度而言,这里的对话有彼此关联的三层:一是与文本,二是与诗人,三是与其他解读者。

第一层是核心层。新批评细读法给人的印象,似乎是一位冷漠无情的大夫手持解剖刀,将一具鲜活的躯体在手术台上分割得支离破碎。这种印象尽管令人不适,也可能刻板,但其背后关于文本是一个"有机整体"的观念却值得重视,也是本书细读所强调的。艾布拉姆斯在《镜与灯》中,分析了浪漫主义文论关于诗歌的隐喻的更替过程,其中之一是以有生命的植物取代了对诗歌创作机械过程的描述。这与中国传统诗论多有相通之处。若想改变人们对细读法惯常的印象,细读者除了着重于品味、阐发诗歌给予人的兴发感动,还要避免将文本看作被观察、待"解剖"的客体,视之为有自己的气息、体温和脉搏的生命主体,与之进行对话。法国批评理论家托多罗夫从一位结构主义叙事学大师,转变为"对话批评"的倡导者。在他看来,"对话批评不是谈论作品而是面对作品谈,或者说,与作品一起谈，它拒绝排除两个对立声音中的任何一个。……被批评的作家是'你'而不是'他'，是我们与之探讨人类价值问题的对话者。"很显然，他将"对话批评"视为文学批评的代名词。人们经常说的"谈论作品"，是把它当作与"我"不相干的客体之物，或者当成作家自我的块垒。"面向作品谈"，则是把它当作另一个主体，它的声音必须得到倾听，并且理应得到回应。

　　托多罗夫的论述已涉及我们要谈的第二层，即与作家（诗人）的对话。托氏对话批评的目的，不是要与作家达成中国传统诗学中"知音"式的心心相印，是为了与作家共同追寻真理：隐含在作品之内的关于世界，当然包括语言本身的真理。伽达默尔的诠释学理论也多次谈到对话，认为"对话就是对话双方在一起相互参与着以获得真理"。接受美学虽然解构了文本"原意"的存在，新批评理论中亦有"意图谬见"之说，即阅读者可能把从文本中接收到的意图，当作诗人的创作意图，但在中国传统诗学中，诗言志，诗缘情，作品总是蕴含、寓托诗人的情志，以各种方式在显示诗人的意图，至少是他的意图指向。细读者借助文本与诗人对话，他的理解和阐释可能符合诗人写作的情志，也可能超越了诗人的初始意图。不过，西方现代批评理论是以对话作为探寻世界和存在的真理的途径，中国传统诗学则更强调诗歌对人的生命的滋养与丰富。正如顾随所言，"一切文学的创作皆是'心的探讨'"；"诗根本不是教训人的，只是在感动人，是'推'、是'化'"。当细读者从文本中得到感动，受到"传染"，并将之表达出来，他就是在与诗人"面对面"促膝而谈。

　　第三层的对话意味着，不仅广义的细读有各种各样的方法，阅读者进入文本的角度也是多种多样的，包括援引时兴的理论。只要是围绕文本各抒己见，不同的解读观点可以共生并存，彼此之间也形成了对话，共同赋予文本多重、多维的意义。特雷·伊格尔顿说："理解总是'别有所解'，总是给文本制造差异。"阅读者选择的角度、方法，决定了他只能从某一方面理解文本；换言之，特定角度、方法凸显了文本某一方面的内容或特征，相应地就会弱化或忽视其他方面。新批评细读法专注于语义和结构的分析，就会突出语言形式的特质，并不像他们所说的那样，传记式批评、社会学批评，包括从心理学角度所作批评等，就是在"曲解"文本。新批评所言的对文学的"外部研究"同样有价值，也同样可以丰富我们对文本的认知。不过，以哲学家身份介入诗歌细读的伽达默尔认为，从文本外部、他人的评注，乃至凭一己之主观印象去理解诗，是失败的解读的共同根源。他同时承认，即便解读者付出巨大努力，也可能一无所获，甚至离文本越来越远。这是他必须承担的风险和付出的代价，"唯其如此，才有机会让他人获益。这种益处不是说，以我们自己的片面理解激发起针锋相对的另一种片面理解，而是在整体上扩展和丰富文本的共振空间"。伽达默尔将哲学诠释学的最高原则界定为："我们从未能够说出我们想要说出的东西。"因此，倾听与认可他人的意见才显得如此重要。他后来常说的一句话是，诠释学的灵魂在于承认"他人可能是正确的"。他对策兰晚期诗歌的细读，并未完全排斥从传记、社会学、历史学角度做出的分析，只要这些分析与他在文本中的感受是契合的。他的细读也就是与上述批评家的解读进行的严肃、认真的对话。

第三是具备将细读中所得元素聚合为整体的能力。与浮光掠影、囫囵吞枣式的阅读相较，细读不可避免地会将文本的各种成分，尤其是形式要素"拆解"，但目的是为了发现形式的各点之间、形式与"内容"之间的隐秘关联，将它们聚合一体，形成对文本的整体感受和判断。叶嘉莹认为："一首诗歌，甚至一组诗歌，是一个完整的生命，要看整体的传达。"整体的传达奠基于细部之间的有机联系，而不是细部与细部的简单叠加。阅读者对文本的整体面貌有了初步印象后，就可以进入细察阶段；细察累积到一定程度，会对初始的整体感受或补充或强化或纠正；如此循环往复。细察越深，整体感受会越具体，并开始显现这一文本与其他同类文本的差异性特征。当整体感受达到较为饱满的程度，反过来会"提示"细读者在细察中被遗漏的地方，并对所有的细察进行筛选，去除无助于细读者形成整体感知的点位。伽达默尔通过解读策兰诗歌的实践，认为解读者的工作——

> 不是要一锤定音地弄清楚诗人所想。根本不是。也无关诗行说出的明确"含义"。反倒是要展现诗所激发的多义和暧昧，这并非读者随心所欲的自由空间，而是诗行所要求的，阐释努力的对象。凡是了解这个任务之艰巨的，他就知道，这不是要去一一列举"理解"诗之构

造时所有可能暗含的隐义,而是要展示出统一的文本语言下统一的含义,从而让那些与之勾连、但并不一目了然的暗指找到它们含义根据。

"理解"这一行为确实意味着读通一首诗,但更为重要的是"展示出统一的文本语言下统一的含义"。一首诗的每个语词在语境压力下都可能有多重指称,不同的读者依据个人经验、现实境况也会做出不同解读。"理解"在此意味着,将黏附于文本内外的信息、反复细读中的感受,聚合为相对稳定的统一体,让看似无序、无解的语词得到归宿。

我们不妨再举实例加以说明。简·赫斯菲尔德在《诗的九重门:如何进入诗的心灵世界》一书中,解读了波兰诗人米沃什的《礼物》。原诗如下(中译采用西川译本):

> A day so happy.
> Fog lifted early. I worked in the garden.
> Hummingbirds were stopping over the honeysuckle flowers.
> There was nothing on earth I wanted to possess.
> I knew no one worth my envying him.
> Whatever evil I had suffered, I forgot.
> To think that once I was the same man did not embarrass me.
> In my body I felt no pain.
> When straightening up, I saw blue sea and sails.

结语　细读之后

如此幸福的一天。
雾一早就散了，我在花园里干活，
蜂鸟停在忍冬花上。
这世上没有一样东西我想占有。
我知道没有一个人值得我羡慕。
任何我曾遭受的不幸，我都已忘记。
想到故我今我同为一人并不使我难为情。
在我身上没有痛苦。
直起腰来，我望见蓝色的大海和帆影。

赫斯菲尔德说：

　　我们能够立刻感受这是一首好诗。我们知道其中必然有一只狮子的影子，可能藏得很深，但依旧存在。我认为，这种技巧是通过两种方式来完成的。第一，诗中每一外在事物都是转瞬即逝的——有什么比迷雾的升腾更为短暂？有什么比未被提及的停在花朵上的蜂鸟的翅翼更为迅捷？蓝色的大海瞬间改变，扬起的风帆从我们的身旁掠过。我们可以读到诗歌背后的深层含义，认识到整个场景的可爱之处在于从转瞬即逝的事物中短暂地得到解脱。第二部分的技巧是否定事物的修辞手法。通过告诉我们此刻一切——邪恶、苦难、肉体上的痛苦、羞耻、占有欲——都被忘却，诗人让我们感觉到它们无所不在。这种困境给诗歌平静的一天带来了凄美的氛围。标题也是修辞手法的一部分：礼物是不期而至的，是买不到的，也是无法控制的。在这种想法中，存在着未驯化的狮子的足迹。

在未读到这本书（中译本出版于2023年10月）之前，我也写过这首诗的解读，重点分析了它的收尾句：

> 诗人都明白收尾句的重要，有各式各样的写法，"卒章显志"是最常见也最令人遗憾的模式。米沃什的这一句，却一下子把"我"，也把我们这些阅读者的目光，从弥漫的雾——花园——停在忍冬花上的蜂鸟，宕开到一望无际的蓝色大海。抒情者的视域转换如下：
>
> 远景（散开的雾）——近景（花园）——近景聚焦点（忍冬花上的蜂鸟）——远景（大海）——远景聚焦点（帆影）
>
> 远景中之所以有此聚焦点，是因为大海的辽阔，要靠帆影才能显形。这就好比吉尔伯特说，"一缕孤烟，让天空更加有形"。我们在视野和胸怀豁然开朗的同时，会更深切地领悟诗人所言幸福的含义，以及中间五行议论里所呈现的诗人形象：一个活得很通透的人，了无挂碍，心灵无比自由。最后一句中"蓝色的大海"与"帆影"，没有任何私人象征，是完完全全的公共象征。大海初始的

结语 细读之后

象征含义,在西方现代诗中,大体从普希金写下《致大海》,就已明了:"自由的原素"。波德莱尔在《人与海》(《恶之花》之一)中也写道:"自由的人,你将永远珍视大海!"像米沃什这样亲切、自然,并无刻意隐喻色彩的诗,在杰出诗人那里常会遇见。

同为诗人,赫斯菲尔德有极其敏锐的艺术洞察力。她聚焦于全诗中转瞬即逝的事物,感受到诗人从中解脱而获得的平静。尤其是她提示的现代诗否定事物的修辞手法,值得思考和关注;她对诗题"礼物"的阐释也见人之所未见。我则从收尾句倒转回去,细察抒情者的视域转换,由此解析短诗内在的结构。视域在此不仅是抒情者观察的视点,同时起着整合世界——抒情者的内在世界与其外部世界——的作用。赫斯菲尔德此处用狮子的隐喻是要说明,面对人生的痛苦、对死亡的恐惧,每一位诗人的内心都有一头狮子潜伏着,以应对这一切;诗人(不限于米沃什。此处只是她分析的诗人之一)及其诗歌的力量是强大的。在创作手法上,我提及象征与隐喻的区别,是想说明为什么这首诗,让很多初读米沃什的人立刻喜欢上它。原因在于,诗中并未出现私人性象征即隐喻,第二、三行的意象是写实性的,最后一行的意象则是象征性的,阅读者接受起来没有任何障碍,哪怕他对现代诗歌了解甚少。而在新批评细读法中,隐喻手法比象征更受细读者青睐,因为象征含义已成为同一文化语境中人们的共识,无须阐释,只要言明。

统一性是解读诗歌的基本原则,不是解读者强加给文本的，而是文本结构决定的。它召唤解读者去努力达成，解读者也以此判断自己是否进入了"理解"。伽达默尔认为，连贯性是诗性结构"最高的条件"。一旦达成理解，解读者就会感觉到，"文内的一切都紧凑起来，连贯度明显加强，阐释的凝聚力亦然。只要连贯性尚未覆盖给定文本，一切就都还有被颠覆的可能。可一旦话语整体实现了统一，就赢得了某种正确性的准则"。新批评细读法给人以肢解鲜活生命体的不良印象，其实，即便是其中的代表人物，也没有放弃而是坚持统一性观念，力求让细读之中呈现的语言细节连贯为一体。比如，韦勒克认为，新批评家对作品的"内部研究"，已经表明作品"是一种具有一定连贯性和完整性的语言结构"。威廉·K.维姆萨特指出，"一件文学作品是一个细节综合体"，"每首真正的诗都是复杂的诗，只有靠其复杂性才具有艺术的统一"。布鲁克斯说道："文学批评主要关注的是整体，即文学作品是否成功地形成了一个和谐的整体，组成这个整体的各个部分又具有怎样的相互关系。""对于一件成功的作品，形式和内容是不可分的。"人们对新批评的成见可能来自对其理论和批评文本的"粗读"，也可能来自中国传统诗学中顿悟式、印象式批评的强大影响力。布鲁克斯在《新批评》一文中，曾主张用"充分读法"（adequate reading）来代替"细读法"的说法，以便纠正人们的印象，即新批评家都是喜欢在眼睛上套上"珠宝商专用的放大镜"的人。当然他也明白，"充分"与"细"都是相对而言的。

把握语符方向，进入对话场域，凝聚统一整体，是本书在十五讲细读单元之后概括的三点基本原则,也是我们努力的方向。如果存在有"充分读法",在我们看来,意味着将行之有效的各种细读方法融合为一个有机整体,以打通文本内外,让文本的意义得到充分的释放。

主要参考书目

本书采用讲稿方式，并考虑读者阅读便利，未在文中一一标注引文出处。以下列出主要参考书目，按出版时间先后为序。谨向著者、译者、出版者致谢。

一、诗文集

曾卓：《悬崖边的树》，四川人民出版社1981年版。

卞之琳：《雕虫纪历（1930—1958）》（增订版），生活·读书·新知三联书店香港分店1982年版。

艾青：《艾青诗选》，人民文学出版社1984年第2版。

冯至：《冯至选集》（二卷），四川文艺出版社1985年版。

张曼仪编：《卞之琳》，三联书店（香港）有限公司、人民文学出版社1990年版。

公木主编：《新诗鉴赏辞典》，上海辞书出版社1991年版。

《艾青全集》（五卷），花山文艺出版社1991年版。

李方编：《穆旦诗全集》，中国文学出版社1996年版。

西川编：《海子诗全编》，上海三联书店1997年版。

昌耀：《昌耀的诗》，人民文学出版社1998年版。

顾城：《顾城的诗》，人民文学出版社1998年版。

海子：《海子的诗》，人民文学出版社1999年版。

张新颖编选：《中国新诗（1916—2020）》，复旦大学出版社2001年版。

卞之琳：《卞之琳文集》（三卷），安徽教育出版社2002年版。

雷平阳：《雷平阳诗选》，长江文艺出版社2006年版。

李怡编：《艾青作品新编》，人民文学出版社2010年版。

顾乡编：《顾城诗全集》（上下），江苏文艺出版社2010年版。

韩东：《重新做人》，重庆大学出版社2013年版。

韩东：《韩东的诗》，江苏文艺出版社2015年版。

洪子诚、奚密等编选：《百年新诗选》（上下），生活·读书·新知三联书店2015年版。

海因、史大观选编：《徐玉诺诗歌精选》，长江文艺出版社2015年版。

雷平阳：《山水课——雷平阳集1996～2014》，作家出版社2015年版。

张执浩：《高原上的野花》，江苏凤凰文艺出版社2017年版。

胡弦：《空楼梯》，中国青年出版社2017年版。

冯姚平编：《悲欢的形体：冯至诗集》，新星出版社2018年版。

穆旦：《穆旦诗文集》（增订版）（二卷），人民文学出版社2018年第3版。

余笑忠：《接梦话》，宁波出版社2018年版。

剑男：《星空和青瓦》，长江文艺出版社2020年版。

张执浩：《一只蚂蚁出门了》，花山文艺出版社2020年版。

胡弦：《胡弦诗选》，长江文艺出版社2020年版。

韩东:《悲伤或永生:韩东四十年诗选(1982—2021)》,北京联合出版公司2022年版。

[英]彼德·琼斯编:《意象派诗选》,裘小龙译,漓江出版社1986年版。

[奥地利]卡夫卡:《卡夫卡书信日记选》,叶廷芳、黎奇译,百花文艺出版社1991年版。

[奥地利]里尔克:《里尔克诗选》,绿原译,人民文学出版社1996年版。

[法]西蒙娜·薇依:《源于期待——西蒙娜·薇依随笔集》,杜小真、顾嘉琛译,天津人民出版社2009年版。

[法]阿尔贝·加缪:《加缪手记》(三卷),黄馨慧译,浙江大学出版社2016年版。

[奥地利]莱纳·马利亚·里尔克:《里尔克全集》第十卷,叶廷芳主编,史行果译,商务印书馆2021年版。

[俄]奥西普·曼德尔施塔姆:《曼德尔施塔姆文选》,黄灿然译,广西人民出版社2022年版。

[阿根廷]迪亚娜·贝列西:《离岸的花园:迪亚娜·贝列西诗歌自选集》,龚若晴、黄韵颐译,上海文艺出版社2023年版。

二、诗论、文论集

朱自清:《新诗杂话》,生活·读书·新知三联书店1984年版。

梁宗岱：《诗与真·诗与真二集》，外国文学出版社1984年版。

赵毅衡：《新批评——一种独特的形式主义文论》，中国社会科学出版社1986年版。

朱光潜：《谈美》，《朱光潜全集》第二卷，安徽教育出版社1987年版。

林庚：《唐诗综论》，人民文学出版社1987年版。

江弱水编：《〈断章〉取义》，安徽教育出版社1999年版。

蓝棣之：《现代诗的情感与形式》，人民文学出版社2002年版。

钱穆：《论语新解》，生活·读书·新知三联书店2002年版。

李健吾：《咀华集·咀华二集》，复旦大学出版社2005年版。

王先霈：《文学文本细读讲演录》，广西师范大学出版社2006年版。

魏天无：《新诗现代性追求的矛盾与演进——九十年代诗论研究》，湖北教育出版社2006年版。

叶嘉莹：《好诗共欣赏》，中华书局2007年版。

熊秉明：《诗论》，《熊秉明文集》第八卷，安徽教育出版社2018年版。

顾随：《驼庵诗话》，生活·读书·新知三联书店2018年版。

江弱水：《卞之琳诗艺研究》，安徽教育出版社2020年第2版。

林庚：《诗的活力与新原质》，葛晓音编选，生活·读书·新知三联书店、生活书店出版有限公司2022年版。

魏天真、魏天无：《革命话语与中国新诗》，中国社会科学出版社2022年版。

霍俊明：《雷平阳词典》，长江文艺出版社2022年版。

孙玉石：《新诗十讲》，山东人民出版社2023年版。

吴晓东:《辽远的国土:中国新诗的诗性空间》,陕西人民出版社2023年版。

[英]罗吉·福勒主编:《现代西方文学批评术语词典》,袁德成译,四川人民出版社1987年版。

[法]茨维坦·托多洛夫:《批评的批评》,王东亮、王晨阳译,生活·读书·新知三联书店1988年版。

赵毅衡编选:《"新批评"文集》,中国社会科学出版社1988年版。

[英]T.S.艾略特:《艾略特诗学文集》,王恩衷编译,国际文化出版公司1989年版。

[美]M.H.艾布拉姆斯:《镜与灯——浪漫主义文论及批评传统》,郦稚牛、张照进、童庆生译,北京大学出版社1989年版。

[英]威廉·燕卜荪:《朦胧的七种类型》,周邦宪、王作虹、邓鹏译,中国美术学院出版社1996年版。

[法]波德莱尔:《1846年的沙龙:波德莱尔美学论文选》,郭宏安译,广西师范大学出版社2002年版。

[美]马泰·卡林内斯库:《现代性的五副面孔》,顾爱彬、李瑞华译,商务印书馆2002年版。

[美]理查德·罗蒂:《偶然、反讽与团结》,徐文瑞译,商务印书馆2003年版。

[瑞典]马悦然:《另一种乡愁》,生活·读书·新知三联书店2004年版。

[美]约翰·克罗·兰色姆:《新批评》,王腊宝、张哲译,江苏教育出版社2006年版。

〔美〕M. H. 艾布拉姆斯:《文学术语词典》(第7版)(中英对照),吴松江等编译,北京大学出版社2009年版。

〔法〕加斯东·巴什拉:《空间的诗学》,张逸婧译,上海译文出版社2013年版。

〔美〕乔治·莱考夫、马克·约翰逊:《我们赖以生存的隐喻》,何文忠译,浙江大学出版社2015年版。

〔英〕特里·伊格尔顿:《如何读诗》,陈太胜译,北京大学出版社2016年版。

〔意〕伊塔洛·卡尔维诺:《文字世界和非文字世界》,王建全译,译林出版社2018年版。

〔美〕孙康宜:《细读的乐趣》,译林出版社2019年版。

〔美〕芮塔·菲尔斯基:《文学之用》,刘洋译,南京大学出版社2019年版。

〔德〕汉斯-格奥尔格·伽达默尔、保罗·策兰:《谁是我,谁是你:伽达默尔谈策兰〈呼吸结晶〉》,陈早译,上海文艺出版社2022年版。

〔美〕简·赫斯菲尔德:《十扇窗:伟大的诗歌如何改变世界》,杨东伟译,广西师范大学出版社2022年版。

〔美〕简·赫斯菲尔德:《诗的九重门:如何进入诗的心灵世界》,邓宁立译,商务印书馆2023年版。

〔爱尔兰〕谢默斯·希尼:《诗的校正》,朱玉译,广西师范大学出版社2023年版。

〔法〕让-保尔·萨特:《马拉美:澄明之境及其隐蔽面》,沈志明译,人民文学出版社2023年版。

三、传记、访谈、年谱及其他

易彬:《穆旦评传》,南京大学出版社2012年版。

燎原:《昌耀评传》(最新修订版),作家出版社2016年版。

张颖:《昌耀年谱》,中国青年出版社2021年版。

[德]汉斯·埃贡·霍尔特胡森:《里尔克》,魏育青译,生活·读书·新知三联书店1988年版。

[美]拉尔夫·弗里德曼:《里尔克:一个诗人》,周晓阳、杨建国译,华东师范大学出版社2014年版。

[德]安瑟姆·基弗:《艺术在没落中升起》,梅宁、孙周兴译,商务印书馆2014年版。

[加拿大]让·格朗丹:《伽达默尔传:理解的善良意志》,黄旺、胡成恩译,上海社会科学院出版社2020年版。

[意大利]伊塔洛·卡尔维诺:《我生于美洲》,毕艳红译,译林出版社2022年版。

[德]彼得-安德烈·阿尔特:《卡夫卡传》,张荣昌译,花城出版社2022年版。

后　记

2001年读博时，导师王先霈先生为文艺学、中国现当代文学、外国文学等专业博士生开设了一门课，叫文学文本解读。当时读博的应届生十分罕见，选课的同学都是参加了工作的，有的已在高校中文系任教。先生开设这门课，显然是认为即便到了博士生阶段，我们的文本解读能力仍有待打磨、提升。课程的安排是每一位学生细读一篇文本，然后先生和大家一起讨论。这里所说的"细读"虽然不是严格意义上新批评派细读式批评，但要求解读者把注意力集中在文本上，是开课的宗旨。记得我当时解读的是王家新长诗《乌鸦》，魏天真解读的是迟子建小说《清水洗尘》，邵滢解读的是王安忆小说《喜宴》。这些课堂发言和讨论的文稿，至今保存在我电脑的文件夹里。

也是受这门课的启发,临近毕业时,我撰写了《怎样细读现代诗歌——以顾城的〈远和近〉为例》,投给《名作欣赏》并得以发表。我没有想到的是,迄今为止,这篇文章是我在知网上被下载次数最多的一篇,也是在互联网上转发频率最高的一篇。一位读者在网络空间"个人图书馆"里转发此文时加了段按语,感叹要解读一首诗,需要下多么大的功夫。感谢这位读者,他的评价曾满足了我小小的虚荣心,也令我汗颜。多大的功夫远谈不上。在考虑博士学位论文选题时,一度想做朦胧诗以来的当代诗论研究,并复印了大量资料。后经导师点拨,将研究重点限定在20世纪90年代诗论。我只是歪打正着地搜集了关于顾城诗歌的资料,敷衍成文。2006年调回母校任教后,这篇文章也成为我为中文专业大一新生讲授文学文本解读课的教案之一。本书第八讲关于顾城诗歌的细读,即是在教案基础上修订而成的。

更令我没有想到的是,这篇文章竟然引发出一本书。复旦大学出版社编辑宋文涛博士偶然在一本大学语文教材上读到它,通过我的同事黄念然老师(他们二人是复旦大学博士同学)联系到我,希望能做一本新诗细读的讲稿。其时我和魏天真的著作《革命话语与中国新诗》刚刚出版,我的新书《如何阅读新诗》也已付型,手头积累了不少资料,这使得这本书的写作进展得比较顺利。

本书所讲"新诗",意同"现代汉语诗歌",属于广义的现代诗或自由体诗的一部分("新诗"的英译"modern Chinese poetry"即着眼于"现代")。新诗之"新",是相对用文言写

后　记

作的旧体诗而言。学界通常以1917年2月胡适发表于《新青年》第2卷第6期的《白话诗八首》为新诗诞生的标志。若从文学史分期上说，本书前六讲诗人属于现代文学时期，后九讲诗人属于当代文学时期。当然，除徐玉诺外，前六讲中其他五位诗人的创作都延续到了当代。本书是以文本为中心的细读式批评，无意于考虑、实则也无法顾及所选诗人诗作的覆盖面，以及在约定俗成的文学史分期上的配比。选诗侧重于当代诗人文本（其中包括现代时期诗人在当代创作的文本），主要是因为新诗现代时期的诗人知名度较高，名篇甚多，相关专著和赏析、解读文章蔚为大观，读者较为熟悉。相比之下，当代时期的新诗虽然自朦胧诗以来有过几次影响深远的浪潮，新世纪以来也呈现出更加多元化的发展态势，在大众媒体上多次引发热点，但读者对这一时期新诗的疑惑更多，在欣赏、解读上也更感棘手。此外，若以1949年中华人民共和国成立为界，新诗在现代时期的发展不过三十余年，而其当代的历史已超过七十年，理应受到更多关注。本书选篇上无意回避新诗史上已有定评的名篇佳作，如冯至《十四行集》中的两首、艾青《大堰河——我的保姆》《我爱这土地》、卞之琳《断章》《距离的组织》、穆旦《春》《冥想》、曾卓《悬崖边的树》等，不过，考虑更多的是文本自身是否有足够的张力，细读方法能否释放其秘而不宣的意味，是否有助于读者探寻进入文本深处的不同视角，同时了解新诗写作的各种技法。任何文本解读首先需要的是读者具备较强的艺术感受力，在诗歌文本解读中，语感能力就显得特别重要。因此可以说，诗歌文本在语言上是否有独特性、创新性，成为本书选篇的首要标准。这也符合新批评派细读法着眼于语义和结构分析的基本原则。我的另一本新书《如何阅读新诗》（长江文艺出版社2024年版），则是围绕新诗阅读中的一些基本问题，如分行与跨行、感觉与经验、象征与隐喻、细节与准确等展开，有兴趣的读者可以参阅。

在此首先感谢导师王先霈先生。虽然我在本科毕业前后就阅读了赵毅衡先生《新批评——一种独特的形式主义文论》，以及他编选的《"新批评"文集》，但真正进入文本细读之门，有赖王先生的引领。先生的《文学文本细读讲演录》亦是我授课、写作的必备参考书。感谢《名作欣赏》不知其名的编辑，从自由来稿（其时都是手写文稿）中选中拙文。感谢未曾谋面的宋文涛编辑，自始至终他给予我充分的信任。这种信任，敦促着我反复审视书稿是否达到了预设的目标，也因此忐忑不安。感谢老友、诗人、翻译家李以亮，在我的求助下搜索出米莱的《旅行》一诗，译成中文，并仔细修订；老友、诗人、翻译家柳向阳检索出原诗另一版本供我参考。感谢那本大学语文教材的编选者。我没有见过这本书，我知道它就在那里。

我把这一切视为机缘。每一首诗其实都是人生机缘的一次呈现。

2023年12月2日
2024年元旦修改
武昌天天宅

图书在版编目(CIP)数据

何以为诗：新诗文本细读十五讲/魏天无著.—上海：复旦大学出版社,2024.6
ISBN 978-7-309-17358-1

Ⅰ.①何… Ⅱ.①魏… Ⅲ.①诗歌评论-中国-当代 Ⅳ.①I207.22

中国国家版本馆 CIP 数据核字(2024)第 066402 号

何以为诗——新诗文本细读十五讲
魏天无　著
责任编辑/宋文涛
复旦大学出版社有限公司出版发行
上海市国权路 579 号　邮编：200433
网址：fupnet@fudanpress.com　　http：//www.fudanpress.com
门市零售：86-21-65102580　　团体订购：86-21-65104505
出版部电话：86-21-65642845
常熟市华顺印刷有限公司

开本 890 毫米×1240 毫米　1/32　印张 10.375　字数 207 千字
2024 年 6 月第 1 版
2024 年 6 月第 1 版第 1 次印刷

ISBN 978-7-309-17358-1/I·1399
定价：56.00 元

如有印装质量问题，请向复旦大学出版社有限公司出版部调换。
版权所有　侵权必究